1. Al principio...

L'Ancienne Bergerie, junio de 2004, y la vida iba bien. Mi esposa Katherine y yo acabábamos de comprometernos definitivamente con nuestra nueva vida tras vender nuestro piso de Londres y comprar dos graneros de piedra dorada en el corazón del sur de Francia, donde vivíamos a base de *baguettes*, queso y vino. El pueblo en el que nos habíamos asentado estaba enclavado entre Nimes y Aviñón, en Languedoc, la Provenza de los pobres y la zona con el nivel de precipitaciones más bajo de toda Francia. Yo me dedicaba a escribir una columna sobre bricolaje para el periódico semanal *Guardian* y otras dos para la revista *Grand Designs*; asimismo, estaba escribiendo un libro acerca del humor en los animales, un proyecto que llevaba acariciando mucho tiempo y que, descubrí, requería de una gran cantidad de tiempo en un ambiente propicio. Y aquél era el apropiado.

Nuestros dos hijos, Ella y Milo, bilingües y dorados por el sol, retozaban con sus gatitos en la seguridad de un enorme jardín tapiado, perseguían saltamontes gigantes uno al lado del otro y brincaban entre las hierbas resecas y las espigas de trigo que, probablemente, habían crecido a partir de los granos que caían de los camiones cuando los graneros aún formaban parte de una granja operativa. Nuestro gran perro, *Leon*, se tumbaba bajo el dintel de hierro de las enormes verjas herrumbrosas y nos custodiaba con la vigilancia benévola de un animal criado de forma específica para ese propósito mientras jadeaba felizmente.

Empezábamos a sentirnos en casa de verdad. Nuestros escasos sesenta y cinco metros cuadrados del centro de Londres se habían traducido en doce mil metros cuadrados de la Francia meridional rural; eso sí, estos últimos no estaban tan bien equipados ni tenían tan a mano el Marks and Spencer, el South Bank[1] o el Museo Británico como los primeros, pero contaban con las ventajas de un verano que se extendía desde marzo hasta noviembre y de un vino de fabricación local que se vendía a ocho libras en el Tesco —un supermercado británico—, pero que costaba tres euros y medio en origen. Bueno, había que sacarle provecho a todo aquello, era parte de la cultura local. Barbacoas de trucha fresca y salchichas picantes de Cévennes, localidad situada al norte de nuestro pueblo, y vasos de vino rosado con hielo que se derretía con rapidez bajo el denso calor del sur de Europa. Era idílico.

Conseguimos aquel entorno perfecto después de alrededor de unos diez años de serpentear en busca de una posición, tanto profesional como económica, gracias a la que me pudiera permitir vivir como un campesino en un granero abandona-

---

1. El South Bank es el barrio situado al sur del río Támesis. En él se encuentran gran cantidad de teatros, galerías de arte y auditorios. *(N. de la t.)*

do y en ruinas situado en un pueblo lleno de otros campesinos de aspecto mucho más sano que se ganaban la vida honradamente por medio de la agricultura y la ganadería. Yo era el inglés loco; ellos eran los paisanos franceses un tanto perplejos, tolerantes, amables, corteses y, aun así, inevitablemente, muy dados a juzgar a los demás.

Katherine, con quien había contraído matrimonio aquel abril tras nueve años juntos (esperé hasta que hubiera perdido la esperanza por completo), se convirtió en la niña mimada del pueblo. Guapa y considerada, educada, amable y atenta, realizó un verdadero esfuerzo para involucrarse y encajar en la vida del pueblo. Aprendió la lengua de forma activa, aunque ya la había estudiado durante el bachillerato, con la intención de llegar a ser competente tanto en el francés coloquial local como en la variedad parisina y en la de la administración de aquel estado tan «pesadamente burocrático». Era capaz de bromear con el propietario de la galería de arte de la cercana ciudad de Uzès acerca del formulario impositivo concreto que el hombre tenía que rellenar para adquirir una escultura de Elisabeth Frink —a quien daba la casualidad que Katherine había conocido y entrevistado en una ocasión— y de quejarse en compañía de la flor y nata de las madres del pueblo sobre las complejidades del sistema médico francés. Por el contrario, mi francés, que ya en su día había recibido una nota bastante mala en la escuela primaria, apenas experimentó mejoría mientras vivimos allí, ya que yo intentaba bloquear mi mente con empeño para no aprender la lengua —por si obstaculizaba de alguna forma el alumbramiento de mi libro, que ya iba retrasado—. Me acostaba justo cuando los granjeros se levantaban y rara vez interaccionaba con ellos excepto para importunarlos con preguntas elementales y mal expresadas acerca del bricolaje *amateur*. La preferían a ella.

Pero no logramos aquel idilio sin pagar un cierto precio. Tuvimos que vender nuestro querido piso de Londres —que tenía el tamaño de una caja de zapatos— para comprar nuestros dos hermosos graneros, totalmente en ruinas y con unos suelos de barro cubiertos por entero de boñigas de oveja. Como no tenían agua corriente ni luz, no podíamos mudarnos de forma inmediata, así que, durante la misma semana en que intercambiamos los contratos de un país a otro, también nos mudamos dentro del pueblo: de una preciosa casita de verano subarrendada que estaba a punto de triplicar su precio debido al comienzo de la temporada alta, a una propiedad mucho menos atractiva situada en la carretera principal que atravesaba el pueblo. Aquella casa no tenía muebles, y nosotros tampoco, ya que habíamos llegado a Francia dos años antes con la intención de quedarnos seis meses. No sería una exageración decir que aquélla fue una época estresante.

Por eso, cuando Katherine empezó a sufrir migrañas y a quedarse sentada con la mirada perdida en lugar de ser el habitual tornado de eficacia organizadora, empaquetadora, clasificadora y etiquetadora, lo achaqué al estrés. «Ve al médico, o márchate a casa de tus padres si no vas a ser capaz de ayudar», le dije comprensivamente. Debería haberme dado cuenta de que se trataba de algo grave en el momento en que interrumpió una tarde de tiendas (una de sus actividades favoritas) para ir a comprar muebles para la habitación de los niños; los dos experimentamos un escalofrío de ansiedad cuando, de vuelta a casa en el coche, Katherine perdió la capacidad de pronunciar las palabras con claridad. Pero hicimos unas cuantas llamadas de teléfono a amigos que sufrían migrañas y nos aseguraron que se trataba de algo que se hallaba dentro del espectro normal de síntomas de ese fenómeno, habitualmente relacionado con el estrés.

Al final, terminó por ir al médico y yo esperé en casa a que regresara con algún analgésico específico para la migraña. Pero, en vez de eso, recibí una llamada de teléfono en la que me decía que el médico quería que se sometiera a un escáner cerebral de manera inmediata, aquella misma noche. A aquellas alturas, yo seguía sin sentirme especialmente inquieto, ya que los franceses son famosos por su hipocondría. Si vas al consultorio porque moqueas, el doctor te recetará una bolsa entera de medicamentos, entre los que por lo general encontrarás supositorios. Me dio la impresión de que lo del escáner cerebral era la típica reacción exagerada francesa; era inoportuno, pero había que hacerlo.

Katherine lo arregló todo para que nuestra amiga Georgia la llevara al hospital local, que estaba a unos treinta kilómetros de distancia; yo me puse cómodo una vez más para esperar a que volviera. Y entonces recibí la llamada telefónica que nadie se espera jamás: Georgia sollozando, diciéndome que era grave. «Han encontrado algo —me repetía una y otra vez—. Tienes que venir.» Al principio, pensé que se trataba de una broma pesada, pero el tono de su voz era auténtico.

Aturdido, le pedí a una vecina que cuidara de los niños mientras yo cogía prestado su increíblemente destartalado Honda Civic e iniciaba un viaje desconocido por las oscuras carreteras del campo. Con tan sólo un faro operativo, sin la tercera marcha ni la marcha atrás y con los frenos bastante gastados, era consciente de que corría el riesgo de tener un accidente y hacerme bastante daño si no tenía cuidado. Me salí en una curva y tuve que bajar del coche y empujarlo de nuevo hacia la carretera, pero conseguí llegar a salvo al hospital y abandonar el decrépito vehículo en el aparcamiento vacío.

Una vez dentro, calmé a una Georgia llorosa y me esforcé por tranquilizar a una Katherine pálida y conmocionada. Aún conservaba la esperanza de que se hubiera producido algún error, de que existiera una explicación sencilla que hubieran pasado por alto y que lo aclarara todo. Pero cuando pedí que me dejaran ver el escáner, vi que, en efecto, había un bulto negro del tamaño de una pelota de golf ominosamente anidado en su lóbulo parietal izquierdo. Hacía mucho tiempo, había hecho algunas asignaturas de psicología, así que las imágenes de resonancia magnética no me resultaban totalmente ajenas. La cabeza me daba vueltas mientras intentaba con desesperación encontrar alguna explicación que pudiera esclarecer aquella anomalía. Pero no la había.

Pasamos la noche en el hospital levantándonos la moral el uno al otro. Por la mañana, un helicóptero trasladó a Katherine hasta Montpellier, la unidad de neurología local (y probablemente la mejor) que nos correspondía en Francia. Después de haber pasado la noche con ella en la intimidad, la realidad de verla trasladada por aire como paciente de urgencias a un hospital neurológico lejano me supuso un mazazo, bastante fuerte a decir verdad. Mientras perseguía al helicóptero por la *autoroute*, la conmoción comenzó a hacer efecto. Me di cuenta de que mi mente giraba a toda velocidad intentando comprender la situación, de manera que apenas me resultaba posible concentrarme como debía en la conducción. Reduje la velocidad en seguida y, una hora más tarde, llegué al aparcamiento del enorme complejo hospitalario Gui de Chaulliac para descubrir que no había ningún hueco libre. Terminé por aparcar creativamente, al estilo francés, sobre un pequeño bordillo. Un camillero me dedicó un gesto de desaprobación con el dedo, pero pasé de largo a su lado dando zancadas, porque para entonces ya estaba en un estado de ánimo incontenible, desesperado por encontrar a Katherine. Si hubiera intentado detenerme en ese momento, creo que le habría partido un brazo y lo habría mandado a rayos X. Me dirigía a Urgencias neurológicas, en la quinta planta, y nada iba a interponerse en mi camino. En aquel instante, me di cuenta de que nunca deberíamos subestimar la agitación emocional de la gente que visita los hospitales. Las normas habituales no eran aplicables para mí, puesto que mis prioridades habían cambiado por completo. Estaba centrado en localizar a Katherine y en comprender qué era lo próximo que iba a ocurrir. Encontré a mi esposa sentada sobre una camilla, vestida con un camisón de hospital amarillo y con aspecto de estar desconcertada y confusa. Tenía una apariencia muy vulnerable y muy noble mientras colaboraba estoicamente con cualquier cosa que se le pidiera. Al final, nos dijeron que se había programado una operación para al cabo de unos cuantos días. Entretanto, se le administrarían altas dosis de esteroides para reducir la inflamación que rodeaba al tumor, ya que así se lo podrían extraer con mayor facilidad.

Ver cómo la empujaban por los pasillos en una silla de ruedas, cómo se incorporaba cubierta por un camisón sin espalda, cómo lo observaba todo con un aire de dignidad silenciosa y confusa, fue probablemente la peor etapa de todas. La logística se había solucionado: estábamos en el lugar adecuado, los niños estaban en buenas manos y tan sólo teníamos que esperar tres días y adaptarnos a aquella nueva realidad. Pasé la mayor parte de aquel tiempo en el hospital con Katherine o hablando por el teléfono del vestíbulo, desde donde le solté la bomba a amigos y familiares. Todas aquellas llamadas se desarrollaron de forma parecida: incredulidad despreocupada seguida de conmociones y, a menudo, lágrimas. Al cabo de tres días, me había convertido en un experto en la cuestión, y guiaba a aquellas personas de una fase a otra a medida que les iba revelando la noticia.

Por fin llegó el viernes y prepararon a Katherine para la operación. Se me permitió acompañarla hasta una zona de espera exterior situada junto al quirófano. Se trataba de un lugar precioso, típicamente francés, con un atrio moderno bañado por el sol; en él se habían plantado árboles cuyas hojas rojas y marrones reflejaban la luz y brillaban como una vidriera de colores. No había mucho que pudiéramos decirnos el uno al otro, así que le di un beso de despedida sin saber en realidad si volvería a verla y, en caso de que lo hiciera, en qué estado podría haber quedado tras la operación.

En el último momento, le pregunté al cirujano si podía presenciar la intervención. Cuando, hacía ya tiempo, escribía sobre salud, había entrado en otros quirófanos, y en aquel momento sólo quería comprender con exactitud qué le estaba ocurriendo a Katherine. Lejos de sorprenderse, el doctor, uno de los mejores neurocirujanos de Francia, se mostró encantado. Estoy bastante seguro de que padecía un síndrome de Asperger de alto funcionamiento. Por primera –y última– vez a lo largo de nuestra conversación, me miró a los ojos y sonrió, como si me dijera: «Así que a ti también te gustan los tumores, ¿eh?»; y, muy emocionado, me presentó a su equipo. Al anestesista le gustó bastante menos aquella idea y se mostró visiblemente alarmado, así que me eché atrás de inmediato; no quería que ninguno de los implicados desempeñara su labor con menor eficacia. El cirujano hizo un gesto de desilusión y retomó su inexpresiva eficiencia.

La operación fue un éxito, y cuando, unas horas más tarde, me reuní con mi esposa en la Unidad de Cuidados Intensivos, la encontré consciente y sonriente. Pero inmediatamente después el cirujano me dijo que no le había gustado nada el aspecto del tejido que había extirpado. «Reaparecerá», me advirtió. En aquel instante yo me sentía tan aliviado por el simple hecho de que Katherine hubiera sobrevivido a la intervención que aparqué aquella información en un rincón remoto de mi cerebro durante el período en que me ocupé de la familia y la quimioterapia y la radioterapia de mi mujer.

Katherine recibía a las visitas, entre ellas a nuestros hijos, en los inmaculados jardines tachonados de palmeras y pinos que había en el exterior de su sala. Al principio salía sentada en una silla de ruedas, pero después se sentaba sobre la hierba a la sombra de un árbol; el sol se colaba entre las ramas y proyectaba parches de luz sobre el discreto pañuelo de seda que cubría los vendajes de su cabeza. Se mostraba tan bella y tan relajada como siempre, como si fuera la anfitriona de una merienda campestre. Nuestros amigos Phil y Karen estaban de vacaciones en Bergerac, a unas siete horas en coche hacia el norte, pero aun así se acercaron a vernos y fue muy emotivo observar a nuestros hijos jugar con los suyos como si nada sucediera en aquel entorno que, por lo demás, era idílico.

Tras pasar unos cuantos días paralizantes navegando por Internet, nos quedó clara la inevitabilidad del regreso del tumor. Las Asociaciones Médicas Británica y Americana, todas y cada una de las organizaciones mundiales de investigación del cáncer y, de hecho, cualquiera de las organizaciones con las que contacté, le transmitían el mismo mensaje a una persona cuyo diagnóstico era un glioblastoma de grado 4: «Lo siento mucho.»

Rastreé entre mis contactos del campo de la salud alguna buena noticia acerca de la enfermedad de Katherine que aún no hubiera aparecido en la bibliografía, pero no la había. La supervivencia mediana —el tiempo de supervivencia más frecuente desde el punto de vista estadístico— era de entre nueve y diez meses desde el diagnóstico. La media era ligeramente distinta, pero el cincuenta por ciento de los afectados vivían un año más, y el tres por ciento de las personas diagnosticadas con tumores de grado 4 continuaban vivas al cabo de tres años. Aquello no tenía buen aspecto. Se trataba de una información difícil de digerir, sobre todo porque Katherine se estaba recuperando muy bien de la craneotomía que le habían realizado para extirparle el tumor (dado el extraño índice de extirpación del ciento por ciento), de manera que el excelente sistema médico francés la iba a transferir a toda prisa a sus sistemas de radioterapia y quimioterapia de última generación. Las personas que sobrevivían más tiempo con aquella enfermedad eran las mujeres jóvenes y saludables de mentes activas: Katherine al pie de la letra. Y, a pesar del negro panorama, existían varias vías de investigación prometedoras que posiblemente podrían publicarse dentro del lapso temporal que transcurriera hasta la reaparición.

Cuando Katherine salió del hospital, fue para dirigirse a una casa vacía y con aspecto de TARDIS[2] situada en un pueblo que le ofreció todo su apoyo. Sus padres, sus hermanos y su hermana se encontraban allí. El día en que mi esposa volvió, oímos unos golpecitos en la ventana. Era Pascal, nuestro vecino, que nos pasó a través de la ventana y sin ninguna ceremonia una mesa de comedor y seis sillas, seguidas de una cazuela con un guiso calentito en su interior. Intentamos regresar a la normalidad montando un despacho en nuestro polvoriento ático, organizando los regímenes de tratamiento que Katherine tendría que seguir y centrándonos en el libro de mis columnas de bricolaje, en cuyo diseño mi esposa estaba empeñada en seguir trabajando. Entretanto, a cien metros carretera adelante, se encontraban nuestros graneros, un proyecto de renovación como un sueño con final abierto, que podría ocuparnos tranquilamente la siguiente década de nuestras vidas, si así lo decidíamos. Lo único que nos faltaba era el pequeño detalle del dinero necesario para restaurarlos, pero, sinceramente, en aquellos momentos me preocupaba más proporcionarle a Katherine la mejor calidad de vida posible y aprovechar lo que toda la profesión médica me aseguraba que, con toda probabilidad, sería un corto período de tiempo. Yo intentaba no creérmelo, así que vivíamos mes a mes, entre resonancias magnéticas y análisis de sangre; nuestra seguridad crecía cautelosamente con cada resultado negativo.

Katherine se sentía más feliz cuando trabajaba y cuando

---

2. TARDIS son las siglas en inglés de *Time and Relative Dimension in Space* (tiempo y dimensión relativa en el espacio), nombre con el que se conoce a una nave capaz de viajar en el tiempo y en el espacio en la serie de televisión inglesa «Doctor Who». *(N. de la t.)*

sabía que los niños eran felices. Con su enérgica eficacia, montó su propio despacho una planta por debajo del mío, y en él comenzó a diseñar y a maquetar propuestas, muestras de color e ilustraciones. También se ocupaba de nuestros asuntos franceses, llevaba a los niños al colegio y se mantenía en contacto con el torrente de amigos que llamaban para preocuparse por ella y que, en ocasiones, venían a visitarnos. Yo seguía con mis columnas y con la investigación para mi libro de animales, que a menudo resultaba dolorosamente lenta debido a nuestra desvencijada conexión telefónica a Internet; la mantenía enchufada con cinta americana, pero aun así se hallaba sometida a los caprichos del «servicio» de France Telecom, que, con la deuda corporativa más importante de toda Europa, hacía que British Telecom pareciera una empresa eficaz y accesible para el usuario.

Nuestros hijos adoraban los graneros, de modo que resolvimos ocuparlos tan pronto como fuera posible. Así pues, invertimos nuestros últimos ahorros en construir un pequeño chalé de madera —que aun así era más grande que nuestro antiguo piso de Londres— en la parte de atrás del espacioso cobertizo. Aquello superaba con creces mis escasos conocimientos de bricolaje y resultaba demasiado complicado de entender para los simpáticos franceses del lugar —adictos a los almuerzos largos—, así que invocamos una ayuda especial que se hizo realidad en la forma de Karsan, un amigo de Londres de origen angloindio que se dedicaba a la construcción. Karsan es un manitas, un verdadero maestro de todo lo relacionado con las obras. En cuanto llegó, comenzó a recorrer el terreno de un lado a otro con nerviosismo y pidió que lo lleváramos a la carpintería. Trabajando durante treinta días seguidos, Karsan levantó una vivienda habitable de dos habitaciones, con agua corriente, un cuarto de baño de verdad en el que había un váter con cisterna, con electricidad... y todo eso mientras yo lo entorpecía.

Gracias a que tenía cierta experiencia en obras y a mis cuatro años como escritor sobre bricolaje, estaba convencido de que Karsan se sentiría impresionado ante mis amplios conocimientos, mi ética del trabajo y mi extensa gama de herramientas. Pero no fue así.

—Todas tus herramientas están sin usar —observó.

—Bueno, poco usadas —repliqué yo.

—Si alguien viniera a trabajar para mí con esas herramientas, lo despediría —sentenció—. Estoy haciendo todo el trabajo yo solo. ¿Hay alguien en el pueblo que pueda echarme una mano? —se quejó.

—Esto... Te estoy ayudando yo, Karsan —respondí.

Y era verdad. Iba a la obra todos los días y cargaba con maderos, cortaba cosas a medida y ponía todo mi empeño en aprender de aquel torbellino polivalente que era un maestro de la construcción. Debo reconocer que, en ocasiones, tenía que dedicar unas cuantas horas al día para mantener el ritmo de mi trabajo; los periódicos nacionales son muy poco comprensivos con los retrasos a la hora de enviar los artículos y, según descubrí, las excusas del tipo «tuve que ir a pedirle prestada a monsieur Roget la mezcladora de cemento o tuve que traducir a Karsan en el almacén de materiales de construcción» no son suficientes.

—Estoy haciendo todo el trabajo yo solo —seguía protestando Karsan.

Así que, justo antes de que se terminara el mes, por fin

conseguí convencer a un constructor francés de la zona para que nos ayudara. El hombre, a pesar de las pausas para comer de tres horas y de otras licencias, trabajó muy duro a lo largo de las dos últimas semanas de la obra.

Nuestra glamurosa amiga Georgia, que formaba parte del círculo de madres inglesas al que accedimos tras nuestra llegada, también nos ayudó mucho y logró impresionar a Karsan con sus grandes conocimientos acerca de fontanería, tacones altos y escotes pronunciados. Se convirtieron en muy buenos amigos, y Karsan comenzó a hablar de instalarse en la zona «porque aquí se puede conducir como en la India»; Georgia desempeñaría para él las funciones de secretaria administrativa y traductora. Por alguna razón desconocida, la esposa de Karsan vetó aquella idea.

Cuando terminamos la casa de madera, los lugareños no se lo podían creer. Uno incluso exclamó: «*Sacré bleu.*» Algunos de ellos llevaban años trabajando en sus propias viviendas, situadas en las parcelas a las afueras del pueblo hacia donde se estaban expandiendo las nuevas generaciones. Sin embargo, rara vez se terminaba alguna de verdad, a excepción de las casas de veraneantes que encargaban los expatriados holandeses, alemanes e ingleses, quienes a menudo empleaban mano de obra de fuera o microdirigían a los albañiles locales llevándolos al límite de la locura hasta que realmente acababan el trabajo. Esa balanza vida/trabajo, que ponía el énfasis con firmeza en la vida, era una de las características más placenteras de vivir en aquella región y, además, encajaba a la perfección con mi «procrastinador interior», pero me resultó muy satisfactorio poder mostrarles un proyecto completo construido a la inglesa; es decir, con jornadas de trabajo de catorce horas seguidas sin más pausa para la comida que la necesaria para comerse un sándwich de queso y tomarse una taza de té con rapidez. Nos despedimos cariñosamente de Karsan y nos mudamos a nuestra nueva casa situada en la parte trasera de un enorme granero abierto, con vistas a otro. Teníamos un gran jardín tapiado donde los niños podían jugar seguros con su perro, *Leon*, y sus gatos, y cuya pared de atrás estaba a la distancia de un tiro de Frisbee de un adulto plenamente desarrollado. Era nuestra primera casa decente desde antes de que nacieran los niños, y nos deleitamos en el espacio y en la oportunidad de trabajar al fin en nuestro propio hogar. No obstante, había miles de cosas urgentes por hacer en todas partes. A lo largo de aquel verano revestimos la casa con materiales aislantes e instalamos la banda ancha de Internet. Katherine, por su parte, plantó su propio huerto, que produjo suculentos tomates cherry y frambuesas; la higuera de un vecino dejaba caer sus frutos en nuestro jardín; entre los setos que rodeaban las vides crecían los ajos salvajes y en los campos reposaban melones que no se solían recoger; todo ello daba lugar a un suministro aparentemente infinito de deliciosos productos locales. Caminar todos los días por aquellos senderos polvorientos y tostados por el sol en compañía de *Leon*, atravesar el paisaje al son de los chirridos de las cigarras, hacía que me vinieran a la memoria recuerdos de mi infancia en Corfú, donde mi familia pasó varios veranos. En Grecia, los olivos retorcidos aparecían en arboledas caóticas y no en hileras sembradas, pero el estilo de vida que yo llevaba era el mismo, a pesar de que entonces ya era una persona madura y con mi propia familia. Era surrealista, teniendo en cuenta el telón de fondo de la enfermedad de Katherine, que todo fuera tan perfecto al mismo tiempo que iba tan horriblemente mal.

Nos lanzamos a disfrutar de la vida, y para mí aquello implicaba explorar la fauna de la zona con mis hijos. La diferencia más evidente con respecto al Reino Unido tenía que ver con los pájaros, puesto que eran de colores brillantes y resultaba obvio que estaban más acostumbrados a pasar temporadas en el norte de África que sus sosos homólogos británicos, cuyo plumaje parece estar más adaptado a un otoño perpetuo que a los vívidos tonos de Marrakech.

A veinte minutos de distancia, teníamos La Camarga, cuyos arrozales y salinas son lo suficientemente cálidos como para mantener una población de flamencos a lo largo de todo el año. Pero yo me había propuesto no interesarme por los pájaros. Una vez me apunté a una «excursión por la naturaleza de Mull» que resultó ser una salida de observadores de pájaros. Ignoraron a un grupo de nutrias juguetonas para esconderse tras un arbusto y esperar a un animal al que llamaban «colirrojo», un gorrión rojizo que, por lo que parecía, era bastante poco habitual en aquella estación. Eso conduce a la locura.

Mucho más atractiva, y a menudo inevitable, era la población de insectos que saltaba, se arrastraba y se reproducía por todas partes. Los grillos del tamaño de ratones que brincaban entre las hierbas altas entretenían tanto a los gatos como a los niños, que los cazaban por motivos opuestos: los niños para intentar alimentarlos y los gatos para comérselos. Por las noches, los escarabajos rinocerontes —cuyo aspecto era bastante exótico— se cruzaban con torpeza en mi camino como si fueran pequeños tanques prehistóricos; aquellos animales en peligro de extinción blandían con fiereza sus totalmente inútiles cuernos, de forma que se asemejaban más a un Triceratops que a los relativamente esbeltos rinocerontes. Aquellas bestias tan divertidas solían quedarse con nosotros unos cuantos días, traqueteando en el interior de un cuenco de cristal lleno de tierra, astillas y, por lo general, hojas de diente de león –con el que pretendíamos imitar su hábitat natural–. Pero no resultaban buenas mascotas y siempre terminaba por soltarlos, al anochecer, en la seguridad de las viñas. Entre las demás capturas nocturnas se contaban también los sapos grandes y gordos –siempre liberados en una balsa del río en lo que se convirtió en una ceremonia formalizada que se celebraba cuando los niños salían de clase–, y un erizo que trasladamos con dos palos y al que albergamos en una bañera de hojalata donde lo alimentamos con gusanos hasta que, tres días más tarde, desapareció. Hasta entonces no había sabido que esas criaturas tan afables, pero infestadas de piojos y hediondas, pueden transmitir la rabia. Pero quizá la captura más espectacular fuera la de una serpiente sin identificar de casi un metro de largo a la que también transportamos mediante el método de los palos. Durante una noche, la alojamos en nuestro salón, bajo una fuente con agujeros a la que le dimos la vuelta, para que pudiera respirar.

—¿Qué opinas de la serpiente? —le pregunté con orgullo a Katherine a la mañana siguiente.

—¿Qué serpiente? —me respondió.

La fuente estaba vacía. El animal había escapado a través de un agujero y había caído al suelo justo al lado de donde estábamos durmiendo (en el sofá cama, por aquella época) antes de reptar hacia el exterior por debajo de la puerta. O aquélla era mi esperanza. A Katherine no le resultó gracioso y yo decidí ser más cuidadoso con respecto a lo que metía en casa.

Pero no toda la fauna local era inofensiva. Las víboras, o *vipères*, abundaban, y el protocolo obligaba a llamar a los bomberos, o *pompiers*, que acudían y «bailaban a su alrededor como niñitas mientras agitaban palos ante el animal hasta que huía», según Georgia, que había sido testigo presencial del procedimiento. Una vez vi una *vipère* debajo de una piedra en el jardín; desde entonces, decidí llevar guantes gruesos y dar golpecitos con cautela a todas y cada una de las piedras que tuviera que mover. A veces, en nuestra vida también entraban zumbando, como si fueran malévolos helicópteros de combate, las avispas asesinas; todos los lugareños estaban de acuerdo en que bastarían tres aguijonazos de aquellos insectos para matar a un hombre. Mi cada vez más manoseada enciclopedia de animales e insectos tan sólo rezaba que eran «potencialmente peligrosas para los humanos». En cualquier caso, cada vez que veía una, desempeñaba con diligencia todo el procedimiento *pompier*.

Pero la criatura que en un primer momento me produjo una impresión más fuerte fue el escorpión. Una noche apareció uno sobre la pared de mi despacho y me provocó una subida de los niveles de adrenalina y de pánico que sólo creía que fuera posible en la selva. ¿Es que no existía ningún lugar seguro? ¿Cuántos ejemplares de aquella cosa había allí? ¿Estaban en aquel momento en la habitación de los niños? Una búsqueda en Internet me descubrió que a lo largo de la década anterior los escorpiones habían matado a cincuenta y siete personas en Argelia. Argelia es una antigua colonia francesa. Estaba cerca. Pero, por suerte, aquel escorpión –marrón oscuro y del tamaño de la punta del pulgar de un hombre– no era el responsable de aquellas muertes; en realidad tenía un aguijón que se parecía mucho al de una abeja. Aquel sobresalto, que me hizo darme cuenta de que definitivamente ya no estaba en Londres y de que había puesto a mi familia en una situación potencialmente peligrosa, inspiró mi primer –y último– poema durante alrededor de veinte años. Por desgracia, está demasiado lleno de improperios como para reproducirlo en estas páginas.

Y luego está lo del jabalí. Para que no lo superaran los simples insectos, reptiles y artrópodos, el orden de los mamíferos también me obsequió con algo muy especial mientras paseaba al perro una noche. Contrariamente a mis costumbres, había salido a correr e iba un poco por delante de *Leon*, así que me sorprendió verlo de repente a unos veinticinco metros por delante de mí, entre las vides. A medida que me iba acercando a él, me chocó también el hecho de que pareciera ser, bajo la luz de la luna, de color negro azabache, cuando la última vez que lo había visto seguía siendo pardo, como siempre. Además, aunque *Leon* es un perro de las montañas, peludo y corpulento, que pesa unos cincuenta kilos, aquel animal aparentaba ser más pesado y tener una silueta más parecida a la de un tonel. Y gruñía, como un cerdo enorme. Comencé a darme cuenta de que no era *Leon*, sino un *sanglier*, o jabalí, famosos por deambular por los viñedos durante la noche y por ser capaces de hacer agujeros del tamaño de un jabalí en una alambrada metálica sin siquiera reducir su velocidad. Estaba armado con una correa de perro, un portaminas (por si me llegaba la inspiración) y un casco provisto de una luz... apagada. Cuando el animal me encaró y comenzó a escarbar el suelo, me di cuenta de que tenía que decidir rápidamente si encendía o no la luz del casco. El jabalí bien terminaría por cargar contra el resplandor, bien saldría huyendo. Cuando la luz se encendió de golpe, aquel monstruo gruñón se dio la vuelta con lentitud y se alejó trotando entre las vides más irritado que asustado. Y entonces llegó *Leon*, una caballería tardía e insuficiente, y salió disparado tras él hacia los viñedos. Por lo general, en cuanto se produce el más mínimo indicio de un crujido entre la maleza, *Leon* se dedica sin tregua a perseguir conejos imaginarios durante muchos minutos seguidos; pero, en aquella ocasión, regresó de inmediato manifestando una total ignorancia con respecto a que hubiera surgido algún problema y se mantuvo pegado a mí durante todo el camino de vuelta a casa. Muy listo.

Al día siguiente llevé a los niños a seguirle la pista al jabalí. Abrieron los ojos de par en par cuando encontramos y fotografiamos las huellas de las pezuñas sobre aquella tierra suelta y gris, igual que cuando les pedimos a los mordaces granjeros del Café of the Universe, en el pueblo, que verificaran que se trataba de dicho animal. «*Il était gros*», sentenciaron riéndose a carcajadas y llenando el aire de nubes de *pastis* cuando remedé mi miedo.

Así que, con serpientes incluidas, aquella vida era tan parecida al Edén como intuía que era posible. Con la banda ancha instalada al fin, y con los murciélagos volando de un lado a otro de mi improvisado despacho en el granero vacío, el libro que había ido a escribir allí por fin avanzaba de verdad. El tratamiento y el entorno de Katherine parecían ser tan buenos como cabía esperar dentro de lo razonable. ¿Qué podría suponer una tentación para que nos alejáramos de aquel lugar por el que tanto habíamos luchado y que nos resultaba casi celestial? Que mi familia decidiera comprar un zoo, claro está.

2. Comienza la aventura

Fue en la primavera de 2005 cuando aterrizó en la puerta de nuestra casa el folleto que cambiaría nuestras vidas para siempre. Como habríamos hecho con cualquier otro impreso publicitario de una inmobiliaria, al principio lo ignoramos. Pero, al contrario de lo que habría ocurrido con cualquier otro anuncio de una inmobiliaria, en aquél vimos anunciado por primera vez el Parque de la Naturaleza de Dartmoor. Mi hermana Melissa me había enviado una copia a Francia, acompañada de una nota: «El escenario de tus sueños.» No me quedó más remedio que estar de acuerdo con ella en que, aunque creía que ya estaba viviendo en el escenario de mis sueños, aquella extraña oferta de una casa de campo con un zoo anejo tenía aspecto de ser incluso mejor... si es que la podíamos conseguir, lo cual también parecía bastante poco probable. Debía de haber problemas estructurales graves en la casa, o en el terreno, o en los recintos de los animales; o quizá alguna deficiencia fundamental en el negocio que resultara imposible de rectificar.

Aun así, incluso con aquella casi total certeza de fracaso final, la familia al completo se sintió lo suficientemente intrigada como para investigar el asunto en mayor profundidad. ¿Una fantasía extravagante? Tal vez, pero se trataba de una extravagancia por la que, decidimos, seríamos capaces de reestructurar toda nuestra vida.

Mi padre, Ben Harry Mee, había muerto hacía unos cuantos meses, y mi madre iba a tener que vender la casa familiar donde habían vivido durante los últimos veinte años. Se trataba de una construcción de cinco habitaciones construida en un terreno de dos acres en Surrey y que acababa de ser valorada en 1,2 millones de libras. Aquella asombrosa cifra no reflejaba tan sólo el maravilloso entorno de la casa, sino también, y sobre todo, su proximidad a la ciudad de Londres, ya que estaba cómodamente situada en el interior del cordón de seguridad económica de la Autopista M25. A veinticinco minutos en tren del Puente de Londres, se trataba del cinturón de los corredores de Bolsa, una envidiable posición en la escala de las propiedades lograda por mi padre, quien, como hijo de un ilustrado minero de Doncaster, había trabajado duro e invertido su dinero con gran perspicacia en favor de su prole a lo largo de toda su vida.

En efecto, Ben había trabajado en la Bolsa durante los últimos quince años de su carrera profesional, pero no como corredor, ya que pensaba que dicho puesto podía considerarse moralmente cuestionable. Mi padre era controlador de gestión y supervisaba las funciones administrativas de la Bolsa de Londres, y de las de Manchester, Dublín y Liverpool, aparte de las de un total de once constructoras fusionadas tanto nacionales como irlandesas. (Por el contrario, cuando yo alcancé aquella misma etapa de la vida, experimenté graves dificultades para manejar los asuntos administrativos de mi propia actividad como periodista autónomo y soltero.) Así las cosas, mi familia era relativamente pudiente, aunque no rica de verdad, y no contaba con activos líquidos para respaldar empresas caprichosas. En 2005, el Banco Halifax, propietario de una de las agencias inmobiliarias más importantes de Gran Bretaña, calculó que existían unas sesenta y siete mil propiedades valoradas en más de un millón de libras en el Reino Unido, pero por lo que se ve fuimos la única familia que decidió cobrarlo todo e intentar comprar un zoo.

Desde el principio pareció ser una causa perdida, pero sabíamos que nos arrepentiríamos si no luchábamos por ella. Teníamos un plan, si es que se lo podía llamar así. Nuestra madre había pensado en vender la casa e irse a vivir a otra más pequeña y manejable, de dos o tres habitaciones, para vivir tranquila y segura con un buen colchón económico, aunque con espacio únicamente para que sólo uno o dos de sus hijos la visitaran a la vez con sus respectivos niños en cualquier momento. El problema, y lo que nos preocupaba a todos, era que ese aislamiento a su edad pudiera convertirse en la antesala de un deterioro gradual (y, tal y como ella lo veía, de una inevitable demencia) y de la muerte.

El nuevo plan consistía en convertir los activos familiares y el hogar de nuestra madre en una casa de doce habitaciones rodeada de un negocio estancado sobre el que no sabíamos nada. Yo abandonaría Francia de manera definitiva y aparcaría mi libro temporalmente; Duncan dejaría de trabajar en Londres y, entonces, viviríamos todos juntos y nos dedicaríamos a gestionar el zoo a jornada completa. A nuestra madre le ahorraríamos las preocupaciones diarias que surgieran del negocio, pero se beneficiaría de vivir en un ambiente tan estimulante y de tener a su alrededor a toda su familia, embarcada en una emocionante nueva vida que consistiría en cuidar de doscientos animales exóticos. ¿Qué podía salir mal? Venga, mamá... todo irá bien.

En realidad, fue sorprendentemente fácil convencerla. Mi madre siempre ha sido una aventurera, y además le gustan los gatos grandes. Cuando tenía setenta y tres años, la llevé a una reserva de leones en la que podías caminar por el monte en compañía de los animales y acariciarlos cuando estaban en sus recintos; muchos habían sido criados en cautividad, ya que descendían de leones rescatados de los disparos de los granjeros. El tamaño de aquellas bestias me asustó mucho y, francamente, me sentí aterrorizado, puesto que no era capaz de quitarme de la cabeza la idea de que se suponía que yo no debería encontrarme tan cerca de aquellos depredadores. El movimiento de un simple bigote me provocaba una sacudida de adrenalina que se traducía en un estremecimiento involuntario. Mi madre se limitaba a hacerles cosquillas bajo la barbilla y a decir: «¡Oh!, ¿no son adorables?» Al año siguiente, aquella intrépida señora intentó esquiar por primera vez en su vida. Así que no rechazó sin más la propuesta de comprar un zoo.

A ninguno de los hermanos nos gustaba la idea de que nuestra madre estuviera sola, así que ya estábamos considerando la posibilidad de que viviera con uno de nosotros, quizá en una propiedad más grande que compráramos entre todos. Y así fue como los detalles del Parque de la Naturaleza de Dartmoor −cortesía de Knight Frank, un agente inmobiliario del sur de Inglaterra– se colaron en el buzón de mi madre. Mi hermana Melissa era la que estaba más entusiasmada, de modo que solicitó varias copias de los detalles y se las envió a todos y cada uno de sus cuatro hermanos: el mayor, Vincent; Henry; Duncan, y yo. Estaba en Francia cuando recibí mi copia con la nota de «El escenario de tus sueños». Tuve que reconocer que tenía muy buena pinta, pero en seguida la lancé sobre mi tambaleante montón de «pendiente». Aquel cúmulo ya estaba cubierto de polvo debido al mistral, ese magnífico viento de la Francia meridional que arremetía periódicamente contra el canal que crean, en el suroeste del país, las montañas que rodean los ríos Ródano y Saona. Y entonces, se filtraba a través de la pared de mortero de cal de mi granero-despacho, que estaba orientado hacia el norte, y que redistribuía el polvo de mortero como si se tratara de una tormenta de arena sin importancia, y lo esparcía equitativamente por todo mi estudio durante un período de en torno a cuatro días cada vez. Sobre el folleto aparecieron pequeñas dunas onduladas de polvo de mortero; después, sobre las dunas aparecieron otros documentos; y luego, más dunas pequeñas.

Pero Melissa no estaba dispuesta a dejarlo pasar. Y no lo estaba porque creía que era posible, así que hizo que tasaran su casa y se dedicó a arrastrar todas las conversaciones que manteníamos con ella hacia el tema del zoológico. Duncan se entusiasmó rápidamente. Durante una época bastante breve, había sido cuidador de reptiles en el Zoo de Londres, así que era lo más cercano a un profesional del mundo del zoo que teníamos. En aquel momento, ya se había convertido en un directivo empresarial con experiencia, de manera que también lo considerábamos el principal candidato para gestionar el proyecto de forma global si decidía –él, y con toda probabilidad los demás– cambiar el estilo de vida que llevaba entonces por una existencia completamente distinta.

Melissa concertó una visita para toda la familia –excepto Henry y Vincent, que tenían otros compromisos, pero que también estaban a favor de que exploráramos el terreno–. Se concretó la cita, y la «abuela» Amelia y una nutrida representación de su prole, que abarcaba tres generaciones, llegaron a un pequeño hotel rural situado en el distrito de South Hams, en Devon. Se estaba celebrando una boda, así que el ambiente estaba lleno de cordialidad; los jardines, fríos en aquella noche de comienzos de primavera, retumbaban de vez en cuando con el sonido que hacían sobre la gravilla los tacones de unas jovencitas demasiado ligeras de ropa que corrían hacia los coches, de vuelta al hotel, tras haberse hecho con algún artículo esencial que faltaba para la jarana.

Una reunión familiar completa, o incluso razonablemente amplia, que no fuera en Navidad o en una boda era poco frecuente; además, no estábamos de vacaciones, sino que debíamos realizar una pequeña misión, pero aun así nos acompañaba una pandilla de niños de edades variadas. Sin lugar a dudas, nuestro grupo se encontraba en el extremo «amplio» del espectro, con todo lo que ello conlleva. Bebés que vomitan, mujeres embarazadas, niños en edad de darse golpes en la cabeza a todas horas y preadolescentes que accidentalmente arrancan las cortinas de la pared mientras intentan imitar a Darth Vader. La noche anterior a la visita al zoo, estábamos animados pero también éramos realistas. Considerábamos que éramos unos aspirantes serios, pero es probable que todos estuviéramos ya convencidos de que, aun haciendo un gran esfuerzo, alguien con más dinero o experiencia —o, tal vez, ambas cosas— aparecería y nos lo quitaría.

Llegamos al parque una fría mañana de abril de 2005. Fue entonces cuando por primera vez en nuestra vida nos reunimos con Ellis Daw. Ellis, un enérgico hombre de setenta y muchos años, con una barba blanca muy poblada y una gorra que nunca se quitaba, nos mostró el parque y la casa como si fuera un profesional con el piloto automático conectado. Estaba claro que ya había realizado aquella visita unas cuantas veces antes. A lo largo de nuestra rápida excursión por la laberíntica mansión de doce habitaciones, nos dimos cuenta de que la sala de estar estaba medio llena de jaulas de loros, de que la decoración databa de hacía al menos tres décadas y de que el sistema eléctrico y las tuberías tenían pinta de necesitar tragarse unas cuantas decenas de miles de libras para funcionar correctamente.

Fuera, en el parque, todos nos entusiasmamos con los animales y los novedosos diseños de Ellis para los recintos. La Montaña del Tigre, que se llamaba así porque había tres tigres siberianos merodeando alrededor de una montaña artificial levantada en medio del parque, nos resultó particularmente impresionante. En lugar de alambradas o telas metálicas, Ellis había adoptado un sistema «ha-ha» que, básicamente, implica cavar una zanja profunda en torno a un perímetro que, a su vez, está rodeado por un muro de casi dos metros de altura por el lado del animal pero de tan sólo uno por el del visitante. Produce una gran sensación de proximidad ver a unos felinos espectaculares que se pasean por el recinto como versiones gigantes y de color fuego de los gatos domésticos que todos conocemos y queremos; es algo que te hace replantear por completo tu relación con los minúsculos depredadores que la mayor parte de nosotros acogemos bajo nuestros techos.

Había leones tras las alambradas, tan deslumbrantes como los tigres, que rugían para disuadir a cualquier otro animal de que los retara por su territorio, en especial a otros leones, por lo que parecía. Y debe decirse que esos potentísimos bramidos que sus muy poderosos diafragmas proyectaban a una distancia de casi cinco kilómetros a lo largo y ancho del valle han demostrado ser ciento por ciento eficaces a lo largo de los años. Ni una sola vez otro grupo de leones, ni de cualquier otra cosa, ha desafiado a los leones del zoo por su parcela de césped. Es fácil argüir que se debe a la ausencia de depredadores de tal magnitud en las proximidades, pero al parecer hace unos cuantos años una leona atrapó a una garza supuestamente a más de cuatro metros y medio del suelo, hecho que confirma que esa defensa territorial no era ningún farol.

Alrededor del merendero paseaban los pavos reales; desde allí también se podía ver una manada de lobos que merodeaba entre los árboles, detrás de una alambrada. Tres enormes osos pardos europeos levantaron la vista para mirarnos desde su recinto boscoso, y tres jaguares, dos pumas, un lince, unos cuantos flamencos, puercoespines, mapaches y un tapir brasileño contribuían a la ecléctica variedad del grupo.

Los animales nos dejaron asombrados pero, sorprendentemente, no nos intimidaron en absoluto. Incluso para nuestras ignorantes miradas resultaba evidente que había mucho trabajo por hacer. Todo lo que era de madera, desde los bancos del merendero a los postes de los recintos pasando por las barreras de seguridad, estaba cubierto de líquenes que, claramente, llevaban mucho tiempo asentados allí. Lo más preocupante era que, en la base de muchos de los postes de los recintos, algunas de aquellas plantas estaban ejerciendo una labor corrosiva.

Nos dábamos cuenta de que el zoo necesitaba una gran inversión, pero también de que era un negocio que había estado operativo hasta hacía poco y de que nos daría la oportunidad única de vivir junto a algunos de los animales más espectaculares —y más escasos— del planeta.

Como parte de nuestra visita oficial a la propiedad, un equipo de rodaje del canal Animal Planet nos pidió que participáramos en un documental acerca de la venta del parque. El periodista que habita en mí comenzó a preguntarse si aquella excéntrica aventura inglesa podría sostenerse por medio de otras fuentes. Durante quince años me había dedicado profesionalmente a la escritura y los medios de comunicación y, aunque no me habían provisto de cantidades ingentes de dinero, sí me habían proporcionado una calidad de vida excelente. Si escribía sobre las actividades que me gustaba desempeñar, por lo general también podía realizarlas y, lo que es más importante, en algunas ocasiones era capaz asimismo de estimular dichas actividades gracias a la atención mediática que recaía sobre ellas. Tal vez nos encontráramos ante un modelo similar con el zoo. Un negocio un día floreciente y que ahora se encontraba al borde de la extinción, un parque que en su día funcionó a la perfección pero que en ese momento necesitaba un pequeño empujón del mundo exterior para lograr sobrevivir...

A nuestra madre, a Duncan y a mí nos pidieron que nos pusiéramos de pie en la sala de estar, hombro con hombro entre los loros, para explicarle a la cámara qué haríamos en caso de que nos quedáramos con el zoológico. Al final de nuestra explosión de entusiasmo *amateur*, el cámara exclamó espontáneamente: «¡Quiero que os lo quedéis vosotros!» Las demás ofertas provenían de profesionales de la industria del ocio que tenían mucho dinero; creíamos que contra ellos no teníamos más que una remota posibilidad. Yo aún era muy escéptico, pero comenzaba a ver con claridad una forma de abrirnos paso si, de algún modo, la suerte nos lo permitía. Pero todavía parecía poco probable, como cuando de niños vimos todas aquellas casas a las que nuestros padres nos arrastraban antes de mudarnos: «No os intereséis demasiado, porque lo más probable es que no terminéis viviendo allí.»

Durante la visita al parque en sí, al fin Ellis detuvo su perorata profesional y nos miró a mi hermano Duncan, a nuestro cuñado Jim y a mí —todos muchachos fornidos de entre cuarenta y cuarenta y cinco años—, y nos dijo: «Bueno, tenéis la edad adecuada para esto, en cualquier caso.» Nos percatamos de que aquello era un voto de confianza, ya que, obviamente, Ellis había visto en nosotros algo que le gustaba. Nuestras ambiciones para el zoológico eran modestas, cosa que aquel hombre también apreciaba. Nos explicó que en realidad había rechazado varias ofertas porque implicaban gastarse demasiado en la remodelación. «¿En qué quieres gastarte un millón de libras aquí? —nos preguntó de forma un tanto retórica—. ¿Qué hay de malo en el parque? Largaos, les dije.» Me imagino lo pálidos que se pusieron sus banqueros cuando se enteraron de las buenas noticias. Por suerte, nosotros no teníamos un millón de libras para gastar en remodelaciones —o, en aquel momento, ni siquiera en el propio zoo—, así que nuestros planes modestos y familiares parecieron tocar la fibra sensible de Ellis.

Nuestra visita concluyó hacia las tres y media de la tarde; fue entonces cuando comenzamos a notar que los parloteos apasionados de los adultos de nuestro grupo se veían interrumpidos cada vez con mayor frecuencia por pequeños arrebatos emocionales ligeramente exagerados de nuestros hijos, que pululaban a nuestro alrededor como muñecos maníacos y cascarrabias a los que les hubieran dado demasiada cuerda. Debido al entusiasmo que nos había despertado el parque, todos habíamos cometido un error elemental de padres novatos y nos habíamos saltado la hora de la comida, situación que desemboca en el «Terror de los Padres»: bajo nivel de azúcar en sangre en los menores de diez años. Teníamos que encontrar comida a toda velocidad. Entramos en el enorme restaurante Jaguar, construido por Ellis en 1987, que contaba con capacidad para trescientos comensales. Volvimos a salir en seguida. Rara vez me he encontrado en un restaurante en funcionamiento que resultara menos apropiado para el consumo de alimentos. La gastada formica de las mesas —dispuestas como en el comedor de un colegio e iluminadas por unos tubos fluorescentes cegadores incrustados entre los arremolinados acabados de un techo amarillento a causa del humo— estaba cubierta por una fina capa de grasa procedente de las prolíficas freidoras de la cocina. El denso olor del aceite con el que freían las patatas nos dio una idea bastante exacta acerca del tipo de menú que preparaban; también se mezclaba con el humo de los cigarrillos liados a mano que fumaba un grupo de empleados vestidos con delantales supuestamente blancos mientras, sentados alrededor de la barra, miraban con desconfianza a los pocos clientes que tenían.

Aunque corriéramos el riesgo de que se produjera una implosión masiva y total de azúcar en sangre, no íbamos a comer allí, así que pedimos indicaciones para llegar al supermercado más cercano y comprar provisiones de emergencia. Y entonces fue cuando, para mí, encajó la última pieza del rompecabezas de Dartmoor: descubrimos el Tesco de Lee Mill. A siete minutos de distancia en coche, no se trataba tan sólo de un supermercado, sino de un megamercado. En el clímax de la película *Los caballeros de la mesa cuadrada y sus locos seguidores*, de los Monty Python, el rey Arturo por fin alcanza la cumbre de una colina que le ofrece una vista del castillo Aaargh, donde se cree que reposa el grial, la culminación de su búsqueda. Mientras un barco sin piloto y con el emblema de un dragón arrastra por el agua a Arturo y a sir Bedevere, suena una melodía de proporciones épicas wagnerianas para señalar que están a punto de llegar a un lugar realmente importante. Ésa fue la música que comenzó a sonar de manera espontánea en mi cabeza cuando dimos la vuelta a una esquina en la cima de un cerro y miramos hacia abajo, hacia una cuenca artificial en la que se situaba lo que casi parecía ser una nave espacial gigante que hubiera aterrizado en secreto en aquel exuberante paisaje verde. Daba la sensación de que tenía el mismo tamaño que el Aeropuerto de Stansted; sus luces transmitían al mundo su mensaje de consumismo a escala industrial en el crepúsculo de aquel rápido atardecer de finales de primavera. Conseguimos inmediatamente pollos asados, pan reciente, ensalada, *hummus*, pilas, ropa de niños, periódicos y otras muchas provisiones que nos faltaban. Pero aún más importante, mientras deambulaba por aquellos pasillos que asemejaban los de una catedral, me tranquilizó mucho saber que, en caso de que fuera necesario, allí podría encontrar un televisor, una cámara, una plancha, una tetera eléctrica, material de oficina, un DVD o juguetes para los niños. Y estaba abierto las veinticuatro horas del día. Cuando observé que había treinta y siete cajas despachando a sus respectivas colas de clientes, mis últimos temores acerca del traslado a aquella zona se disiparon por completo. Después de haber vivido en Londres durante veinte años, me había acostumbrado a que cosas como los televisores de pantalla plana, las tarjetas de felicitación o las coles estuvieran a mi disposición a cualquier hora del día o de la noche, y uno de los mayores choques culturales de haber vivido en el sur de Francia a lo largo de los tres años anteriores había sido su radicalmente distinta forma de entender ese tema. Para ellos, el consumismo global terminaba a las ocho de la tarde y, si después de esa hora necesitabas algo con urgencia, tenías que ¡esperar hasta el día siguiente! Aquel Tesco, para mí, significó que todo aquel asunto era factible, así que, muy animados, nos llevamos la comida a una playa cercana desde la que contemplamos la puesta de sol.

Aunque la casa de mi madre ni siquiera estaba aún en venta, la habían valorado en la misma cantidad que se pedía en principio por el zoo; así pues, con cierta inquietud, presentamos una oferta por ese dinero en una subasta a puja sellada con cuatro participantes y esperamos el resultado con entusiasmo. Pero dos días después nos comunicaron que no lo habíamos conseguido. Los consejeros de Ellis rechazaron nuestra puja basándose en que no teníamos ni experiencia ni dinero de verdad. Y tuvimos que reconocer que ambos motivos eran justos. Regresamos a nuestras vidas sin apenas lamentos, sabiendo que habíamos hecho lo que habíamos podido y que habríamos estado listos para seguir hasta el final, pero ya no estaba en nuestras manos. Melissa regresó a Gloucestershire con su familia; Duncan estaba liado en Londres con su nueva empresa; Vincent, nuestro hermano mayor, de cincuenta y cuatro años, acababa de tener otro bebé; mi madre regresó a la casa familiar de Surrey y comenzó a prepararla para ponerla a la venta. Todo relativamente cómodo, próspero y gratificante. Yo sentía que mi vida en particular era compensación suficiente por haber perdido aquella oportunidad. Después de haberme pasado casi una década luchando por conseguir un puesto que me permitiera vivir de escribir y tener pocos gastos indirectos en un país cálido, por ver crecer a mis hijos en aquel lugar ligeramente extraño, me sentía satisfecho con mi suerte y ansioso por regresar a ella.

Pero después de todo aquel entusiasmo, no podía evitar preguntarme qué habría ocurrido. Sentado en mi despacho provisional de plexiglás, en la parte de atrás de mi precioso granero en ruinas, con las golondrinas entrando y saliendo durante el día y los murciélagos zumbando alrededor de mi cabeza al anochecer, no podía parar de pensar en la vida que podríamos haber construido en torno a aquel zoo.

Katherine se encontraba más fuerte cada día. Blandía mi azadón francés en su huerto con creciente vigor y su tono muscular y su masa corporal —debilitada hasta el extremo por la quimioterapia hasta el punto que pasó de parecer una modelo de pasarela a una roquera *punk* demacrada con unos cuantos mechones de pelo distribuidos al azar— mejoraron a lo largo del verano. Su neuróloga, madame Campello, una mujer extremadamente inteligente y un tanto intimidante, estaba satisfecha con sus avances y decidió cambiar las resonancias magnéticas de una al mes a una cada dos meses, un hecho que nosotros interpretamos como una buena señal. Nos daba más tiempo entre cada inevitable angustia de viajar hasta Nîmes para recoger los resultados, un proceso que a los dos, sobre todo a Katherine, nos resultaba bastante abrumador.

Resultaba obvio que madame Campello era una mujer compasiva, y estoy seguro de que se quedó sin aliento la primera vez que Katherine, los niños y yo acudimos a su consulta para la revisión postoperatoria de mi esposa. A partir de aquel momento, adelantó casi todas las etapas del tratamiento; se veía que aquella señora iba a hacer cuanto estuviera en su mano para asegurarse de que Katherine sobrevivía. Sin embargo, durante sus consultas clínicas normales, madame Campello actuaba más bien como una directora de colegio estricta, lo que hacía que Katherine, siempre la niña buena, se sintiera incapaz de hacerle demasiadas preguntas acerca de las diferentes opciones de tratamiento. Por el contrario, con una o dos expulsiones del instituto a mis espaldas, a mí nunca me han intimidado mucho los jefes de estudio, así que me sentía con derecho a investigar. La doctora resultó mostrarse tremendamente receptiva a mis consultas y, en varias ocasiones, la llamé por teléfono tras haber hablado con Katherine una vez llegados a casa, y pactamos alguna modificación en su medicación.

Mis excursiones nocturnas con *Leon* continuaron aportando a nuestras vidas interesantes criaturas, como luciérnagas procedentes de arbustos impenetrables que nunca dejaban ver su mercancía a la luz del día —delante de los niños—, escorpiones, a los que ya estaba empezando a habituarme pero que aún me ponían nervioso, y, lo más sorprendente para mí, un escarabajo de cuerno largo. Nunca había visto con anterioridad –ni lo he vuelto a ver después– un escarabajo de ese tipo en libertad. Estaba convencido de que se hallaba en el continente equivocado. Era largo –quizá midiera ocho centímetros–, con los élitros iridiscentes, la cabeza pequeña y unas antenas enormes de las que, supongo, deriva su nombre. Me produjo un gran placer identificarlo en compañía de los niños en la enciclopedia francesa voluptuosamente ilustrada que habíamos comprado en una feria del libro en Aviñón. Lo fotografiamos colocándolo sobre la página, junto a su versión impresa, pero nuestro ejemplar era mucho más impresionante y colorido.

Katherine se encontraba bien y estaba en buenas manos, los niños crecían hermosos y saludables y yo escribía sobre reformas en el hogar para el *Guardian* –e incluso, de vez en cuando, realizaba alguna en nuestra casa–. Además, poco a poco, iba contactando con expertos de todo el mundo sobre temas como la depredación de los monos por parte de los chimpancés para conseguir recompensas sexuales, la inteligencia de los elefantes o la capacidad de los delfines para la sintaxis. Casi era el paraíso. Nuestros amigos de la zona pasaban a vernos y a probar el vino rosado de las vides que crecían junto a la entrada de nuestra casa; yo era capaz de ajustar mis horas de trabajo a las exigencias de la vida en el pueblo y de nuestra familia con relativa facilidad; y, aparte, todo aquel vino rosado...

Pero, aun así, seguía pensando en el zoo. El parque descansaba junto a los límites de Dartmoor y estaba rodeado de los exuberantes bosques y las preciosas playas de South Hams. No conseguía olvidar los dos días que había pasado en aquella zona de Devon. Mi familia había disfrutado de aquella estancia, pero no se trataba sólo de eso; era como si me hubiera hechizado, se había convertido en algo que tan sólo podría dejar pasar a regañadientes, a pesar de que era consciente de que ya lo había perdido.

De pie junto a la entrada de mi granero francés, sin tener que preocuparme por las interferencias de la Comisión Nacional de Seguridad y Salud en el Trabajo, contemplando las antiquísimas puertas del edificio —teñidas de un tono marrón desvaído por el sol y erosionadas por el mistral y la arena— y sus herrumbrosos pomos y manijas —algunos de los cuales, según se cree, databan de la era napoleónica—, era el zoo lo que me venía a la cabeza una y otra vez.

Cuando en 1815 Napoleón pasó por nuestro pueblo, Arpaillargues, mató a dos disidentes locales a los que ahora se conoce (hay que reconocer que sólo entre un selecto grupo de unos cuantos historiadores franceses) como los Dos de Arpaillargues. En 2005, el Tour de France atravesó el pueblo y, aunque no causó ninguna muerte, si provocó un gran entusiasmo (aunque no el suficiente como para que la tendera del lugar, Sandrine, renunciara a su descanso de tres horas para comer y les vendiera bebidas frías a los cientos de sofocados turistas que abarrotaban el recorrido). Así pues, a lo largo de dos siglos, se habían producido dos grandes acontecimientos en el pueblo. Entre uno y otro, el municipio había vuelto a la calma para que el sol siguiera tostándolo y el mistral azotándolo. Y yo, con tan sólo una pizca de nostalgia, también me puse cómodo para disfrutar de lo mismo.

Transcurrió un año durante el cual el zoo se convirtió en una distracción triste pero menguante. Aquellos árboles enormes —tan distintos de la maleza reseca de la Europa meridional–, los ríos y el mar tan cercanos y los animales tan ridículamente magníficos –justo al lado de la casa, en peligro de extinción debido a la necedad de los hombres y aun así tan cerca–; todo aquello constituía una oportunidad a medida para mantenerlos con vida para las generaciones futuras.

En parte debido a que todos nos sentíamos aún un tanto aturdidos por la muerte de mi padre, la casa familiar no se había puesto todavía a la venta, así que no estábamos preparados para lo que ocurrió a continuación. Como expatriado sin televisión por satélite (porque eso es hacer trampa), me moría por enterarme de las noticias inglesas, así que es probable que visitara la página web de BBC News unas dos o tres veces al día. De repente, el 12 de abril de 2006, allí estaba otra vez. Ellis había concedido unas declaraciones en las que anunciaba que la venta había fracasado una vez más y que muchos de los animales tendrían que ser sacrificados si no se encontraba un comprador a lo largo de los once días siguientes.

No nos concedía mucho tiempo, pero sabía exactamente lo que tenía que hacer. Llamé a Melissa y a Duncan, que habían sido los principales impulsores de la anterior tentativa, y les dije que teníamos que intentarlo de nuevo. No me sorprendió mucho, sin embargo, que ninguno de los dos se mostrara tan entusiasmado como lo estaba yo. Los dos habían investigado en profundidad las maquinaciones necesarias para realizar la compra y Duncan, en particular, se sintió muy alarmado en su momento cuando le exigieron una «fianza no reembolsable» de veinticinco mil libras para cerciorarse de que nos colocaban entre los primeros puestos de la cola. «Si puedes conseguir que ponga por escrito que definitivamente nos lo venderá a nosotros y logramos vender la casa a tiempo, te apoyaré», me dijo. Mi hermano pensaba que aquello no era más que una interminable pérdida de tiempo, pero me facilitó con mucho gusto toda la información que tenía. Mi cuñado Jim también contaba con una buena lista de contactos y se ofreció a ayudarme con la elaboración de las hojas de cálculo del plan de negocio en caso de que el intento llegara tan lejos.

El destinatario de mi primera llamada fue Peter Wearden. Como agente de salud medioambiental del distrito de South Hams, Peter era el responsable directo de expedir la licencia del zoo.

—¿Es realmente posible que una pandilla de principiantes como nosotros compre un zoo y lo gestione? —le pregunté.

—Sí —respondió sin dejar lugar a dudas—, siempre y cuando contéis con la estructura de gestión adecuada *in situ*.

Esa estructura consiste, básicamente, en contratar a un conservador de animales; un profesional titulado y con experiencia en zoológicos que posea minuciosos conocimientos sobre el manejo de animales exóticos y que sea el responsable de cuidar a las bestias en el día a día. Peter me envió un organigrama que mostraba la posición que ocupaba el conservador, justo por debajo de los directores del zoo —que seríamos nosotros—, pero con potestad para distribuir los fondos para el manejo de los animales según su propio criterio.

—No puedes decidir, sin más, comprar un puesto de helados nuevo si el conservador considera que se necesitan, por ejemplo, postes nuevos en la valla del recinto de los leones.

—Me pareció un trato bastante justo—. Y, por cierto —añadió—, se necesitan postes nuevos en la valla del recinto de los leones.

—¿Y cuánto cuestan?

—No tengo ni idea —contestó—. Ese tipo de asuntos requerirán consejo profesional. Pero ésa es sólo una de las muchas, muchísimas cosas que tendrás que hacer antes de que puedas obtener la licencia para el zoo.

Peter me explicó brevemente la Ley de Registro de Núcleos Zoológicos y que Ellis estaba obligado a devolver la licencia que le permitía dirigir el parque al cabo de un par de semanas, de ahí el plazo de once días para venderlo.

En realidad, debido a que formaban parte de una colección privada, no habría obligación de dispersar a los animales justo en aquel momento, al contrario de lo que hubiese ocurrido si se hubieran hallado bajo la Ley de Animales Peligrosos. Aquello tan sólo quería decir que no se permitiría la entrada a los visitantes, de forma que las ya gravemente maltrechas finanzas del zoológico alcanzarían un punto crítico. Pero, al parecer, no tendría por qué llegarse a ese punto crítico justo al cabo de once días. Si éramos capaces de preparar una oferta creíble, había muchísimas probabilidades de que pudiéramos seguir negociando durante unas cuantas semanas tras el cierre del parque. Ya en aquel momento, cabía albergar la esperanza de que aquella tarea aparentemente desesperada no resultara por fuerza imposible.

—¿Es factible? —le pregunté a Peter. En aquella ocasión le llevó más tiempo darme una respuesta.

—Eh... Estoy seguro de que lo es —contestó—. Con la gestión adecuada, una inversión importante en las infraestructuras y un montón (y quiero decir de verdad un montón) de trabajo duro, debería ser factible, sí. Durante mucho tiempo fue una de las atracciones más populares de toda la zona. A lo largo de los últimos años ha entrado en declive debido a que no se ha invertido en él lo suficiente y a que no ha seguido el ritmo de los tiempos. Pero, hasta hace bien poco, era un negocio floreciente.

Yo desconfiaba bastante de que aquello fuera todo; recelaba de que hubiera algún tipo de agujero negro en la estructura del parque que implicara que no podía funcionar. ¿Por qué habían fracasado las demás ventas? Muchos profesionales de la industria se habían acercado al proyecto y, de alguna forma, no habían mordido el anzuelo. ¿Íbamos a convertirnos en los imbéciles que compraran el zoológico y descubrieran la verdad después?

Estaba claro que necesitaba ayuda profesional, y ésta me llegó gracias a un mensaje de texto de un amigo cuya cuñada, Suzy, resultó ser una profesional bastante sénior en el campo de los zoológicos; su puesto era, en realidad, fácilmente equiparable en rango al de un conservador. En aquel momento, estaba trabajando en Australia. Yo había coincidido con Suzy una vez hacía mucho tiempo, en una boda, y me había caído bien de inmediato. Me impresionó la forma en que, incluso llevando un vestido de cóctel, con su indomable mata de cabello dorado se las arreglaba para dar la sensación de que iba vestida con botas de trabajo, mallas y un pesado forro polar. En aquella época, su trabajo consistía en educar a los ganaderos de Queensland acerca de lo necesario que era conservar la fauna local, una propuesta que sonaba dura incluso para un profesional del boxeo sin guantes, pensé. Pero no para Suzy, quien, cuando volví a ponerme en contacto con ella, trabajaba como directora de adquisición de animales para los tres zoológicos del estado de Victoria, entre los que se contaba el importantísimo Zoo de Melbourne, donde ella tenía su despacho. Suzy se ofreció para ayudar en todo lo que estuviera a su alcance y me dijo que incluso se plantearía pedirse un año sabático para trabajar como conservadora en nuestro zoo. «No puedo garantizártelo —me comentó—, pero cuenta conmigo como candidata hasta que veamos cómo se desarrollan las cosas. Entretanto, antes de seguir avanzando, es necesario que un profesional del mundo de los zoológicos realice un estudio del parque que pueda decirte si funciona o no.» Suzy compartía mis preocupaciones sobre un posible agujero negro, ya que había leído mucho sobre el declive de Dartmoor en la literatura de la comunidad zoológica. ¿Tenía a alguien en mente para esa inspección? «Un tipo con el que trabajé en Jersey podría darte una opinión bastante definitiva —me informó Suzy—. Creo que ahora mismo es ya "demasiado sénior" como para hacer ese tipo de cosas, pero le preguntaré a ver qué piensa.»

Y así es como llegamos a conocer a Nick Lindsay, presidente de Programas Zoológicos Internacionales en la ZSL (Sociedad Zoológica de Londres en sus siglas en inglés). Nos reunimos con él unos cuantos días más tarde en el aparcamiento del Parque de la Naturaleza de Dartmoor. Aquel hombre alto y ligeramente paternalista nos estrechó la mano a Melissa, que por aquel entonces estaba embarazada de unos ocho meses, y a mí, y estuvo de acuerdo en que deberíamos subir caminando por la ruta de acceso que por lo general seguirían los visitantes, ya que aquélla sería la mejor manera de hacerse una idea de cómo funcionaba el parque. Habíamos encargado un informe a la ZSL y, muy amablemente, Nick había accedido a realizar la inspección él mismo, puesto que también había seguido las dificultades del parque y, como se había criado en la zona, tenía un interés especial en él. Incluso se quedó a dormir en casa de su madre —situada al final del camino— para que no tuviéramos que pagarle un hotel.

Mientras recorríamos el camino de entrada nos mostramos tan sinceros como pudimos.

—No sabemos nada de zoos, pero, en el caso de que este parque fuera viable, ¿crees que seríamos capaces de dirigirlo?

—Bueno, para comprar un zoo no es necesario que sepáis nada sobre ellos —dijo Nick riendo—. Tan sólo tendríais que estar un poco locos, pero doy por sentado que esa parte ya la tenéis cubierta. Limitémonos, en primer lugar, a ver si es un zoo realmente viable.

Nuestra primera parada fue *Ronnie*, el tapir, cuyo recinto corría paralelo al camino de entrada. Nick se agachó y lo llamó para que se acercara y, para mí sorpresa, el animal le hizo caso. Nunca había visto un tapir tan de cerca y me impresionó que una criatura tan grande y de aspecto tan extraño fuera tan dócil y amigable. Debido a su parecido con un cerdo de gran tamaño, con una joroba en la espalda y una trompa de elefante en miniatura por nariz, el tapir estaba hecho, según los indonesios, de las partes que le sobraron a Dios una vez que hubo terminado de crear el resto de los animales.

Nick le sujetó los dedos a través de la malla y *Ronnie* bamboleó la trompa extendida hasta alcanzar primero la malla y luego nuestras manos, encantado de conocernos. Sin embargo, con aquel encuentro llegó también la primera de las cosas a las que tendríamos que hacer frente. «Esta valla debería tener una barrera de seguridad —señaló Nick—. Tenemos que asegurarnos de que su casa esté caliente en invierno, y parece que ahí dentro hay demasiado barro para él. Es un ungulado, así que sus pies son bastante delicados.» Yo había decidido tomar notas a lo largo de todo el día para hacer un seguimiento del tipo de gasto que tendríamos que afrontar, pero ya me había topado con un problema imprevisto: toda mi mano y mi libreta estaban llenas de mocos de tapir. «No te preocupes —me dijo Nick–, lo incluiré todo en el informe.»

El día fue bien. Ya estábamos a mitad de nuestro paseo por el parque cuando nos interceptó Robin, un hombre de aspecto cansado que llevaba una larga coleta gris y que se presentó como un miembro de la plantilla; claramente, estaba dispuesto a someterse al desagradable trance de vernos recorrer el zoo, pero aquello no le complacía en absoluto. Nos dijo que, aunque habíamos concertado una cita para realizar la visita, debíamos ir acompañados en todo momento debido a razones legales y de seguridad. Era nuestro guía para el resto de la visita a los exteriores. Pronto nos quedó claro que no había ni una sola pregunta sobre el parque que Robin no pudiera contestar. Historia, cifras de asistencia, alimentación de los animales, nombres de plantas..., lo sabía todo. Pero entonces ocurrió algo que lo puso en una situación delicada. Resonó un disparo enorme y su eco retumbó de un extremo al otro del valle. Tan sólo podía tratarse de un balazo, pero procedente de un arma grande. Era la clase de sonido que normalmente sólo se oye en las películas. Nos paramos en seco.

—Eh... ¿algún problemilla con los tigres? —pregunté.

Robin se detuvo. Su expresión se tornó aun más cansada, pero entonces, además, se tiñó de tristeza, y contestó:

—No, en realidad se trata de una de las leonas. Tenía cáncer de pulmón.

Se volvió para continuar guiándonos y yo miré a Nick muerto de curiosidad. Nunca había estado en un lugar donde hubieran disparado a un león a menos de cincuenta metros a la redonda de donde yo me encontraba. ¿Aquello estaba bien? ¿Tenían permiso para hacer algo así? ¿Estaba justificado? ¿Estaba aquel hecho relacionado con el agujero negro de alguna manera? Nick parecía estar algo desconcertado, pero lo aceptó con serenidad. «Si padecía cáncer de pulmón y el veterinario dice que ha llegado su hora, está completamente justificado», comentó. Y el uso de una pistola en lugar de una inyección era también bastante habitual en los casos en los que clavarle un dardo al animal resultaba difícil o peligroso. Así que todo iba bien, todo era normal, tan sólo habían disparado a un león. Si el presidente de Programas Zoológicos Internacionales de la ZSL decía que todo iba bien, debía de ser así, pero confieso que a mí me resultó un tanto inquietante.

Al igual que a Rob, el hombre que había apretado el gatillo. Lo conocimos más tarde, en el restaurante Jaguar, donde estaba con Ellis y la hermana de Ellis, Maureen. El propietario del parque también estaba tenso —debido a un dolor de muelas, nos dijo—, razón por la que sujetaba un vaso de güisqui en la mano. El hecho de que la base de la que había sido una familia de empresarios de éxito estuviera en ruinas creaba una atmósfera complicada, tensa; los acreedores los cercaban y las emociones estaban a flor de piel. Pero Nick y yo necesitábamos hacerle unas cuantas preguntas a Ellis, y él también tenía dudas que aclarar con nosotros. Rob parecía estar a punto de echarse a llorar tras la dura prueba de disparar a la leona, *Peggy*, un animal al que conocía desde hacía trece años. Al principio, se mostró reacio a sentarse a la mesa con nosotros, pero Maureen lo convenció de que podría resultar necesario, ya que entonces era él quien ostentaba la licencia para mantener la colección en aquel emplazamiento de acuerdo con la Ley de Animales Peligrosos. Ellis caminaba nervioso de un lado a otro de la habitación soltando palabrotas; no parecía importarle mucho que lo oyéramos.

Finalmente, nos sentamos todos y Nick saludó a Ellis de la misma forma en que un maestro saludaría a un ex alumno, expulsado pero presente en la reunión, como debía ser. Se conocían de los varios encuentros de la Federación de Zoos en los que habían coincidido a lo largo de los años. Ellis le hizo un gesto con la cabeza, como si reconociera que Nick era un hombre con el que tenía que colaborar. Nick dio comienzo a su batería de preguntas para el informe, y todo fue bien hasta que mencionó el nombre de Peter Wearden, el agente de salud medioambiental del distrito de South Hams. «¿Peter Wearden? ¿Peter Wearden? ¡Lo mataré, lo juro! Le cortaré la cabeza con una espada y la clavaré en una estaca en lo alto del camino de entrada. Eso les demostrará lo que pienso de él.» Continuó hablando durante un rato, explicando que ya había matado hombres antes, en la guerra —«Se me da bien matar hombres»—, y también a animales de todas las familias existentes en el planeta. Él no montaría un número por tener que matar a un león, como Rob.

En ese punto lo interrumpí y dije que yo, personalmente, no creía que fuera disparatado que Rob estuviera disgustado, pero que teníamos que hablar sobre Peter Wearden.

—Lo mataría sin pensármelo, igual que al león —dijo mirándome a los ojos.

Como no supe muy bien qué decir, pensé que debía intentar reencauzar la situación haciendo alguna referencia a la realidad.

—Bueno, eso al menos le solucionaría los problemas de alojamiento durante los próximos años —dije.

Él sopesó mi comentario, volvió a mirarme y afirmó:

—Ya tengo aquí su ataúd preparado.

Y era verdad. En el restaurante había un ataúd —con una fotografía de Peter Wearden pegada— desde hacía aproximadamente seis meses, es decir, incluso desde antes de que el parque se cerrara al público.

—Bueno, Ellis —intervino Nick tras inclinarse ligeramente hacia delante—, ¿qué hay de esas barreras de seguridad?

Ellis se mostró educado pero visiblemente preocupado mientras nos enseñaba la casa una vez más, incluso con mayor rapidez que en la ocasión anterior. Me sorprendió que la vivienda pareciera estar en condiciones bastante peores de las que recordaba. Resultaba difícil distinguir si se trataba de una cuestión superficial —como un incremento en el caos reinante— o de que yo no recordaba bien la estructura del lugar, pero la impresión que me produjo fue lo suficientemente fuerte como para provocar que creara una nueva entrada en mi hoja de gastos mental.

El hecho de que el olor de la cocina, en la parte delantera de la casa, fuera aún más fuerte constituyó el primer aviso. Era el punto de entrada de Ellis y, obviamente, una de las habitaciones que utilizaba, pero apestaba. La última vez olía fatal, pero en aquella ocasión la peste era como una niebla que se iba adhiriendo a tu ropa. Las mujeres embarazadas, como Melissa, son particularmente sensibles a los olores, así que aquello le provocó náuseas a mi hermana, que atravesó la estancia tapándose la boca con la mano por si se veía forzada a reprimir el vómito (es de mala educación, al fin y al cabo, vomitar en la casa de alguien que te la está enseñando con tanto orgullo).

La principal fuente del olor parecía ser un cubo situado en la esquina que contenía caballa cruda y polluelos muertos desde hacía al menos un día, el alimento que se les daba por las mañanas a las poblaciones de garzas y grajillas del parque. Se trataba de un viejo recipiente de plástico amarillento y era inevitable dudar acerca de su integridad estructural, puesto que una mancha enorme, antigua y de múltiples colores manaba de su base como si de una ciénaga de azufre se tratara, sólo que más virulenta. Incluso Ellis se vio forzado a comentar: «Aquí huele un poquillo mal. Pero no tenéis por qué dejar eso ahí —añadió señalando hacia el cubo—. Supongo que cambiaréis las cosas de lugar.» No sé por qué, me dio la sensación de que colocar el recipiente en otro lugar no acabaría con aquella peste. En el umbral me prometí a mí mismo que, si nos quedábamos con el parque, en aquella habitación nunca se volvería a preparar ningún tipo de comida.

El resto de la casa parecía estar más desaliñado de lo que recordábamos. Seguimos sin tener tiempo suficiente para hacernos una idea exacta del plano y la distribución de la vivienda. La mitad de la misma se había destinado a acoger a estudiantes, así que esa parte estaba forrada de carteles de plástico que decían cosas como «No fumar», «Apagad las luces» y, curiosamente, «Está prohibido vomitar en las escaleras». Pero por lo general daba la impresión de que un trabajo estándar de renovación de la instalación eléctrica y de las tuberías y un buen enlucido lo solucionarían. La otra mitad de la casa, con una grandiosa escalinata provista de una galería y con una cocina enlosada, estaba desfigurada por décadas de papeles de pared superpuestos y de parches de cables en la instalación eléctrica que serpenteaban de forma salvaje, como los zarcillos de una enredadera gigante que estuviera conquistando la casa poco a poco. Y, por supuesto, por aquel olor que todo lo impregnaba y que procedía de la cocina delantera.

Hacía décadas que la cocina enlosada no se utilizaba como tal, así que en la chimenea, detrás de una sábana andrajosa y polvorienta que colgaba de una cuerda clavada en la repisa, se escondía el casco herrumbroso de una antigua estufa; tenía la puerta colgando y el interior obstruido por lo que parecían ser los excrementos de los pájaros que caían por el conducto de la chimenea. «Mi abuela solía cocinar aquí —explicó Ellis—. Con un poco de trabajo se podría poner en funcionamiento de nuevo. Merece la pena invertir en ella.» Yo no estaba tan seguro. Pero aquella habitación daba a un viejo patio adoquinado —entonces lleno de malas hierbas—, en cuyo extremo opuesto se erguía una casita, sobre los establos (léase «los almacenes de trastos»). Melissa, que es muy buena a la hora de descubrir el potencial de un lugar y de visualizar las casas acabadas, se iluminó. «Éste es el mejor punto de la casa», comentó. ¿De verdad? «Me imagino desayunando aquí, mirando hacia el patio, saludando a Katherine o a mamá, que estarán en la cocina de la casita.» En aquella época, Melissa aún estaba sopesando concienzudamente la opción de vender su casa y mudarse también allí, junto con sus cinco hijos y Jim, claro. Sonaba bien. Pero en ese instante, con suficientes cachivaches desparramados por las habitaciones como para llenar cien mercadillos benéficos, resultaba difícil evaluar cómo sería vivir en aquella casa. A excepción de que requeriría, al igual que el parque, mucho trabajo (caro).

Volvimos a salir de la casa y nos reunimos de nuevo con Nick en el restaurante; les dimos las gracias a nuestros anfitriones y emprendimos el camino de vuelta hacia la entrada. Para entonces, nuestro objetivo e imparcial consejero se había convertido en un pequeño partisano. «Creo que es un lugar estupendo –afirmó Nick con entusiasmo–, mucho mejor de lo que pensaba, teniendo en cuenta las historias que circulan por ahí. Necesitaréis una inspección de verdad del parque para estar seguros, pero, por lo que yo veo, este zoo podría volver a estar operativo sin demasiados problemas.» Como asesor en cuestiones de diseño de zoológicos, Nick también compartió con nosotros unas cuantas ideas respecto a ese campo. «Sacad a los clientes del camino de entrada –que subía por el centro de la parte baja del zoo, a lo largo de unos trescientos metros– y desviadlos hacia el prado que hay junto a él. Podríais poner una pasarela de madera que lo cruzara serpenteando, para que no notaran el ascenso, y colocar algo sorprendente en esa zona, como cebras, por ejemplo, y quizá unos cuantos antílopes llamativos. Así, en cuanto atraviesen el quiosco, entrarán en un mundo diferente.» ¿Podríamos hacernos con cebras?, pregunté yo. «Oh, yo os las puedo conseguir», respondió Nick tranquilamente, como si aquellos animales fueran algo que pudiera comprarnos en el Tesco. Aquello me gustaba. Casi hablaba como si fuera un vendedor de mercancías robadas: reproductores de vídeo, chaquetas de cuero, cebras, ¡pasen y vean! Pero hubo algo de aquel rápido vistazo a los entresijos del mundo del zoo que me atrajo incluso más. Nick estaba diseñando en su cabeza un trazado comercial serio que, además, pintaba con animales. «Necesitáis más flamencos –me aseguró–. Los flamencos quedan bien con los árboles de fondo. Ese lago de ahí, el de la isla, tiene árboles detrás, así que si ponéis unos cuantos flamencos más ahí, quedarán fantásticos cuando los visitantes lleguen al punto más alto del camino. Después, tras haber subido la colina, tendrán calor, de manera que ahí es donde les vendes su primer helado.» ¡Caramba! Por desgracia, los flamencos son unos de los pocos animales que no se consiguen en otros zoos de forma gratuita; tienen precios que oscilan entre las ochocientas y las mil quinientas libras cada uno. Y eso son muchos helados. Y con la perspectiva de que la gripe aviar migrara cerniéndose sobre el horizonte, existía la posibilidad de que el DEFRA (Departamento de Medio Ambiente, Alimentos y Asuntos Rurales en sus siglas en inglés) diera orden de que los sacrificáramos poco después de que recibiéramos esas aves tan bonitas y caras. Nuestro archipiélago de flamencos quizá tuviera que esperar.

Regresé a Francia, Melissa volvió con sus hijos a Gloucester, y Nick se marchó de vuelta a Whipsnade, donde se dedicó a preparar el informe que iba a dictar el curso de nuestras vidas. Si era negativo, acabaría definitivamente con nuestro sueño, así que no tendría sentido continuar persiguiéndolo. En cierto modo, como ya me había ocurrido antes, yo medio albergaba la esperanza de que ése fuera el caso y de que al fin pudiera quitarme la idea de la cabeza sabiendo a ciencia cierta que seguir adelante habría sido un error. Si, por el contrario, era positivo, sabríamos que teníamos que continuar, y aquel mismo informe se convertiría en una herramienta fundamental a la hora de encontrar el respaldo necesario para conseguir llevar a cabo nuestra empresa.

Entretanto, cada día aprendía más acerca del zoo. Hubo un tiempo en el que se consideró a Ellis un visionario que diseñaba recintos innovadores; era un hombre que había construido un acceso para discapacitados en una pendiente complicada mucho antes de que la legislación se lo exigiera y que había desarrollado un agresivo programa educativo, uno de los primeros de ese tipo en todo el país; hoy en día, casi todos los demás zoos lo han copiado. Pero entonces él tenía un control absoluto, total. No había nadie que le dijera cuándo parar. Y con el exceso de inversiones en infraestructuras caras, como por ejemplo el enorme restaurante (en contra de unos consejos que él ignoró), un divorcio costoso y los otros zoológicos aprendiendo, copiando y desarrollando sus técnicas y cambiando continuamente su juego mientras el sufría un parón, el número de visitantes decreció.

A partir de entonces, mi vida se transformó en una serie de largas llamadas telefónicas a abogados, agentes inmobiliarios, banqueros, familiares y a Ellis. Me percaté de que Ellis dirigía siempre la conversación de manera inexorable hacia el conflicto. Nosotros habíamos sido francos con él. Aún no teníamos el dinero necesario para comprar el parque, pero contábamos con activos del mismo valor sobre los que podríamos pedir un préstamo o que podríamos vender si él nos daba un poco de tiempo. «Lo normal es que, cuando alguien se ofrece a comprarte un lugar, al menos tenga dinero para hacerlo», me dijo una vez.

Era ese tipo de comentarios lo que me daba pistas acerca de por qué habían fracasado otros muchos intentos de compra. Aparte de todo lo demás, Ellis se encontraba en la terrible situación de tener que vender su queridísimo parque, una estructura que había construido en gran parte con sus propias manos, que era la expresión de su forma de ver la vida a lo largo de los últimos cuarenta años, así que no resultaba sorprendente que estuviera irascible. Tan sólo quedaba otro postor, y era un promotor inmobiliario que quería convertir el zoo en una residencia de ancianos, y eso no era lo que Ellis quería. Así que decidió esperarnos, algo que dice mucho de él.

En medio de aquella situación tan tensa, yo estaba verdaderamente preocupado por Peter Wearden, que se había convertido en el centro de la irritación de Ellis, puesto que, según él, era el deliberado y maquiavélico arquitecto de su caída. Todo había comenzado con una inspección rutinaria hacía varios años en la que se concluyó que los carteles manuscritos que había en los recintos de los animales eran ilegibles y que debían ser reemplazados. Ellis condujo al inspector a la salida del parque (algunos dicen que apuntándolo con una escopeta) y se negó a llevar a cabo la directriz. Aquello activó un proceso unidireccional de confrontación directa con las autoridades que, a lo largo de los años, se extendió hacia otras muchas áreas y que terminó por llevar a Ellis a entregar su licencia de zoológicos en abril de 2006. Cuando lo visitamos en aquella última ocasión, después de tantísimos años de declive progresivo, nos dio la sensación de haber penetrado en el corazón de las tinieblas, en un lugar donde un visionario carismático había creado un imperio otrora rebosante de vida y promesas, pero en el que al final el entorno había sacado a la luz las debilidades humanas, con terribles consecuencias. Llamé a Peter por teléfono y le expliqué mis preocupaciones. No era extraño que se atacara a los funcionarios del municipio durante el desempeño de sus tareas, incluso que en algunas ocasiones los mataran, y Ellis era, en mi opinión, un hombre que se hallaba entre la espada y la pared. En Malayo, la palabra *amok* hace referencia a un síndrome según el cual alguien siente que ha recibido una ofensa intolerable que ha arruinado su vida, y que la única forma de recuperar su estatus es matar al culpable o culpables. El síndrome Amok es un fenómeno universal que tiene tantas probabilidades de surgir en South Hams como en Malasia o California del Sur. Y Ellis era el propietario de una pistola para elefantes con un alcance de unos cinco kilómetros. «Oh, no me preocupa en absoluto», rió Peter con una valentía que dudo mucho que yo hubiera sido capaz de demostrar de encontrarme en su posición.

—Parece un hombre de trato muy difícil —le comenté—. ¿Hay alguien más allí con quien sea posible hablar? ¿Su abogado? ¿Rob?

—Prueba con Maureen, su hermana —me aconsejó Peter—. Es una mujer razonable.

Y entonces encajó otra pieza fundamental para lograr la adquisición del parque. Maureen se desvivía por su hermano y, en las dos visitas a la casa que habíamos hecho, él nos había mostrado una foto de ella cayéndose de la parte trasera de un *stock car* durante un salto que Ellis estaba ejecutando. (Entre otras muchas cosas, Ellis había sido conductor especialista.) Maureen había trabajado toda su vida en un hotel fuera del parque y entendía los agobios del mundo exterior tal vez mejor que su hermano. Hablé con ella dos o tres veces al día durante la época en que intentamos elaborar un plan que salvara el parque.

Otra persona fundamental sin la que nunca habríamos logrado llegar a buen puerto fue Mike Thomas. Para conseguir respaldo financiero, necesitábamos un estudio del terreno que costaba unas tres mil libras. Pero yo sabía que, durante los últimos tiempos, se habían encargado varios estudios de ese tipo (nueve, para ser exactos), así que era reacio a pagar otro. Le pregunté a Maureen si sabía de alguno de los recientes compradores potenciales que pudiera estar dispuesto a vendernos su estudio. «Inténtalo con Mike Thomas», me dijo. De modo que terminé charlando por teléfono con un completo desconocido y explicándole que estábamos intentando comprar el zoo y que nos habían dicho que él había encargado hacía poco un estudio completo del terreno. «Continúe», pidió una voz bronca. Le conté todo lo referente a nuestra inexperiencia y a nuestra falta de fondos; me sorprendía, a medida que iba hablando, que aquel hombre no me colgara. «Os podéis quedar con el estudio —dijo al final—. ¿Dónde os lo mando?» Aquélla fue la primera de muchas muestras de generosidad por parte de Mike, cuya voz tranquilizadora me ayudó en gran cantidad de ocasiones durante los momentos difíciles que surgieron a lo largo de los meses siguientes.

Mike era el antiguo propietario del Zoo de Newquay; lo había transformado, en un lapso de tiempo de nueve años, de un servicio venido a menos y con cuarenta mil visitantes al año en un floreciente centro de excelencia con unos doscientos cincuenta mil visitantes anuales. Sabía lo que se hacía. Su puja se había encallado entre las rocas gemelas de Ellis y el socio de Mike, pero él, personalmente, deseaba que el parque saliera adelante. Y lo que era aún más importante, Peter Wearden lo había designado como supervisor de la dispersión de la colección de animales hacia otros zoológicos en caso de que ésta fuera necesaria. Mantenía un contacto diario con Rob, que entonces era quien estaba en posesión de la licencia de la DWA, y con Peter; no podría haber estado mejor situado como hombre del mundillo. Su inquebrantable apoyo y sus sabios consejos nos resultaron absolutamente esenciales para hacernos con el parque.

Las semanas fueron pasando y el avance positivo más importante —aparte de la llegada del informe de Nick Lindsay, de la ZSL, que avalaba con rotundidad las posibilidades del parque como empresa futura— fue que encontramos un comprador al contado para la casa de mi madre. Pero se trataba de un hombre precavido, que no tenía ninguna prisa, así que cualquier muestra por nuestra parte de que necesitábamos el dinero inmediatamente habría hecho que, casi con total certeza, redujera su oferta. Se prepararon los créditos puente —esos acuerdos caros y peligrosos que ofrecen los bancos comerciales con la esperanza de birlarte todos los activos en un año— y se malograron. De igual modo, se nos ofrecieron y retiraron hipotecas comerciales. Varios bancos de primera línea nos dejaron en la estacada. Lloyds nos tendió una mano amiga en tres ocasiones y después, justo en el momento en que íbamos a estrecharla, la retiraron, se colocaron el pulgar en la nariz, y nos hicieron gestos de burla. Muy divertido, tíos. Los bancos privados se mostraron igual de veleidosos. Puede que unos ocho bancos en total nos prometieran apoyo durante las largas negociaciones en las que depositamos nuestra confianza; entonces, le comunicábamos las buenas noticias a la otra parte, que, como es natural, estaba muy interesada en el asunto, y consignábamos más fondos basándonos en sus promesas. A continuación, retiraban la oferta. Los directores corporativos solían ser fáciles de convencer y estaban dispuestos a ofrecerte un acuerdo verbal del ciento por ciento y un apretón de manos físico. Pero los chicos de la habitación de atrás, los de las calculadoras y los trajes grises, los que constituían lo que se conocía como equipos de riesgo, se negaban invariablemente a concedernos su apoyo. Los abogados también estaban ocupados. En un momento dado, un prado de seis acres desapareció del mapa de lo que se incluía en el precio; le dejé claro a Maureen que aquello era algo que acabaría de manera definitiva con el trato, de modo que el prado reapareció.

Como ligero alivio al final de una jornada de doce horas de llamadas en círculo, veíamos la serie «24», cuyos capítulos originales circulaban entre las madres inglesas de Francia. Kiefer Sutherland desempeña el papel de Jack Bauer, un agente disidente de la CTU (Unidad de Contraterrorismo en sus siglas en inglés) que, a lo largo de varios episodios, siempre tiene que salvar el mundo en veinticuatro horas que se retransmiten en tiempo real, una hora cada vez. La tierra se tambalea bajo sus pies mientras persigue, con total dedicación, pistas que resultan ser callejones sin salida. Sus superiores, los agentes dobles y otros villanos de todo tipo lo traicionan. Se enfrenta a nuevos desastres con cada movimiento de las agujas del reloj. Los aliados se convierten en enemigos, los enemigos se transforman en amigos, pero entonces alguien los mata; aun así, Bauer consigue adaptarse de alguna forma y encontrar una nueva línea que seguir. Yo sabía exactamente cómo se sentía. Todos los días surgían obstáculos imposibles de sortear que, por la tarde, se habían resuelto y olvidado para que pudiéramos prepararnos para los siguientes.

Pero la situación de la otra parte parecía ser mucho más desesperada. Los costes de mantenimiento —siete tigres, tres leones y seis cuidadores que alimentar— continuaban, y no había venta de entradas que los cubrieran; los intereses de las deudas se amontonaban y los acreedores les hacían visitas recordatorias cada vez con más frecuencia. Entonces, justo al mismo tiempo que el comprador de la casa de mi madre accedía a firmar más pronto que tarde, Maureen me dijo que teníamos que empezar a pagar los costes de mantenimiento del zoo para evitar que se lo vendieran al promotor inmobiliario que quería construir la residencia de ancianos. A aquellas alturas ya estábamos bastante involucrados, así que Duncan y yo fusionamos nuestras tarjetas de crédito para pagar, como fuera posible, tres mil libras a la semana y mantener nuestra oferta en pie. Dicha cifra estaba muy lejos de nuestras posibilidades, así que la situación no podía mantenerse durante mucho tiempo, sobre todo teniendo en cuenta que podría no dar buenos resultados. Por suerte, Duncan encontró un benefactor —que quiere permanecer en el anonimato— que nos prestó cincuenta mil libras para que las utilizáramos como «depósito semirreembolsable». Era una buena noticia, pero, obviamente, teníamos que devolver aquel dinero, ganáramos o perdiéramos, y el escenario del «perder» en realidad no contaba con aquella contingencia.

Al acceder a pagar el depósito semirreembolsable (recuperábamos la mitad si la venta fracasaba), nos convertíamos en uno de los acreedores de Ellis. Íbamos río arriba al encuentro de Kurtz. Habíamos hecho la expedición de reconocimiento. Entonces teníamos que ver si éramos capaces de llegar hasta el final. Lo único que debíamos recordar era que no había que bajar del barco. Después, justo cuando al fin llegamos a un acuerdo para vender la casa de mi madre, pasamos nuestro peor momento. Mi hermano Henry, que al principio había mostrado su apoyo hacia la empresa, se acobardó repentinamente y emprendió una costosa batalla legal contra el resto de la familia. Henry era el albacea de la mitad de la propiedad que le correspondía a mi padre, así que podía retrasar la cesión de los fondos tanto como considerara necesario. Se negó a que nos pusiéramos en contacto con él excepto por cartas —enviadas por correo ordinario—, lo cual, en una situación que cambiaba por segundos, era simplemente insostenible para un participante tan crucial. Mi madre, Duncan y yo intentamos acercarnos a él y hablar las cosas en varias ocasiones, pero él no abría la puerta y no contestaba al teléfono. Aquello tenía mala pinta. Compadecíamos a Henry por lo que fuera que estuviera pasando, pero había un panorama general más amplio con el que todos y cada uno de los demás miembros de la familia estaban de acuerdo.

Al final, toda la familia terminó en el despacho de sus carísimos abogados (a los que pagaba con el dinero obtenido de la venta) y, después de que nos tuvieran esperando tres horas, los convencimos de que aquél era el deseo de nuestra madre y el de todos los beneficiarios del testamento de mi padre. Todos queríamos comprar el zoo.

Finalmente, Henry dio su brazo a torcer, siempre y cuando todos firmáramos una cláusula que decía que no le demandaríamos cuando todo saliera mal y que cada uno de los hermanos recibiríamos la totalidad de las cincuenta mil libras que nos correspondían según la legislación Nil Rate Band (el valor de una finca que no está sujeto al impuesto de sucesiones). Aquello quería decir que no habría suficiente dinero para comprar el zoo a no ser que al menos cuatro de nosotros devolviéramos directamente el dinero, opción a la que todo el mundo, a excepción de Henry, accedió de inmediato; pero, para hacerlo, cada uno de nosotros tuvo que buscar antes consejo legal independiente. Así que aquello implicó, a su vez, que cada uno de nosotros tuviera que buscar otro abogado y pagar por un documento que demostrara que se nos había informado de los riesgos, algo que resultaba divertido.

Aquello también derivó en que el zoo, en lugar de pasar a ser propiedad de una sociedad limitada, un modo de negocio fiscalmente ventajoso para nosotros y que había sido la base de todas nuestras negociaciones, tuviera que adquirirse a nombre de mi madre. Y nadie le presta medio millón de libras a una señora de setenta y seis años por muy dinámica y aventurera que sea. Las cuentas de la vieja mostraban que, si todo salía según lo planeado, habría suficiente dinero para comprar el zoológico, pagar todos los honorarios legales y que nos sobraran cuatro mil libras, el equivalente a unos diez días de costes de mantenimiento del parque.

Nos lanzamos a ello. Bueno, mis dos hermanos, mi hermana y mi madre se lanzaron. Katherine se había sentido un tanto desconcertada por todo aquel asunto a lo largo de las negociaciones, en parte debido a la inherente incertidumbre acerca de si finalmente nos haríamos con el zoo, pero también a causa de que la idea de dirigir un zoológico nunca había ocupado una posición muy alta en su lista de cosas por hacer. Sin embargo, pensó en lo mucho que lo disfrutarían los niños, observó mi entusiasmo y llegó a la conclusión de que podría desempeñar un papel importante como diseñadora gráfica y gestora financiera. Durante su época como directora de arte de revistas ilustradas, había desarrollado y perfeccionado ambas habilidades y, una vez que fue capaz de equiparar todo aquel caos a la organización de una sesión fotográfica multitudinaria y complicada, ofreció su cauto respaldo. Ahora que aquello se estaba convirtiendo en una realidad, sabía lo que tenía que hacer y estaba lista para ello. Los niños, como podéis imaginaros, se mostraron encantados y comenzaron a dar saltos de un lado a otro aplaudiendo y gritando. No estoy seguro de que se lo creyeran del todo... pero era verdad.

3. Los primeros días

Desde el comienzo supimos que iba a ser duro. ¿Tener a nuestro cargo una plantilla de veinte personas cuando nunca antes habíamos contratado a nadie? ¿Cuidar de doscientos animales salvajes y exóticos? La casa a la que nos habíamos mudado estaba tan destartalada como el zoo hacia el que daban sus ventanas. Aunque en tiempos había sido una grandiosa mansión de doce habitaciones, en aquel momento las tuberías hacían ruido, el papel de las paredes se caía a tiras, los tablones del suelo crujían... Pero era nuestro hogar. La mayor parte de la gente, sobre todo a la edad de mi madre, procura reducir el tamaño de su vida, pero nosotros lo estábamos aumentando de forma espectacular hacia una vía de trabajo que nos resultaba completamente desconocida. Y nos jugábamos mucho. De hecho, todo aquello por lo que mi padre y mi madre habían trabajado a lo largo de sus cincuenta años juntos se hallaba sobre la mesa. Y, aun así, necesitábamos más —medio millón más— tan sólo para poder correr el riesgo de que el zoo, tal vez, pudiera abrirse, y de que, cuando se hiciera, quizá funcionara.

Por lo general, ese nivel de incertidumbre acerca de algo tan importante nos habría resultado una absoluta locura, pero el reciente cambio legal procedente de nuestro propio bando nos había obligado a actuar con precipitación, lo cual nos dejó inseguros, sin un duro y rebuscando como locos para encontrar algo de dinero. A pesar de todo, teniendo en cuenta el contexto de los últimos seis meses de negociaciones, aquello nos daba la sensación de ser poco más que otro obstáculo difícil pero probablemente sorteable.

También nos consolaba el hecho de que, aunque no habíamos hecho nada así antes –y ni siquiera teníamos permiso para operar ni un conservador concreto en mente (Suzy, en Australia, estaba padeciendo problemas de salud que la dejaban fuera de la lista)–, al menos éramos los propietarios indiscutibles de todo el lugar. Aquello, seguramente, nos resultaría útil para con los acreedores y, además, teníamos un sobrante de nada más y nada menos que cuatro mil libras.

El plan de negocio que tan meticulosamente habíamos investigado y desarrollado Jim y yo –o, más exactamente, que Jim había trazado en unas hojas de cálculo basándose en sus conocimientos empresariales y en rumores que yo había recogido de las aproximadamente veinte atracciones turísticas más importantes de Devon– resultaba entonces bastante hipotético. El gasto urgente que debía comenzar en cuanto llegáramos se veía ahora aplazado mientras buscábamos nuevos préstamos. Las entidades crediticias volvían a rodearnos mientras husmeaban el aire con interés renovado, ya que, como poseedores de activos verdaderos, habíamos alcanzado un nuevo estatus para ellos.

Pero, por lo que se vio, distaron mucho de sentirse impresionados. Oíamos los crujidos de sus engranajes cerebrales y veíamos las pequeñas nubes de polvo que liberaban al ponerse en marcha, pero pronto sacaron las calculadoras y, aunque se nos hicieron algunas ofertas cautelosas, todas fueron retiradas con rapidez. Aquel problema iba a pasarnos factura muy pronto, así que, con los teléfonos pegados a las orejas, nos pusimos a intentar solucionar las crisis más inmediatas sobre el terreno y sin gastar dinero. Durante aquellos primeros días, caminamos asombrados por el parque para conocer a los animales, reunir información, maravillarnos con los osos, los lobos, los leones y los tigres, presentarnos a los cuidadores y sonreírle como locos a nuestra nueva vida.

La primera vez que vi a Kelly me llevé una sorpresa. Al igual que Hannah, era una de las dos entregadas cuidadoras de felinos que se habían quedado en el parque contra todo pronóstico para seguir ocupándose de los animales; en ocasiones ni siquiera recibían su sueldo e incluso tenían que pagar de sus propios bolsillos los suplementos vitamínicos de los animales (y otros artículos elementales –como pilas para linternas y papel higiénico–). «¿Es usted el nuevo propietario?», me preguntó con los ojos abiertos de par en par y una mirada intensa. Le respondí que sí, que era uno de ellos. «Por favor, ¿podría hacer algo acerca de la situación de estos tigres?» No tenía ni idea de a qué situación se refería Kelly, pero ella se encargó de aclarármela en seguida.

El recinto superior de los tigres es una cordillera rodeada por un foso. Mide 2.100 metros cuadrados y se llama La Montaña del Tigre, debido a la enorme construcción de piedra, similar a Stonehenge, que se eleva en el centro del perímetro. En él vivían tres tigres: *Spar*, que, a los diecinueve años, era el anciano patriarca del parque, y dos hermanas, *Tammy* y *Tasmin*, de diez y once años respectivamente. Pero tan sólo dos tigres podían salir a pasear a la vez por la parte exterior del recinto. Aquello se debía a que *Spar*, a pesar de ser viejo, aún era un macho de sangre caliente y, de vez en cuando, intentaba aparearse con las dos hembras, a pesar incluso de que padecía artritis en las patas traseras, estaba cojo y las tigresas eran sus nietas. Hacía cinco años que a *Tammy* y a *Tasmin* se les habían puesto unas inyecciones contraceptivas para evitar la endogamia (y porque a Ellis ya no se le permitía criar más tigres, puesto que hacía no mucho tiempo había sido procesado por treinta y dos cargos de cría ilegal de tigres). El desafortunado resultado de aquel cambio hormonal de las dos hermanas había sido que las dos comenzaron a odiarse de forma repentina y a luchar la una contra la otra. Separar a dos tigres que se están peleando es muy difícil, pues se trata de una situación que tan sólo puede terminar con la muerte; así las cosas, siempre tenía que haber una de las dos hermanas encerrada en la jaula de los tigres durante veinticuatro horas mientras la otra jugaba alegremente con su abuelito. Después, se encerraba a la otra tigresa durante otras veinticuatro horas para permitirle a su hermana que probara la libertad a lo largo de todo un día. Mientras me explicaba todo aquello, Kelly me llamó la atención sobre el arrítmico estrépito que procedía de la jaula de los tigres; hasta entonces, yo había supuesto que se trataba de algún tipo de trabajo de mantenimiento. En realidad era *Tammy*, que, frustrada por su confinamiento en una celda de dos por tres metros, golpeaba la puerta de metal para conseguir salir al exterior. Kelly estuvo a punto de echarse a llorar cuando me contó que aquella situación llevaba repitiéndose cinco largos años y que les provocaba un gran sufrimiento a los tigres (y a las cuidadoras), al tiempo que manejarlos se hacía mucho más peligroso. «Esto es inaceptable en un zoo moderno», concluyó Kelly; esas últimas palabras fueron innecesarias, porque incluso un aprendiz como yo podía darse cuenta de aquello. Le prometí de inmediato que haríamos lo que fuera necesario para rectificar la situación. La solución resultó ser encontrarle un nuevo hogar a una de las beligerantes hermanas. Un recinto para tigres nuevo era algo caro e irrealizable (ya contábamos con dos), y además habría implicado el aislamiento permanente de una de las dos hembras. Le pedí a Kelly que investigara las diferentes posibilidades de nuevos hogares para uno de los tigres, el que fuera más adecuado transferir. Me alejé de ella asombrado de que un problema sistémico de tal calibre no hubiera salido a la luz durante las negociaciones para comprar el zoo. Pero, mirándolo por el lado bueno, se trataba de una gran mejora que podíamos llevar a cabo sin apenas ningún coste; aun así, era un obstáculo que no nos esperábamos y resultaba preocupante que no hubiera llegado a nuestros oídos antes de comprar el parque. ¿Por qué no me lo habrían contado Peter Wearden o Mike Thomas? ¿Qué otros problemas surgirían?

    Se trataba de algo realmente sorprendente, dado que Peter y Mike no habían mostrado nunca remilgos a la hora de enfrentarme cara a cara con complicadas decisiones relacionadas con la gestión de los animales. En una conversación telefónica que mantuve con Peter desde Francia, probablemente unos tres meses antes de que compráramos el parque, me planteó de repente una pregunta, ya que era el último pujador que pretendía dirigir el lugar como un zoo:

—¿Qué vas a hacer con las dos hembras de jaguar?

—Bueno, son adorables. ¿Qué problema hay?

—Su casa no cumple con los estándares de la industria y hay cierta preocupación acerca de la posibilidad de que se escapen.

—¿No puede reconstruirse o repararse?

—Ya se han hecho chapuzas demasiadas veces, y reconstruirla con los animales dentro del recinto es imposible. Hay que trasladarlas. Si vas a convertirte en el nuevo propietario, debes decidir ya qué se va a hacer.

De pie, descalzo sobre el suelo cálido y polvoriento de mi despacho-granero francés, contemplando las viñas bañadas por el sol y vibrantes con el canto de las cigarras, a más de mil kilómetros de distancia de aquel problema tan extraño, me sentí desconcertado. Traté de salir del apuro sugiriendo que las recolocáramos en el recinto de los pumas y trasladáramos a los pumas menos peligrosos a otro lugar; buscaba desesperadamente una forma de mantener en el parque a aquellos dos magníficos ejemplares de enormes felinos. Como habían sido criados por el hombre desde cachorros, eran particularmente receptivos a los humanos, respondían a sus nombres y se restregaban contra la valla como versiones épicas de los gatos domésticos. *Sovereign*, el jaguar macho que alojábamos aparte, sólo se llevaba bien con una de las hembras; podríamos haber probado a trasladarla con él, pero las hermanas eran inseparables desde el momento en que nacieron y sufrirían la una por la otra. Como cuidador de gatos (aunque domésticos) desde la infancia, comprendía que aquello provocaría un sufrimiento muy real y, de forma instintiva, evité aquella opción.

Terminé por darme cuenta de que aquello era una prueba

y de que la respuesta correcta era asumir el problema y capear el temporal por muy incómodo que resultara. Por el bien de los animales y con la intención de demostrarle al consejo que se había producido una ruptura con respecto al pasado, le pregunté a Peter qué me recomendaba él. «Dónalas permanentemente a otro zoo en cuanto tomes posesión del cargo –me respondió–. Mike Thomas se encargará de organizarlo todo.» Lo consulté con Mike y con Rob, el cuidador jefe a cargo de los jaguares en aquel momento, y los dos me contestaron lo mismo. Para evitar el muy probable riesgo de una huida, deberíamos donarlas tan pronto como nos fuera posible. Con un suspiro muy profundo, terminé por acceder. «Ésa es la respuesta correcta –comentó Mike–. A cambio de eso, es probable que en algún momento puedas conseguir un par de esas cebras sobre las que tanto hablas, cuando estés preparado para recibirlas. Y quizá también una hembra reproductora para *Sovereign* más adelante.» Aquello me gustó –manchas a cambio de rayas–; además, el hecho de saber que había tomado una decisión difícil que todo el mundo aprobaba y de que me estaba construyendo una reputación me hizo sentir un poco más cerca del mundo del zoo.

Pero, al haberse marchado ya dos felinos importantes, el asunto de *Tammy* y *Tasmin* cobraba una gran relevancia. A lo largo de los primeros días, también salió a la luz que un lobo y tres de los siete monos vervet habían sido marginados por sus respectivas manadas y, por lo tanto, necesitaban ser trasladados. ¿Nos quedaría algún animal para cuando reabriéramos el zoo? Una pariente bien intencionada me llamó para explicarme amablemente que había cometido un error garrafal básico con los jaguares. «Si vas a dirigir un zoológico, deberías tener animales en el parque», me dijo. La sensación de que me asediaban desde todos los flancos me hacía estar tenso, pero estaba convencido de que había tomado la decisión adecuada teniendo en cuenta toda la información de la que disponía sobre el terreno, así que aquello tan sólo me hizo mostrarme más resuelto.

Durante aquellos primerísimos días, dedicamos mucho tiempo a limpiar de cachivaches la casa y los terrenos; después, los quemábamos en una hoguera enorme en el patio. Fue algo catártico no sólo para nosotros, sino también para el parque en general; sin embargo, debió de ser muy duro para los parientes de Ellis, como Rob, su nieto, que tuvo que ayudar a amontonar en la pira el ya desvencijado mobiliario con el que había crecido. Había llegado a un acuerdo previo con Rob según el cual podría quedarse en la destartalada casita del parque, así que le ofrecí que rescatara todo lo que quisiera de entre los muebles de su abuelo. No obstante, por lo general, pareció sentirse bastante aliviado por todo el proceso. Rob era extremadamente positivo y nos resultó muy útil.

Pero entonces, cuatro días después de que tomáramos el mando del Parque de la Naturaleza de Dartmoor, mientras charlaba con Rob acerca de qué hacer con nuestros excedentes, ocurrió lo impensable. Un cuidador júnior cometió accidentalmente un fallo catastrófico y dejó que *Sovereign*, uno de los animales más peligrosos del zoo, saliera de su recinto. Hacia las cinco y media, yo estaba sentado con Rob en la cocina cuando Duncan irrumpió en la habitación dando gritos: «¡U‍no de los felinos se ha escapado! ¡No es un simulacro!»; y, después, volvió a marcharse corriendo. La verdad es que Duncan nunca suele gritar o mostrarse agitado, pero allí estaba, haciendo ambas cosas a la vez. Rob desapareció como si de una nube de humo se tratara y supe que había ido a coger las pistolas y a organizar la actuación de la plantilla. Yo permanecí sentado durante unos minutos, cada vez más surrealistas, hasta que, al final, decidí que, como director del zoo, probablemente debería ir y ver qué estaba ocurriendo con exactitud. Me encaminé hacia la parte del parque donde estaban situados los grandes felinos. Aquel fue uno de los momentos más extraños de mi vida. Lo único que sabía era que un gran felino —¿un león, un tigre?— estaba en libertad en algún lugar y que podría estar a punto de doblar la esquina como si de un *Tigger*[3] lleno de energía, pero ni de lejos tan divertido, se tratara. Vi una pala y la cogí, pero me dio la sensación de ir cargando con un yunque. ¿Qué sentido tenía aquello?, pensé. Así que la dejé caer y eché a andar hacia los gritos que se oían. ¿Estaba a punto de ver a alguien a quien se estaban comiendo vivo? Veía imágenes de una persona aún viva pero fatalmente herida, con la caja torácica partida en dos y siendo consumida ante un público horrorizado. Entonces apareció un coche en el que iban Duncan y Rob. «¡SUBE AL COCHE!», me dijeron, y yo obedecí con mucho gusto.

En el recinto de los tigres situado en la parte superior, se hizo evidente que *Sovereign* estaba dentro con una de las tigresas, *Tammy*. Ambos animales estaban inquietos y los cuidadores gritaban para disuadirlos de que se enfrentaran entre ellos. Mi primera sensación fue de alivio, porque los animales

---

3. *Tigger* es un tigre de ficción que apareció por primera vez en el libro de A. A. Milne *El rincón de Puh*, en 1928. Actualmente, su popularidad se debe a que Disney lo ha convertido en un personaje de animación que aparece en los libros y películas de Winnie the Pooh. *(N. de la t.)*

estaban encerrados y no había ninguna persona herida. Consulté con Rob, que ya contaba con el respaldo de su hermano John, armado con un rifle muy potente, y comenzamos a tratar de hacernos una idea de lo que había ocurrido. Si los animales empezaban a pelearse, tendríamos que dispararle a uno de ellos; decidimos que dispararíamos a la hembra de tigre, porque era más peligrosa y además pertenecía a una especie menos amenazada. Pero, antes de eso, Rob haría un disparo de aviso para tratar de separarlos. Le pedí que lo hiciera tan sólo como ultimísimo recurso, ya que el que utilizáramos las armas inquietaría, sin lugar a dudas, al personal allí reunido; de momento, la plantilla estaba en tensión pero serena.

De repente, el jaguar se abalanzó sobre los cuartos traseros de la tigresa y ella se volvió y le golpeó la cabeza, lo cual hizo que *Sovereign* girara como si fuera una muñeca. El jaguar, que pesaba aproximadamente la mitad que *Tammy*, se desmoralizó de inmediato. A partir de ese momento, ambos animales se mantuvieron separados, animados por las voces persuasivas de los cuidadores. Pero la tigresa se mostraba reacia a ceder su territorio. *Sovereign* caminaba de un lado a otro con determinación por el perímetro de la derecha, persiguiendo a un cuidador que se movía hacia arriba y hacia abajo a lo largo de la valla para atraer su atención. *Tammy* se situó en lo alto de la roca y miraba con desdén a *Sovereign* mientras le bramaba. Veinte minutos antes, estaba tomándome una taza de té tranquilamente y, en aquel momento, estaba presenciando una intensa confrontación que tan sólo acabaría cuando se disparara un dardo con una pistola. Por desgracia, la que teníamos en nuestra sala de armas no funcionaba y nunca había funcionado, a pesar de que en el inventario figuraba como herramienta de seguridad operativa. Tan sólo estábamos equipados para disparar a matar.

Entonces, Kelly, la cuidadora de felinos, les pidió a todos los hombres disponibles que se reunieran a lo largo del perímetro inferior. Cuando nos lo ordenó, todos gritamos tan alto como pudimos en dirección a *Tammy* (a la tigresa no le gustan ni los hombres ni los gritos). Al mismo tiempo, Kelly y Hannah la llamaron para que regresara a su casa. Todos los cuidadores, el personal de mantenimiento y el de campo, e incluso un experto en Tecnología de la Información –Tom, que estaba de visita en el parque para darnos un presupuesto y cuando empezó todo estaba con Duncan en la parte alta, en el recinto de los leones–, se vieron involucrados en la operación. Tom poseía un gran vozarrón, tal y como se recogió en la serie de televisión que se estaba rodando en aquella etapa temprana. Un equipo de rodaje que sigue todos y cada uno de tus movimientos puede llegar a ser algo molesto, pero nosotros no teníamos nada que esconder y, sólo para mejorar nuestras posibilidades de éxito, negocié con Rob que el equipo pudiera dejar la seguridad de su coche y unirse a nosotros junto al muro. Los hombres comenzamos a gritar y el efecto fue inmediato, como si hubiéramos rociado a *Tammy* con agua fría. La tigresa empezó a mover el rabo, bajó las orejas y, al cabo de un par de minutos, se derrumbó, bajó de la roca de un salto y se metió en su casa. Todos sentimos una oleada de alivio, pero llamé a Mike Thomas y le expliqué mis preocupaciones. Aunque estaba encerrado, *Sovereign* no estaba seguro al ciento por ciento, puesto que se encontraba en un recinto extraño y lo suficientemente inquieto como para intentar hacer algo a la desesperada. Mike estuvo de acuerdo conmigo. «He visto a una mona saltar desde una altura de más de doce metros a causa del estrés —me comentó—, algo que supuestamente no debería haber sido capaz de hacer. Por suerte, la cogimos en los baños de señoras.» Si *Sovereign* se escapaba de nuevo, era poco probable que tuviéramos tanta suerte.

Con los tres tigres encerrados en el interior, decidimos que el siguiente paso que debíamos dar era tratar de atraer a *Sovereign* hacia la cuarta celda de la casa de los tigres para que estuviera verdaderamente contenido. Por desgracia, aquella celda vacía estaba deteriorada y no era segura. Necesitaba un revestimiento de láminas de metal y unas cuantas reparaciones en las tablillas del suelo; ambas eran tareas que los propios miembros de la plantilla podríamos llevar a cabo en unas cuantas horas con los materiales que teníamos sobre el terreno, pero nos estábamos quedando sin luz a gran velocidad. Y no había iluminación artificial en la casa de los tigres. Duncan se quedó allí para supervisar las reparaciones de la cámara y yo me marché para intentar comprar algún tipo de foco de emergencia; los cuidadores me indicaron cómo llegar al almacén de iluminación más próximo, en el cercano Plympton. Cuando me interné en la oscuridad al volante de mi coche, vi a unos cuantos operarios que descargaban herramientas de unos vehículos en el camino principal de entrada al zoo. Me hicieron señas para que continuara y no volví a pensar en ellos mientras me afanaba en mi búsqueda.

Tras un par de cambios de sentido de urgencia, encontré unos almacenes de jardinería de esos que venden un poco de todo; tenían una miríada de objetos *kitsch*, pero también una sección de bricolaje y otra de iluminación. Subí las escaleras a toda velocidad, localicé a una dependienta y le pedí unos focos halógenos. Se produjo una larga pausa... Entonces, como a cámara lenta, me dijo: «Bueno... creo... que... tenemos... unas bombillas de colores.» No, no, no. Focos. Focos halógenos de quinientos vatios. Hay una gran diferencia. ¿Dónde podrían estar? Mientras ella se alejaba para ir a preguntarle a alguien, yo volví a peinar la sección de iluminación a toda velocidad; examiné sistemáticamente de arriba abajo las filas de lámparas de noche rosas y con adornos, de mujeres de cristal que sujetaban una sola bombilla y, claro está, de bombillas de colores. Traté de ampliar mi misión empresarial: ¿serviría para salir del paso alguno de aquellos detritus de la iluminación? Me imaginé a nuestro atribulado equipo trabajando en un pasillo frío y húmedo, con esmeriladores angulares de metal y tigres en la habitación de al lado; luego me hice una idea de las caras que pondrían cuando les entregara una lámpara de escritorio con la forma de un personaje de Disney. No.

Y entonces lo encontré. En una caja sin etiquetar en una estantería baja había una única lámpara halógena de exterior preparada para colgarse en la pared. Sin embargo, no tenía ni enchufe ni cable. La agarré con ambas manos y salí disparado hacia la sección de bricolaje; pasé de largo junto a la dependienta que me había atendido antes y que iba a mi encuentro: «Lo... siento... pero... no... tenemos...» No se preocupe. Ya tengo lo que quería. Gracias.

No había ningún dependiente en la sección de bricolaje, así que encontré un enchufe y el cable, y por fin conseguí llamar la atención de un empleado para que lo midiera y lo cortara. Estaba tardando demasiado, así que decidí llevarme el rollo entero. «No... sé... cuánto... vale... el rollo... completo... y Reg... está... en su... hora de... descanso...» De acuerdo, mídalo y vuelva a enrollarlo, rápido, por favor, que tengo un poco de prisa. El chico captó el mensaje y pronto me encontré en la cola de la caja registradora cambiando nerviosamente de postura cada pocos segundos y estirando el cuello para mirar por encima de las tres personas que tenía delante y tratar de averiguar cuánto iban a tardar. La verdad es que me cuesta tolerar la pérdida de tiempo que supone hacer esas colas incluso cuando no tengo prisa. A lo largo de los años he ido desarrollando estrategias de respiración zazen y me he ejercitado para no concentrarme en la inevitable secuencia de ineptitudes sin importancia que hacen que la fila avance con mayor lentitud y que podrían evitarse con facilidad. Pero mis trucos no funcionaban. Estaba en modo «emergencia total» –hacía un par de horas que había tenido que tomar decisiones de vida o muerte por primera vez a lo largo de mi existencia, había un gran felino muy inestable merodeando por el lugar equivocado, se estaba haciendo de noche y necesitaba acabar con la compra para que pudiéramos seguir trabajando y encerrarlo–. Y aquella cajera no era competente. Daba la sensación de que su caja registradora la tenía perpleja. Todas las personas que me rodeaban se movían a la velocidad de las tortugas. Entonces, justo en el momento en que por fin terminaba la primera transacción, el cliente que ya se marchaba dio un paso atrás con elegancia y cogió un paquete de caramelos. «¡Oh, se me olvidaban!», exclamó. Estuve a punto de perder el norte y de pasar a control manual: mi mano pujaba por atrapar el paquete de estúpidos dulces blancos y rosas, y yo luchaba contra el impulso de arrancárselo de las manos y exigir que me atendieran en seguida. Pero no lo hice. Inspiraciones profundas. Aquello terminó al fin y pronto me dirigí a toda prisa de vuelta hacia nuestra emergencia.

En la recta que conducía hacia la casa, un obstáculo se interponía entre las luces y su destino. Por increíble que parezca, los tipos con los que me había cruzado antes habían cerrado el camino en el lapso de tiempo que había transcurrido entre mi salida y mi regreso al parque. Habían levantado muros de hormigón e instalado una señal que decía que el camino estaría cerrado durante los siguientes cuatro meses porque se iba a construir una central eléctrica. Las señales de desvío aún no estaban colocadas y mi mapa mental de la zona era, cuando menos, bastante precario.

Aquello supuso media hora más de perderme por idénticos caminos de un solo carril hasta que, al final, di con la entrada y eché a correr hacia el recinto de los tigres.

Habían instalado una única bombilla de sesenta vatios, así que me dispuse a conectar a toda prisa la lámpara que llevaba; para ello utilicé las herramientas Leatherman de mi cinturón. En mis tiempos había instalado unas cien lámparas, pero en aquella ocasión me di cuenta de que me temblaban las manos y de que no estaba haciendo un buen trabajo. Realizar aquella tarea a menos de medio metro de *Spar*, el anciano pero imponente y amenazador tigre siberiano, no ayudaba mucho. *Spar*, que lucía en la oreja un corte ensangrentado debido a un enfrentamiento anterior con *Sovereign*, estaba naturalmente asustado a consecuencia de lo que había ocurrido aquella tarde; además, no le gustaba que hubiera gente desconocida trabajando en su casa a aquellas horas tan extrañas. Él estaba tan inquieto a causa de mi presencia como yo a causa de la suya, así que el animal no dejaba de emitir un gruñido increíblemente grave y siniestro que, de vez en cuando, crecía hasta convertirse en un rugido y una breve embestida contra la malla de

alambre que nos separaba. Mantenía los enormes ojos naranjas abiertos de par en par y clavados en mí constantemente. Ese tipo de ruidos te atraviesan, resuenan en tu caja torácica y envían señales de alarma a tu cerebro primitivo medio, que ya está rebosante de inquietud y que intenta eliminar las angustiosas noticias que recibe desde los ojos e ignorar los avisos de cercanía de un depredador descomunal y de muerte inminente. Quizá justificadamente, al pelar el cable corté con demasiada profundidad y las conexiones con los terminales quedaron un tanto desorganizadas. Pero servirían.

Cuando al fin se encendió la luz, le confesé a Rob, nuestro encargado de salud y seguridad, que tal vez el cableado tuviera que rehacerse más adelante bajo condiciones más propicias. Una sonrisa de comprensión se dibujó en su rostro demacrado y me dijo: «Por ahora es más que suficiente.» John, Paul y Rob trabajaron con celeridad para terminar el interior de la cuarta cámara; lo hicieron con la tácita eficacia de los hombres que saben lo que están haciendo y llevan mucho tiempo trabajando juntos. Duncan se había dedicado a estudiar el asunto de la pistola de dardos. El zoo más cercano, Paignton, no podía prestarnos la suya, porque no tenían licencia para utilizarla fuera del parque. La reputación que se había creado nuestro parque en los últimos años y nuestra ampliamente difundida inexperiencia no debieron de contribuir a su valoración de la situación; fue entonces cuando asumimos el sentimiento de fracaso, la percepción que desde fuera se tenía del parque y lo que aquello podría significar para nuestras perspectivas de futuro.

Rob terminó por hacerse con una pistola de dardos y con un operario con licencia para usarla —Bob Lawrence, guarda sénior en el Parque Safari de las Midlands–, que estaba dispuesto a viajar de inmediato, aunque se decidió que, dado que *Sovereign* estaba encerrado, Bob no bajaría hasta la mañana siguiente. La opinión general sobre el terreno era, muy razonablemente, que el felino estaba encerrado en un recinto diseñado para contener grandes felinos y que, por lo tanto, el riesgo era mínimo. Comenzamos a intentar atraerlo hacia la cuarta cámara para felinos, que ya habíamos terminado de reparar, colocando carne justo al otro lado de la puerta. Pese a que la carne tuvo un efecto casi químico sobre aquel predador tan musculoso, puesto que consiguió que se acercara al umbral en varias ocasiones, el instinto de autoconservación de *Sovereign* lo obligaba a retroceder. Era demasiado astuto y se sentía demasiado inquieto como para ceder aquel nuevo territorio a cambio de una comida gratis en una caja diminuta.

Mike nos aconsejó que lo vigiláramos desde un coche aparcado cerca del recinto y que, al menor síntoma de conflicto, como por ejemplo que el jaguar intentara trepar por la valla de alambre, recurriéramos a las armas de fuego. Rob se marchó a dormir en el sofá de la casita del cuidador con la escopeta junto a él, y yo acerqué tanto como pude el coche de mi madre al recinto y me instalé en el asiento del conductor con un termo de café y una linterna. Cada media hora, me dijo Mike, debía enfocarlo con la linterna y asegurarme de que *Sovereign* estaba tranquilo y, sobre todo, dentro del recinto. «No salgas del coche –me advirtió Mike–. Si se ha escapado, no lo habrás oído y te estará esperando justo al otro lado de la portezuela.» Por desgracia, a medida que la tarde fue avanzando, *Sovereign* demostró su sensatez y decidió que sentarse en la cámara vacía era seguro, aunque vigilaba con atención a cualquiera que se acercara a la casa de los felinos. Aquello significaba que a mí me resultaba imposible verlo desde el coche, así que cada media hora me veía forzado a abrir la puerta medio esperando que cien kilos de músculo, dientes y garras se lanzaran sobre mí. Después, cuando aquello no ocurría, tenía que adentrarme unos cuantos pasos en la oscuridad —que podría haber albergado o no un enorme jaguar cabreado— y encender la linterna. Me iba sintiendo más confiado cada vez que veía los dos ojos reflectantes que me devolvían la mirada desde en interior de la casa. *Sovereign* no se iba a marchar a ninguna parte y, a las cinco de la mañana, Duncan me relevó en el coche. Bob Lawrence llegó hacia las siete y media con su pistola de dardos. Aquel hombre, con todas aquellas cosas que colgaban de su cinturón y un sombrero a lo Indiana Jones, resultó ser una presencia muy tranquilizadora con la que contar en aquel momento. Si hubiera habido un rinoceronte suelto (y eso que no teníamos ninguno), daba la sensación de que él podría enfrentarse a la situación. También llegó el veterinario con los sedantes necesarios y, al tercer intento, los dardos acertaron en *Sovereign*, aunque, por desgracia, según dijeron, a un nivel superficial de la epidermis, así que el jaguar comenzó a dar saltos, enfadado, hasta que poco a poco se fue calmando; lanzaba miradas furiosas a través de la alambrada y merodeaba por el interior del recinto. Daba la impresión de estar memorizando las caras para, en caso de que pudiera volver a escapar, saber a quién debía castigar por tamaña humillación.

Existía el peligro de que, drogado, *Sovereign* se cayera al foso y se ahogara, así que pedí que trajeran una escalera de mano. En principio la utilizaríamos para empujarlo con ella, pero secretamente decidí que, si había una posibilidad, aunque fuera remota, estaba dispuesto a bajar por la escalera, meterme en el agua y sacarlo a rastras. Pero no fue necesario. *Sovereign* cayó como un corderito y nos apresuramos hacia el interior del recinto para sacarlo en una camilla. Una vez de vuelta a la seguridad de su propia casa —examinada microscópicamente para detectar los defectos que pudieran haber contribuido al incidente—, a *Sovereign* se le realizaron rápidas revisiones dentales y físicas. No es frecuente poder estudiar la boca de este tipo de animales sin que la actividad resulte mortal, así que el veterinario aprovechó muy bien el tiempo.

Trasladar a *Sovereign* en la camilla y acariciarlo fue mi primer contacto directo con uno de los animales a nuestro cargo, y supuso una iniciación increíble. Era uno de los animales más bellos, así como peligrosos, del parque; se necesitaron cuatro hombres para levantarlo. Sus exóticas manchas con forma de rosa nos observaban, como si de ojos se tratara, mientras el jaguar dormía; su enorme potencia permanecía latente, envuelta en un ceñido abrigo de engañosa belleza. Cuando Bob Lawrence y el veterinario arrastraron a aquel enorme felino por el pescuezo como si fuera un saco de patatas, atravesaron con él la puerta de la alambrada, salieron y la cerraron tras ellos, se produjo un sentimiento de alivio colectivo y eufórico. «El Código Rojo ha terminado oficialmente», dijo Rob. Aquélla parecía ser su forma de expresarlo. Pero, claro está, aún había que escribir informes, y la cronología exacta de los hechos sería de suma importancia, ya que los expertos la analizarían con gran detalle y, en última instancia, pasaría a ser de dominio público. Rob y Duncan entrevistaron varias veces a Richard, el cuidador responsable de no haber echado el cerrojo, y, al final, el consejo consideró que nuestras declaraciones e informes demostraban que habíamos actuado de manera responsable y profesional. También recibimos cierto apoyo por parte de Tom, el vociferante consultor de Tecnologías de la Información, que, cuando se marchó al día siguiente, dijo: «Ésta ha sido, sin lugar a dudas, la visita de campo más emocionante que haya hecho nunca.»

Pero yo me quedé con el miedo, con el horror de lo que se sentía al tener a *Sovereign* en libertad, aunque sólo fuera por un segundo, porque era capaz de cualquier cosa. Cuando compramos el zoo, di por hecho que la idea de encierro de los animales venía dada de por sí, que siempre estaban completamente bajo control y que los trataban expertos que utilizaban para ello sistemas de seguridad. La sola idea de que uno de aquellos animales se escapara y se pusiera a merodear por la zona del merendero o de que bajara hacia el pueblo hizo que subiera el nivel residual de adrenalina instalado en mi pecho... y aún hoy continúa allí. La perspectiva de un Código Rojo, las sensaciones que te provoca verte inmerso en él y las potenciales consecuencias que tendría si saliera mal, están ahí cuando me despierto, cuando me acuesto y cuando paseo por el parque charlando con los visitantes. Hay que tomarse en serio tal nivel de responsabilidad. Es como si cuidáramos de pistolas con cerebros, de un arsenal cargado de rifles de asalto, pero cada uno de ellos con un córtex capaz de tomar decisiones y unos cuantos planes de fuga. *Sovereign* ya había conseguido llevar a cabo con éxito uno de los suyos.

De hecho, aunque el subsiguiente informe del consejo nos exoneró, creo que el hecho de que nosotros hubiéramos tomado posesión del parque bien pudo tener algo que ver con aquel incidente en concreto. Encerrar al jaguar siempre era una tarea que llevaban a cabo dos personas. Resultó que Richard, el cuidador júnior, de acuerdo con sus propias declaraciones y oponiéndose directamente a la orden de que esperara al otro cuidador, había «decidido encargarme de limpiar yo solo la casa de los jaguares». Lo hizo, nos explicó, para tratar de impresionar a su encargada, Kelly, una idea que tal vez estuviera relacionada con el sentimiento de alivio generalizado acerca del hecho de que el parque hubiera pasado a manos de unos propietarios nuevos y de que los animales fueran a salvarse. Resulta evidente que su encargada no se sintió impresionada, ni tampoco ninguno de los demás. Aquél fue el último día de Richard. Estaba claro que el mundo del zoo no era lo suyo.

Otra muestra de aquel nuevo ambiente me había sorprendido notablemente el día anterior mientras hablaba con Rob en el parque. El joven volvió la cabeza de repente en dirección a un ruido extraño; lo hizo con la urgencia de un hombre acostumbrado a tener que reaccionar con rapidez ante un animal huido (una urgencia que yo mismo incorporé con presteza a mis movimientos). «¿Qué ha sido ese ruido?», preguntó, y los dos escuchamos con detenimiento. Entonces nos dimos cuenta de que se trataba de carcajadas que procedían de la sala de personal. Rob se relajó y su expresión cansada dio paso a una sonrisa. «Hacía tiempo que no se oía algo así por aquí», me explicó.

Un día después de regresar a su casa, *Sovereign* ya había tenido tiempo suficiente para librarse por completo de la anestesia, así que levantamos la fatídica puerta corrediza. El jaguar, el epítome del sigilo, atravesó el umbral pesadamente y, con lentitud, se bamboleó hasta sobrepasar la guía de la puerta corrediza. Sus fornidas patas delanteras y sus hombros voluminosos fueron hinchándose poco a poco, debido al esfuerzo, mientras el animal avanzaba hacia el exterior –y hacia la comida– agitando las orejas y registrando con la mirada al personal allí reunido en busca de indicios de la presencia de una pistola de dardos o de cualquier otro peligro. El «Sovereigngate», nombre por el que nunca se ha conocido (y nunca deberá conocerse en el futuro), se había acabado; entonces comenzaron las repercusiones. Nuestro sueño habría terminado allí de no haber sido por el respaldo del consejo local hacia nuestra forma de manejar el incidente; su informe hacía especial hincapié en la profesionalidad de los cuidadores. Yo también me sentí muy impresionado por su serenidad durante una situación tan complicada. Nunca he estado en una zona de guerra, pero aquello había sido equivalente, sin lugar a dudas, a pasar diecisiete horas en primera línea de batalla y con gente en la que podías confiar.

Pero en el plano familiar se confirmó nuestra falta de euforia. De hecho, aquello vino seguido de un período de intensa ansiedad, ya que empezamos a pagar las consecuencias de las deprimentes condiciones de vida, del mal tiempo y de la falta de dinero. Dartmoor cuenta con uno de los niveles de precipitación más altos de todo el país y, a pesar de que nos encontramos en un microclima ligeramente resguardado, la continua lluvia invernal representaba un indeseado contraste con respecto al sur de Francia. Mi hermano y yo experimentamos una regresión que nos llevó a adoptar los mismos papeles que cuando vivíamos en casa a finales de la década de los setenta, así que nos dedicábamos a cortar leña para la gran chimenea y, en broma, a desprestigiarnos el uno al otro delante de nuestra madre:

—Mamá, te he traído unas cuantas flores de las que te gustan. Duncan no.

—Sólo lo has hecho porque eres adoptado...

Pero aquella época se volvió cada vez más difícil. Yo me vi obligado a cambiar mi papel de negociador del zoo por el de empleo a jornada completa de «espantaacreedores», y también a tratar de conseguir dinero como fuera. Aquel lugar ya nos pertenecía por derecho, pero necesitábamos con urgencia unos fondos de en torno a quinientas mil libras para llevar a cabo tareas de desarrollo. Los banqueros y abogados se lo pasaban estupendamente prolongando la agonía, solicitando todavía más estudios caros y predicciones más detalladas de nuestros gastos. «¿Nos podrían facilitar un desglose específico de los costes rutinarios de mantenimiento para agosto de 2008?», nos pidió el Royal Bank of Scotland, a pesar de que quedaban más de dieciocho meses para esa fecha y de que los gastos dependían por completo del desarrollo de los acontecimientos a lo largo de ese tiempo. En nuestros pronósticos, habíamos previsto que hubiera quince mil libras disponibles para ese mes, pero ellos querían saber si nos las gastaríamos en pintura, madera, asfalto o segadoras de césped. Podría haberme inventado cualquier cosa, pero les dije la verdad: que no había forma de saber el desglose exacto de los gastos con tanta antelación, pero que habíamos llegado a la cifra de quince mil libras consultando con otros zoológicos y complejos de ocio, y también con un equipo de mantenimiento *in situ* (y, asimismo, basándonos en mi experiencia en el negocio de la construcción y como autor de *The «Which?» Guide to Getting the Best from Your Builder*).⁴ Les comenté que estábamos seguros de que aquella cantidad sería suficiente. Pero aquello se convirtió en un punto de fricción y, tras seis u ocho semanas de negociaciones minuciosas y absorbentes —a lo largo de las que dejaron fuera de juego a otras entidades de crédito con ofertas potenciales de tipos de interés reducido–, se retiraron. Así que vuelta a empezar de cero con otra entidad.

Pero todo aquello estaba por llegar. Aún teníamos que pasar la primera semana y la emoción no se nos había agotado.

A las once y media de la noche de nuestro séptimo día, fui a recoger a Duncan y a Cameron, su socio, a la estación de Plymouth. Íbamos de camino al parque, pero reduje la velocidad justo a la salida del pueblo, donde el camino se estrecha y comienza a estar acotado por muros de piedra de entre un metro y medio y dos metros de altura sobre un fondo boscoso. El problema era que los focos del coche iluminaban a un ciervo que se asomaba por encima del muro a unos seis metros por delante de nosotros; tenía aspecto de estar a punto de saltar. Los ciervos son lo suficientemente tontos como para saltar delante de un coche en movimiento, así que me detuve para ver qué iba a hacer. Fue entonces cuando los tres nos dimos cuenta al mismo tiempo de que aquello no era un ciervo. Era un puma. El sistema visual humano trabaja inicialmente sobre un sistema de patrones; traza un bosquejo de 2,5 dimensiones basado en los indicios disponibles y a continuación halla un patrón adecuado a ese esbozo entre los que acumula en el

---

4. «La guía "Which?" para sacar lo mejor de su contratista», una guía orientada a los derechos de los consumidores, que también publica revistas y ofrece consejo sobre temas tan variados como la economía, la jardinería, la gastronomía o la mecánica. (*N. de la t.*)

enorme almacén que tenemos en el cerebro (y que se basan en las experiencias previas de cada individuo y en la probabilidad de correspondencia de acuerdo con el contexto, razón por la que yo pensé que el animal marrón que había delante de nosotros era un ciervo). Así es como funcionan muchas ilusiones ópticas, evocando el patrón equivocado hasta que nuestra reacción tardía, más minuciosa, resuelve lo que está ocurriendo. En aquella ocasión, la segunda reacción nos llevó menos de un par de segundos, a lo largo de los que el inofensivo ciervo se transformó en un puma musculoso de cabeza redonda y orejas erguidas; también nos percatamos de las características sombras grises que tenía sobre la piel rojiza, algo que no es propio de los ciervos. «Es un p-puma», dijimos todos más o menos a la vez; y entonces se desvaneció entre los árboles. Salimos del coche a toda prisa y corrimos hacia el punto del muro donde lo habíamos visto; llegamos a tiempo para oírlo alejarse entre la maleza sobre sus pezuñas almohadilladas (no sobre sus cascos, como un ciervo). Rápidamente descartamos la posibilidad de perseguirlo en la oscuridad, sin linternas y sobre un terreno desconocido, así que nos apresuramos a llegar al parque para comprobar que nuestros pumas estaban bien. Como había pasado tan poco tiempo desde la huida del jaguar, estábamos convencidos de que se habría producido el tan comentado sabotaje de los defensores de los derechos de los animales y de que éstos habrían cortado la alambrada de los pumas, al igual que habían hecho seis meses antes de nuestra llegada con el recinto de los ciervos, en la parte baja del parque.

Ya metidos de lleno en el modo Código Rojo, recorrimos a toda velocidad el escaso kilómetro que nos separaba del parque y corrimos hacia el recinto de los pumas armados con la linterna más grande que teníamos. Y allí estaban los dos. Pero, definitivamente, lo que acabábamos de ver pertenecía a su misma especie. Es muy frecuente que en el campo se divisen grandes felinos; en algunas ocasiones, se trata de errores o imaginaciones de un excéntrico –probablemente debidos a problemas con sus patrones de 2,5 dimensiones–, pero en otros casos, ahora estoy convencido de ello, son reales. Lo más seguro es que fuéramos los únicos que nos halláramos en disposición de verificar lo que habíamos visto con dos ejemplares de la misma especie, ya que teníamos acceso a nuestros propios pumas.

Al día siguiente se lo conté a Rob y a Robin, que también trabaja como voluntario para la Sociedad de Observación de Grandes Felinos. Esperaba que se rieran de mí en mi cara y que me tildaran de neurótico. «Ah, sí, hay pumas por los alrededores –me respondió Robin–. Qué suerte has tenido al haber visto uno tan pronto. Yo llevo aquí diecisiete años y sólo he logrado ver sus huellas.» Rob me pudo proporcionar una confirmación más directa: «Cuando vivía aquí, hace dieciséis años, abrí la puerta de mi caravana hacia las seis de la mañana y allí me encontré un puma tranquilamente sentado, observándome. Cerré la puerta, la volví a abrir al cabo de unos segundos, y ya se había marchado, pero estoy completamente seguro de que estaba allí.» En cautividad, los pumas pueden alcanzar los dieciséis años, pero en libertad su esperanza de vida es de varios años menos. A juzgar por el tamaño y el estado del que vimos, en comparación con nuestras hembras de mayor edad, se trataba de un macho joven. Y eso significaba que se estaban reproduciendo. Un jardinero digno de crédito que vive a unos cuantos kilómetros de distancia del parque asegura que hace varios años vio a una madre con dos cachorros, y siempre que alguien ha dicho ver un gran felino en las proximidades de Dartmoor se ha hablado de pumas –no de linces, panteras o servales, sino de pumas–, un hecho que nosotros no conocíamos en absoluto antes de que la prueba tomara forma de felino ante nuestros propios ojos. Parece ser que los machos salen del páramo para acercarse a visitar a nuestras hembras cuando éstas están en celo (la última vez que se vio a uno en el parque fue en 2003), de forma que nos proporcionan una oportunidad única de reunir información acerca de esos escurridizos animales. Antiguamente, unos felinos de un tamaño similar, los linces europeos, habían sido también autóctonos de la zona; se alimentaban de conejos, ratas, pájaros y corderos muertos. No necesitan entrar en contacto con los humanos para nada, excepto que decidan salir en su búsqueda. Aquello le otorgaba una perspectiva totalmente diferente a la idea de dar un paseo por los alrededores del parque al anochecer. Aquella sensación de Código Rojo no iba a desaparecer. Está claro que en el mundo del zoo nunca hay un momento de aburrimiento.

4. Las vacas flacas

Tras aquella frenética primera semana, tuvimos algo más de tiempo para reflexionar. Yo me pasaba los días colgado del teléfono, de pie en el punto de delante de la casa —una escena que me había imaginado constantemente cuando vivía en Francia— desde el que descendía el camino que penetraba en el recinto del lago de los flamencos (aunque en aquel momento tan sólo lo poblaban dos flamencos bastante viejos y una pareja de pelícanos raquíticos); los árboles se fundían con la perfecta panorámica de la Inglaterra rural: un horizonte de colinas ondulantes que se extendían como un edredón orgánico a lo largo de varios kilómetros en cualquier dirección. La sensación de bienestar era —tal y como me había dicho a mí mismo que sería— inmensa. Pero no lo suficiente como para compensar el contenido de aquellos eternos ciclos de llamadas telefónicas. Funcionarios del Ayuntamiento, consejeros, más abogados, más bancos y corredores de Bolsa, pero, sobre todo, acreedores que iban saturándome los oídos con un goteo de noticias cada vez peores. Con los pies firmemente plantados en mi lugar favorito y el nuevo zoo, emocionante y estimulante, a mi espalda, mi mente se proyectaba hacia el futuro a velocidad de vértigo para analizar todas las posibilidades y las opciones, cada vez más escasas, de las que disponíamos.

Si mis amigos ya se habían mostrado incrédulos cuando les comuniqué la noticia —reconozco que bastante surrealista— de que mi familia y yo íbamos a trasladarnos a vivir a un zoo destartalado que íbamos a intentar revitalizar, su asombro no fue nada en comparación con cómo nos sentimos nosotros a lo largo de las primeras semanas cuando nos presentamos a nuestros nuevos vecinos.

Mientras aún vivíamos en Francia, mis hijos no me habían dado mucho crédito cuando les conté lo que estaba intentando hacer. Con el teléfono pegado a la oreja, me pasé seis meses mandándoles callar con el mismo estribillo: «Silencio. Papá está intentando comprar un zoo.» Tenía claro que pensaban que me había vuelto loco —«el tonto de papá nos obliga a vivir en un granero de un país extranjero y ahora se cree que va a comprar un zoo»—. El problema era que su perspectiva simplista coincidía con la de muchas otras personas —en realidad con la de casi todas las que conocía, a excepción de mi familia más cercana: mis hermanos, mi hermana y mi madre—. «Tengo un muy mal presentimiento respecto a esta idea del zoo», me confesó al teléfono un amigo íntimo. «¿Sigues aún empeñado en eso?», me preguntó otro. «*Les tigres? Sacré bleu, c'est pas possible!*», exclamó todo el pueblo, ante cuyos ojos mis excentricidades habían alcanzado nuevas cotas. Lo complicado era que, una vez que al fin hubo llegado, en lugar de convertirse en la suave transición hacia el gasto de nuestra hipoteca convenida en objetivos claramente definidos, nos encontramos tratando de solucionar una crisis con poquísimo dinero.

Pero cuando los niños llegaron finalmente al parque, después de un par de días de caminar de puntillas y con los ojos abiertos de par en par por todo el zoo, se adaptaron con más rapidez y facilidad que yo a nuestra nueva vida. Katherine los trajo desde Francia al cabo de dos semanas, se quedó con nosotros durante dos días de enorme choque cultural (a aquellas alturas yo ya me sentía relativamente veterano) y, después, se tuvo que marchar otras dos semanas a Italia par acompañar a su hermana, Alice, que estaba a punto de tener allí a su primer bebé. Al principio, los niños se mostraron dubitativos y, para ser sinceros, un poco asustados. Recuerdo haberles dejado en el despacho entreteniéndose con unos cuantos juguetes viejos mientras yo me dedicaba a limpiar; al cabo de unos minutos, cuando fui a verlos a través de la ventana, ambos estaban gritando a pleno pulmón, muertos de miedo porque los había dejado solos. Resultaba un lugar bastante terrorífico durante los primeros días, en especial para los niños. Pero pronto se adaptaron. Cuando decidí soltarle a Milo, con la mayor delicadeza posible, la noticia de que algún día el parque se abriría y tendríamos que compartir todo aquello con cientos de visitantes, el niño me contestó: «Sí, papá, pero ellos tendrán que pagar para entrar.» Por fin aquella perspectiva simplista encajaba con la mía.

Sin embargo, a los dos gatos domésticos de mi madre, *Pandit* y *Jow-jow*, ambos bengalíes grandes y negros importados de Surrey, les costó bastante más tiempo apreciar nuestra maravillosa nueva vida. ¿Serían los aullidos de los lobos lo que les inquietaba tanto? ¿Los bramidos de *Solomon*, nuestro enorme león africano, de cuyos rugidos se sabía que habían aterrorizado a los golfistas que jugaban felizmente en un campo situado a más de tres kilómetros de distancia? ¿O quizá tenía que ver con aquella ocasión en la que se encaramaron a un muro para descubrir al otro lado a tres colosales osos pardos que los observaban con atención? Salieron disparados a toda velocidad hacia la casa dejando tras de sí una estela de polvo como la de los dibujos animados cuando alguien huye a causa del miedo.

Duncan, que se había encargado de llevar a los gatos hasta allí en su coche, nos contó que la primera vez que habían visto un avestruz había supuesto una oportunidad única de contemplar el proceso en vivo y en directo: sus pequeños y despreocupados cerebros se veían desbordados debido a una sobrecarga de estímulos nuevos mientras trataban desesperadamente de adaptarse al novedoso concepto de que un pájaro fuera más grande que un hombre. «Estiraron el cuello más de lo que les hubiera visto hacerlo jamás y empezaron a mover la cabeza de un lado a otro con rapidez, tratando de recoger la mayor cantidad de información que pudieran desde dentro del coche —explicaba Duncan—. Me quedé un rato sentado junto a ellos para que se fueran acostumbrando al entorno, pero veinte minutos más tarde, cuando los introduje en la casa, seguían igual de nerviosos.» La veintena de pavos reales que deambulan por el parque supusieron otro problema psicológico para los gatos, que en seguida desarrollaron una táctica de negación absoluta con respecto a la existencia de aquellos inquietantemente grandes y confiados ejemplares de un tipo de criaturas que ellos tan sólo habían conocido como presas.

De todos nuestros animales, los tres tigres de Siberia criados en cautividad se convirtieron desde el principio en mis favoritos. Se trataba de *Blotch*, *Stripe* y el gran *Vlad*, un macho que, con más de trescientos kilos, era uno de los felinos más grandes del país. La primera vez que rodeé la parte trasera de la casa situada en su recinto, los tres se acercaron a mí para intentar arrancarme una caricia a través de la valla. ¡Ni loco!

Los tigres no gruñen o rugen, sino que bufan. Es un ruido que suena como si se hiciera una pedorreta utilizando tan sólo el labio superior. Pero, si tú les bufas, ellos te devuelven el bufido; tener a un felino de trescientos kilos a treinta centímetros de distancia intentando ser simpático es una experiencia excepcionalmente edificante.

En el caso de Milo y Ella, fueron las nutrias las que capturaron su imaginación. Pronto se entusiasmaron con aquellas criaturas que hacen un sonido ridículo, como de muñeco de juguete, siempre que pasas a su lado. Como es lógico, aquello provocaba chillidos de placer igual de agudos por parte de los niños, que saltaban alegremente una y otra vez hasta que las nutrias se daban cuenta de que no les llevaban comida y se dispersaban. En algunas ocasiones, los niños sí que ayudaban a alimentar a las nutrias, pero es difícil adecuarse a las rutinas de los cuidadores, que son variadas para impedir que los animales se habitúen. Por el contrario, los hurones, *Fidget* y *Wiggle*, sí encajan con los niños. Katy, nuestra primera encargada de educación, los estaba acostumbrando al trato con humanos, así que varias veces a la semana los pertrechaba con unos graciosos arneses en miniatura para hurones y los paseaba por el parque en compañía de Milo y Ella.

Pero fue allí, de pie en mi lugar favorito, mientras contemplaba la belleza del valle, cuando, durante los primeros días, comencé a percatarme del olor. Un hedor terrible inundaba el parque; se trataba del olor de los restos de animales en proceso de descomposición; lo reconocí debido a que en alguna ocasión había ayudado a sacarlos de los recintos. Dado que el parque funcionaba desde hacía mucho tiempo con una plantilla bastante escasa, en el interior de los recintos de los animales carnívoros del zoo se había acumulado tal cantidad de huesos viejos que todos y cada uno de ellos estaban repletos de esternones, pezuñas y trozos de pieles variadas; al parecer, aquello era lo que constituía la raíz del problema. Las materias vegetales en descomposición y las heces sin limpiar de los herbívoros no ayudaban, pero el verdadero origen era más sistémico. Eran los contenedores de los despojos.

Para dar de comer a los carnívoros, el parque depende del ganado muerto —terneros sacrificados por los granjeros de la zona, corderos nacidos ya muertos, caballos atropellados en la carretera...–. Andy Goatman, el «matarife» local, es el que nos los trae y, a menudo, el que los prepara en nuestra «sala de la carne». Básicamente, se trata de una nave de hormigón con un fregadero y una cámara frigorífica enorme. Andy despoja las osamentas con manos expertas, a menudo con la ayuda de las nada remilgadas cuidadoras de felinos, Hannah y Kelly. Ver a aquellas dos muchachas, tan afables y amantes de los animales, sentadas a horcajadas sobre un esqueleto gigante, cubiertas de vísceras hasta las rodillas, blandiendo enormes cuchillos ensangrentados y charlando con despreocupación mientras arrastran la cabeza de un caballo hacia el congelador era comprender que habíamos entrado en un mundo totalmente distinto.

Los pedazos que no sirven para alimentar a los animales

—intestinos, espinazos y entrañas en general– se clasifican como material de tipo 1 y se almacenan en los contenedores de despojos, tres tolvas de acero inoxidable cuyo contenido recoge e incinera una vez a la semana una empresa local con permiso para ello. Por desgracia, no se les había pagado desde hacía bastante tiempo, y ni siquiera nos contestaban al teléfono si no íbamos con el dinero por delante. La última vez que se habían vaciado los contenedores había sido seis semanas antes de nuestra llegada, y la peste que emanaba de ellos lo impregnaba todo. Lo peor para Hannah y Kelly, y para todos los que tenían que trabajar en el patio, eran los gusanos. Aquellas serpenteantes larvas blancas se arremolinaban en torno a los contenedores, arrastrándose hacia la materia en descomposición que se acumulaba en las grietas. Abrir las tapas de los contenedores, algo que yo tuve que hacer unas cuantas veces para ayudar a volcar en ellos los despojos, contribuía a la dispersión de los gusanos y daba acceso a un mundo que Dante no se habría sentido orgulloso de evocar. Calaveras huecas que flotaban en una fétida pasta azul grisácea repleta de larvas mientras el hedor penetraba en tus huesos. El trabajo de los cuidadores en aquellas circunstancias era verdaderamente heroico, a pesar de que, debido a que se habían ido aclimatando de forma paulatina a lo largo de varios años, ellos no le daban mucha importancia. «Esto no es nada, es mucho peor en verano», me tranquilizó John. Nuestra endeble hidrolimpiadora doméstica estaba, por suerte, operativa, pero añadimos una versión industrial de la misma a nuestra lista de deseos de maquinaria esencial que no nos podíamos permitir.

La humedad no ayudaba; se filtraba a través del suelo de la casa por medio de un antiguo pozo –cuya bomba manual ya estaba, por desgracia, desaparecida— y formaba minilagos en la gastada topografía de las losas del pavimento. Muchos pies a lo largo de varios siglos habían erosionado las piedras que formaban los caminos más usados y se habían arrastrado por los yacimientos más blandos para crear valles y depresiones que en aquel momento pasaron a ser afluentes y lagos en nuestra zona de vivienda. El agua, y los efectos que provocaba, estaban por todas partes. Alcantarillas resquebrajadas que rebosaban —repletas de años de mantillo procedente de los árboles que las ocultaban— humedades en las paredes. El moho y los líquenes cubrían todo lo que estuviera fuera de la casa con un frío glaseado de mugre verde que simbolizaba, y en realidad también señalaba, una profunda decadencia.

Y luego estaban las ratas. Hablar de «una plaga de ratas» no habría sido una exageración. Miraras hacia donde mirases, incluso a plena luz del día, había ratas grises, grandes y gordas que corrían hacia sus nidos y que, en ocasiones, con arrogancia, ni siquiera se molestaban en ocultarse. Ante nuestras propias narices, entraban a toda velocidad en los recintos y se llevaban la comida que habíamos dejado para los monos. Para nuestra satisfacción, aquellas intrusas fueron víctimas de una terrible venganza infligida por uno o dos de los animales en cautividad, sobre todo por *Basil*, el coatí (un afable animal trepador procedente de América del Sur y emparentado con el mapache), cuyas poderosas mandíbulas omnívoras se especializaron en partir el cráneo a las ratas que eran lo suficientemente desafortunadas como para quedar atrapadas entre ellas. Pero aquella era una solución imperfecta para la plaga. Las ratas son portadoras de enfermedades y también son susceptibles de ser envenenadas, si no por nuestra parte, sí por la de alguna granja vecina. Hacía unos cuantos años, una nutria había muerto tras comerse una rata envenenada, así que había que abordar el problema con mucho cuidado. Pedimos presupuesto a tres empresas de control de plagas diferentes que ofrecían tres métodos distintos de gaseamiento y envenenamiento. Pero la gran magnitud de nuestro problema —al menos cuarenta nidos bien arraigados, distribuidos en más de treinta acres de terreno y con un suministro constante de alimento a su disposición— hacía que fuera prohibitivamente caro solucionarlo. El precio más bajo del método más concienzudo y que más respetaba a los animales exóticos era de nueve mil libras, un dinero que, sin más, no teníamos.

Peter Wearden y otros me recordaban con regularidad que erradicar las ratas era un requisito indispensable para conseguir nuestra licencia de zoo. Pero no era necesario que lo hicieran. Me gustan todos los animales, incluyendo las ratas, en especial las que se venden en las tiendas de mascotas o las de la especie con la que trabajé en la universidad cuando estudié el aprendizaje social recompensándolas con chocolate. Las ratas de laboratorio —al menos las que no están a merced de los viviseccionistas— suelen llevar una vida muy feliz y plena resolviendo problemas a cambio de recompensas; mueren con un córtex cerebral significativamente más grueso que el de sus congéneres moradoras de alcantarillas. Pero las ratas silvestres me dan escalofríos. En mi primer encuentro con una de ellas en un piso de Peckham, me quedé horrorizado al descubrir un enorme roedor marrón en un armario de la cocina. Y allí estaban otra vez, en la cocina, correteando sobre la mano de mi madre en las escaleras una noche e incluso dentro de su cama una vez. Por suerte, los gatos de mi madre, *Pandit* y *Jow-*

jow, también estaban en su cama en aquella ocasión, y el alboroto resultante despertó a toda la casa.

Pero dudo que lo atraparan. Aquellos dos gatos tontos se estaban restregando contra mis piernas la noche en que me acerqué a ver qué era lo que producía el ligero murmullo que emanaba de un armario bajo de la cocina. Con dos predadores felinos a los pies, estaba seguro de que, si lo que salía corriendo era una rata, la cogerían. El control de plagas típico de las especies. Pero no funcionó así. Arrastré los pies sigilosamente —cubiertos sólo por los calcetines— sobre el suelo de duras baldosas, me situé con cuidado junto a la puerta, intenté llamar la atención de los ronroneantes gatos sin alertar a la rata y entonces abrí la puerta de golpe. La rata salió disparada y rebotó contra mis rodillas justo al mismo tiempo que los dos gatos hermanos, felizmente ignorantes y atontados, daban otra vuelta alrededor de mis pantorrillas. La rata se escondió a toda prisa debajo del lavavajillas (que no funcionaba debido a la baja presión del agua) de forma que, al menos, nos señaló dónde se situaba uno de sus puntos de entrada, un agujero circular de 75 centímetros de ancho, taladrado en la pared de granito para colocar un respiradero. John lo tapó con una bola de tela metálica, pero aun así las ratas entraban en la casa de vez en cuando y las consecuencias resultaban deprimentes. Junto con los graves problemas del sistema de tuberías, el suministro eléctrico esporádico, los amigos y familiares que desaprobaban nuestra decisión, los acreedores, la falta de dinero, la responsabilidad de mantener a animales en peligro de extinción y los trabajos de los cuidadores, la suciedad, la decadencia y el olor a muerte flotando en la humedad del ambiente, la plaga de ratas venía a completar el círculo de asedio psicológico. Es justo decir que aquellas primeras semanas pasaron como un sueño. Un sueño muy extraño, lleno de monos que se peleaban, cabezas cortadas y carroña suministrada por los granjeros de la zona... pero un sueño, al fin y al cabo.

Pero no todo fueron malas noticias. Para empezar, el parque ya era nuestro. Por fin habíamos superado todos los obstáculos, previstos e imprevistos, que se habían interpuesto entre nosotros y aquel (en retrospectiva) ligeramente extraño objetivo. Y, por una vez, las palabras de Donald Rumsfeld sobre la guerra de Iraq −que se estaba produciendo en aquel momento− que aparecieron en las noticias de todo el mundo cobraron sentido para mí: «Como sabemos −fueron sus famosas declaraciones−, hay hechos conocidos que conocemos, cosas que sabemos que sabemos. También sabemos que hay hechos desconocidos que conocemos, cosas que sabemos que no sabemos. Pero también hay hechos desconocidos que desconocemos, cosas que no sabemos que no sabemos.» Supe exactamente a qué se refería y, hasta entonces, habíamos sorteado con éxito nuestros hechos desconocidos conocidos y desconocidos. Tan sólo esperaba que nuestra estrategia de enviar una fuerza ligera a una zona operacional difícil funcionara mejor que la de él.

Además, nos habíamos hecho con el parque contra todas las posibilidades, que estaban en nuestra contra, en contra del sentido común y de las expectativas de prácticamente todos los involucrados. Pero aquella sensación no era nada en comparación con la estimulante emoción de caminar por el propio parque. Los enormes árboles estaban cubiertos de exuberantes musgos y de líquenes antiguos, que tan sólo podrían haber crecido en un ambiente con una buena calidad de aire (y un alto nivel de precipitaciones), y aquel aire puro, limpio, nos llenaba las fosas nasales y los pulmones (cuando el viento desviaba el hedor a muerte en dirección contraria) como un antídoto —perdido hacía mucho tiempo— contra el urbanismo y el estrés.

Yo me sentía como si estuviera volviendo a la vida mientras me movía por aquel —sí— entorno típico para la especie *Homo sapiens*. El mero hecho de mostrarle la foto de un árbol a un contable en un edificio de oficinas tiene un efecto, pequeño aunque mensurable, sobre su presión sanguínea, que desciende. En realidad, movernos entre ellos nos tranquiliza a un nivel mucho más profundo.

Howard Frumkin es profesor de salud medioambiental y ocupacional en la Escuela de Salud Pública Rollins, de Atlanta. Además de aconsejar a los gobiernos locales sobre el uso de los espacios públicos, Frumkin investiga los efectos que el entorno natural tiene sobre nosotros. En un metanálisis de incontables estudios, Frumkin ha descubierto que el mundo natural provoca un efecto beneficioso medible sobre la salud física y mental humana. Los presos encerrados en celdas que dan hacia el patio de la cárcel, por ejemplo, realizan un veinticuatro por ciento más de visitas a la enfermería que los que están en celdas con vistas hacia una tierra de labranza. Los pacientes de postoperatorio que pueden ver árboles necesitan menos analgésicos que los que tienen vistas hacia una pared de ladrillo; además, a los primeros se les dio el alta un día antes.

Todos estos datos provienen de los estudios de un científico ganador del premio Pulitzer, el profesor E. O. Wilson, fundador de la sociobiología y dios general del pensamiento evolucionista. La «Hipótesis de la biofilia» de Wilson sugiere que, como especie, nos sentimos más seguros en un entorno que nuestro animal interior pueda reconocer. «No debería suponernos una gran sorpresa descubrir que el *Homo sapiens* siente aún, cuando menos, una preferencia innata por el entorno natural que fue su cuna», afirma Wilson. A lo largo de los últimos cientos de miles de años, ese entorno ha estado principalmente formado por zonas de bosque poco denso que desembocan en amplias llanuras, hecho que probablemente nos haya programado para preferir ese tipo de escenario en concreto, aquel con el que «crecimos». «Los humanos tempranos se dieron cuenta de que los lugares con vistas abiertas ofrecían mejores oportunidades de encontrar comida y de evitar los depredadores —explica Frumkin—. Pero necesitaban el agua para sobrevivir y atraer a las presas, y también les resultaba imprescindible estar cerca de grupos de árboles bajo los que buscar protección. Las investigaciones han demostrado que, hoy en día, cuando pueden elegir, las personas prefieren los paisajes que se parecen al escenario que acabamos de describir.»

Y aquél era entonces nuestro escenario. Espacios abiertos, grupos de árboles, abrevaderos rebosantes de bestias exóticas. Por alguna sorprendente coincidencia, resulta que casi todos los parques urbanos contienen la misma proporción de árboles por arbusto y por extensión de hierba que las praderas africanas de nuestros ancestros. Grandes árboles cerca, arbustos esparcidos a nuestro alrededor y praderas abiertas en lontananza; y, por añadidura, esporádicos lagos introducidos en el paisaje. Con alguna pequeña parte de nuestros cerebros buscamos ciervos en el horizonte o un tigre de colmillos afilados escondido entre los árboles (no me extraña que en este paraje se agudice el estado de alerta mental).

Lo que resultaba más sorprendente de nuestro nuevo entorno de árboles, espacios abiertos y lagos era que sí que teníamos tigres, leones y lobos mirándonos a través del follaje, proporcionándonos justo esa mezcla con la que crecieron nuestros ancestros. Ser responsables de aquel entorno tan extraordinariamente estimulante desde el punto de vista intelectual, físico e incluso espiritual –y además cumplir con la misión de abrirlo y compartirlo con el público con propósitos educativos y de conservación (y, como parte del trato, comer gratis en nuestro propio restaurante cuando abriera)– daba la sensación de ser una búsqueda utópica.

Así pues, comenzamos a intentar conocer a nuestros animales de forma individual. *Ronnie*, el tapir brasileño, nos pareció un buen punto de partida. *Ronnie* es como un cerdo grande con la ya mencionada nariz móvil y, aunque técnicamente está considerado como un animal peligroso de clase 1 –la misma categoría que un león–, es un buenazo de enorme tamaño. Los cuidadores me enseñaron fotos de otros cuidadores de diferentes partes del mundo a los que habían matado aquellas engañosamente afables criaturas. *Tapir* significa «fuerte» en indonesio y, aunque por lo general son apacibles, los tapires se han ganado la fama de ser capaces de atravesar vallas de tela metálica como si ni siquiera estuvieran allí. Esa habilidad deriva de su estrategia de defensa contra su mayor predador, el jaguar, que los caza dejándose caer desde los árboles y agarrándose con fuerza a sus pescuezos. La evolución ha dotado al tapir de un pescuezo grande y cartilaginoso capaz de absorber el mordisco del jaguar, y también de cierta propensión a cargar contra cualquier cosa que se interponga en su camino y atravesarla; el objetivo es encontrar agua y allí quitarse de encima al jaguar. Ahora bien, los jaguares también saben nadar, así que no tengo ni idea de cómo termina dicha estrategia, aunque supongo que intentar enfrentarse a un jaguar en tierra firme debe de ser aún peor. Quizás *Ronnie*, si *Sovereign* volviera a escaparse en alguna ocasión y decidiera ir a por él, tuviera planeado atravesar su valla, dirigirse al lago de los emúes y utilizar su minitrompa como tubo de esnórquel.

Mi primer encuentro prolongado con *Ronnie* fue para ayudar a revisarle los ojos y comprobar si tenía conjuntivitis. Resultó que sí que la padecía, así que una posibilidad consistía en administrarle una carísima medicación recetada por el veterinario —a quien ya le debíamos varios miles de libras—, pero otra opción era lavarle los ojos con una solución salina suave, algo que yo había hecho innumerables veces a lo largo de muchos años con gatos, perros y niños con resultados igualmente efectivos. La diferencia era que ninguna de aquellas criaturas podría haber decidido matarme de repente si aquello no le gustaba. Pero *Ronnie* se comportó como un gatito. Después de que le pasáramos unos cuantos plátanos y de que le susurráramos de una forma que parecía encantarle, *Ronnie* se sometió a su tratamiento con estoicismo a pesar de que no le gustaba nada; parpadeó y mantuvo la cabeza en alto hasta que le limpié con una esponjilla la suciedad de los ojos y eliminé los restos que los rodeaban. El truco, descubrí, estaba en rascarle un lado del cuello de manera que girara la cabeza hacia ese lado o —y esto es un secreto— en rascarle el trasero hasta que se sentara.

De cerca, *Ronnie* me recordaba a un staffordshire bull terrier que tuve durante quince años, *Jasper*; era fuerte y sólido, pero perdidamente sentimentaloide. *Jasper* era incontrovertible e irrefutablemente gay. En una etapa temprana de su madurez, ignoró por completo a una perra en celo para montar a uno de los cachorros macho que ella había parido en una camada anterior y, desde aquel momento y durante el resto de su vida, demostró una clara tendencia homosexual. *Ronnie* caminaba con afectación por su recinto, que, por aquel entonces, consistía en una franja estrecha de fango revuelto con acceso periódico al recinto situado debajo del suyo, que contenía un lago donde le gustaba defecar y mezclarse con los emúes. Como animal ungulado –uno de los que tienen las pezuñas hendidas– a *Ronnie* no le gustaba pisar el barro, puesto que se le quedaba incrustado entre los dedos de los pies (a *Jasper* le pasaba lo mismo con la nieve; cuando le ocurría aquello, se acercaba a mí cojeando, con las patas llenas de hielo, y, una vez que se las limpiaba, salía corriendo a toda velocidad de nuevo). *Ronnie* no contaba con aquella opción y la estrechez de su recinto hacía que le resultara incómodo caminar en casi cualquier punto del mismo, excepto por la tierra dura que rodeaba su exigua casa. Incluso las excursiones al lago de los emúes, que se le permitían de vez en cuando por medio de una compuerta situada en la parte baja de su recinto, se le estropeaban a causa del barro que se encontraba tanto en el camino de ida como en el de vuelta. Resolví de inmediato que *Ronnie* tendría acceso permanente al lago, aunque aquello requiriera permisos y nuevos postes y vallas relativamente caros; se trataba de una solución a más largo plazo. Entretanto, una respuesta más sencilla era la de desmontar la valla que lindaba con el recinto adyacente, que contenía seis muntíacos diminutos y tenía aproximadamente el doble de tamaño que el de *Ronnie*. Aquellos ciervos en miniatura eran sociables y cordiales, así que podíamos dejar que vagaran por el recinto de acceso público (el que contenía el lago de los flamencos y los pelícanos), que en aquel momento estaba poblado por una enorme bandada de gansos salvajes, pomposas gallinas bantam y gallinas de guinea. Todos se arremolinaban ruidosamente, apenas reuniéndose por grupos étnicos dentro de la multitudinaria población general.

Le pregunté a Rob y a John qué opinaban de aquella idea y me dijeron que llevaban años esperando poder hacerlo, y también poder quitar aquella valla del colosal roble cabelludo que había al lado para aumentar de manera significativa el tamaño del recinto de acceso público. Aquello se convirtió en un asunto frecuente: pensar en alguna innovación y descubrir que ya estaba incluida en una lista de deseos, pero que nadie la había sugerido. Se debía básicamente a que ninguno de los siete miembros de la plantilla que habíamos heredado estaba acostumbrado a que se le consultara... más bien al contrario, de hecho: da la sensación de que los han aleccionado para que mantengan las bocas cerradas. Yo les reiteré una y otra vez que éramos todo oídos, pero, como es lógico, un cambio cultural de ese calibre tarda en asumirse.

Cuando *Ronnie* regresó a su nuevo recinto, que triplicaba en tamaño al anterior, caminó con sigilo mientras lo exploraba todo dubitativamente con su inquieta nariz. Parecía estar encantado, casi sobrecogido. Haber sido capaces de realizar una innovación tan simple pero beneficiosa nos produjo una sensación magnífica. Además, con menos vallas, toda la zona baja del parque tenía mejor aspecto.

El único percance de *Ronnie* se produjo cuando orinó en un ramal de alambrada eléctrica que habíamos cambiado de posición. Recibió unos siete mil voltios (a corriente muy baja) a través del chorro y probablemente la electricidad le llegó hasta la vejiga a través de su órgano más sensible. Por lo que se ve, el pobre animal se pasó media mañana dando saltos y corcoveando por su recinto; pero aprendió de su error, puesto que nunca ha vuelto a hacer pis cerca de la valla. Con el tiempo, eliminaríamos la valla de la parte baja del recinto y le permitiríamos tener acceso permanente al lago de los flamencos, lo que le supondría tener un recinto mucho más grande que el estándar que la BIAZA (Asociación Británica e Irlandesa de Zoológicos y Acuarios en sus siglas en inglés) marca para los tapires. Entonces podríamos empezar a pensar en conseguirle una hembra de cría o, si mi radar de animales gais no fallaba, un novio.

El tema de los animales gais era algo de lo que había intentado hablar, con cautela, desde el principio, incluso con Nick Lindsay mientras dábamos nuestro primer paseo por el parque. También lo había comentado con Peter Wearden y Mike Thomas mientras les presentaba nuestros planes para el zoo durante nuestros primeros días en él. Había leído acerca de un zoo de Holanda que tan sólo exhibía animales gais; además, una exposición reciente de un museo de Oslo aseguraba haber identificado mil quinientas especies en las que la homosexualidad es evidente (en algunas oportunista, como en el caso de los chimpancés bonobo y el delfín mular —especies que tienen fama de lascivas y de ser muy inteligentes—, y en muchas otras como emparejamiento de por vida). La teoría evolutiva darwiniana se ha topado con el obstáculo del tema de la homosexualidad y, desde una perspectiva sociobiológica, resulta difícil de explicar. Ese aparente vacío ha permitido que los homófobos de la extrema derecha y unos cuantos religiosos radicales afirmen que se trata de un «crimen contra la naturaleza y contra Dios». De hecho, los teóricos han construido un razonamiento bastante convincente que afirma que un porcentaje de gais adultos en una población –aproximadamente uno de cada siete humanos y en torno a uno de cada diez pingüinos, por ejemplo– en realidad contribuye a la seguridad del grupo y a la crianza de los pequeños, puesto que los adultos no reproductivos apoyan los esfuerzos de cría del grupo como conjunto. Se ha demostrado que dos flamencos machos homosexuales, por citar un caso, son capaces de proteger un territorio más amplio y de criar con éxito más pollos (aunque de huevos robados) que una pareja heterosexual. Esto plantea la delicada posibilidad de que se produzca una selección grupal (en lugar de «de gen egoísta»), pero lo que es innegable es que la homosexualidad existe casi universalmente en todo el reino animal. Tras haber vivido con un perro gay durante quince años –a lo largo de los que conocí a otros muchos dueños de perros gais (más o menos entre el cinco y el diez por ciento de la población animal de los parques de Londres seleccionada al azar)–, estoy absolutamente convencido de que la homosexualidad tiene, como mínimo, un fuerte componente genético, es perfectamente natural y no es nada acerca de lo que haya que excitarse. Excepto que seas gay, claro está... u homófobo.

El hecho de que todos los profesionales del mundo del zoo con los que hablé, incluyendo a nuestros propios cuidadores, escucharan educadamente y no descartaran sin más mis propuestas de realizar alguna exhibición de animales gais con propósitos educativos me animó mucho. Mis comentarios sí que despertaron alguna sonrisa de perplejidad, pero nadie me dijo que no pudiera o no debiera hacerse; de hecho, varias personas se mostraron dispuestas a colaborar activamente en mis planes. Creo que pensaron que, si estás tan loco como para querer comprar un zoo, es normal que tengas ideas raras. Pero, siempre y cuando el resultado fuera educar al público en lo concerniente al mundo natural, les parecía bien.

Coco fue otro personaje que me pilló por sorpresa. *Coco* es un carancho, un pájaro de presa grande que tiene los mismos colores que un águila dorada. Su pose es majestuosa, casi altiva, y su reclamo es una versión entrecortada y veloz del de la cucaburra (muy parecido al sonido de la risa humana). Lo emite realizando un extraordinario giro de la cabeza en el que el cráneo se propulsa de repente unos ciento ochenta grados hacia atrás, hasta que deja la garganta expuesta al cielo y los ojos momentáneamente del revés y apuntando hacia atrás. Es complicado discernir los orígenes evolutivos de dicho reclamo; lo único que se puede aducir es que así proyecta el sonido en arco por encima de él, de modo que quizá alcance a un público más amplio. Sólo sé que me dio dolor de cuello observarlo mientras lo hacía.

Pero, de acuerdo con un halconero que nos hizo una visita, *Coco* era, con toda probabilidad, el pájaro más inteligente del parque. Hacía tiempo se había utilizado en el espectáculo de cetrería, pero pronto aprendió que, ignorando su cebo y volando hasta el restaurante, se ganaba mejor la vida gorroneando patatas fritas y salchichas. Obviamente, aquello provocó que su carrera en el mundo del espectáculo tuviera un prematuro final, pero aún es una presencia sociable y encantadora.

El halconero me demostró que, si le llamabas, acudía a la alambrada y agachaba la cabeza para que le acariciaras el pescuezo. No me sorprendió que necesitara que le aliviaran el cuello, teniendo en cuenta lo poco adecuada que, seguramente, resultaba la postura que adoptaba para emitir su reclamo; tenía que ser malísima para su columna vertebral. Pero sí me chocó ver lo sociable y afable que era. Los pájaros ocupaban una posición bastante baja en mi arrogante percepción de la inteligencia animal, pese a que los cuervos y otras aves han demostrado poseer capacidades de resolución de problemas y de empleo de herramientas que rivalizan con las de los primates superiores. Esto parece deberse a que son capaces de dedicar todo su cerebro a un solo problema, pero la taxonomía de las aves —que se encuentran entre los pocos descendientes modernos de los dinosaurios y que, en algunos casos, son las inspiradoras esporádicas del término «cabeza de chorlito»— me había resultado poco interesante hasta entonces. Los pavos reales no se pavonean, precisamente, del tamaño de sus cerebros, y los pollos y las aves herbívoras dan la sensación de haber sido objeto de una maldición (o de una bendición) que limita mucho su percepción del mundo. Pero *Coco* tiene personalidad y, tal y como dijo Samuel L. Jackson en *Pulp Fiction*, «la personalidad cuenta».

Paradójicamente, el hecho de que *Coco* descienda de los dinosaurios tiene consecuencias, ya que los caranchos, a pesar de volar sin esfuerzo, tienden a cazar a sus presas persiguiéndolas por el suelo, como si fueran tiranosaurios rex en miniatura. Ésa es la razón por la que sus garras no son tan pronunciadas como las de los búhos o las águilas, que atrapan a sus presas agarrándolas desde arriba. *Coco* pasa mucho tiempo caminando por el suelo de su aviario sobre unos pies que son más delicados de lo que se esperaría en un ave de presa. Pero su pico es formidable. Es tan curvado como una daga árabe y está diseñado para hundirse en los órganos vitales de otros animales. Es una rapaz pura y dura, y si tienes la mala suerte de ser un pequeño animal terrestre, te atrapará si te adentras en su territorio. Una vez lo encontré con un petirrojo hecho pedazos en el pico; charloteaba animadamente sobre su captura y tenía un aspecto bastante salvaje, pero aún así se acercó para que lo acariciara. Resultaba desconcertante introducir un dedo a través de la alambrada para acariciar a un pájaro de cuyo pico colgaba la ensangrentada demostración de que podía arrancártelo; si *Coco* malinterpretaba el estímulo, podía quedarme sólo con nueve dedos. «El de *Coco* es otro de los recintos donde no te debe preocupar que entren ratas —me comentó Kelly con cierto orgullo—. Si lo hacen, no vuelven a salir.» *Coco* también persigue a los niños pequeños que corren de un lado a otro por delante de su aviario. Eso incluye a mi hija de cuatro años, Ella. Al principio pensé que se trataba de algún tipo de muestra de simpatía, pero tras aprender un poco más acerca de *Coco*, descubrí que es muy probable que Ella despierte en el ave un interés menos benigno de lo que yo creía.

Kevin también me dejó impresionado al demostrar, contra todas mis expectativas, que tenía una gran personalidad. *Kevin* es una boa constrictor de cola roja que mide un metro y medio. La habíamos trasladado desde la sala de los reptiles —que no tenía calefacción— hasta la tienda, que sí tiene radiadores y está situada entre las oficinas y el restaurante. Pasaba por delante de ella todos los días y me di cuenta de que estaba deprimida, si es que no se trata de un término demasiado antropomórfico para una boa. Lo que era cierto, sin lugar a dudas, era que estaba apagada y que se pasaba todo el día acurrucada en su recipiente del agua. Un día, mientras esperaba a que alguna institución infernal me pasara con la persona con la que necesitaba hablar, le pregunté a Robin –el diseñador gráfico de la coleta gris, uno de los siete miembros de la plantilla que habíamos heredado al comprar el parque– si podía sacarla. Él en seguida se mostró dispuesto a ayudarme y me dio un curso rápido sobre cómo manejar a *Kevin*. «Sujétala suave pero firmemente; sé asertivo, pero no realices ningún movimiento brusco. Las constrictoras no suelen morder, pero si van a hacerlo dan muestras de ello con anterioridad volviendo la cabeza repetidamente hacia atrás. Si comienza a moverse así, limítate a mantenerte quieto y, después, métela de nuevo en el terrario.»

En cuanto Robin me hubo colocado a *Kevin* sobre el cuello y el brazo que tenía libre y se hubo asegurado de que no me iba a entrar el pánico –aquélla fue la primera vez en mi vida que toqué una serpiente–, la centralita del otro lado de la línea telefónica me puso en contacto con la persona que debía atenderme. «E intenta que no se te enrosque alrededor del cuello», me advirtió Robin por encima del hombro cuando ya regresaba a su puesto de trabajo. Así que inicié una conversación un tanto surrealista con alguien que estoy seguro de que iba vestido con traje y estaba sentado en un despacho mientras yo paseaba por la habitación envuelto en una serpiente cuyas musculosas espirales habían cobrado vida en cuanto me tocaron. De forma instintiva, *Kevin* exploraba con la cabeza los pliegues oscuros y cálidos que se formaban en el interior de mi abrigo, pero también respondía muy bien —sorprendentemente bien para un reptil, pensé yo— a las caricias que le hacía en la barbilla.

La llamada concluyó y yo continué jugando con *Kevin*, dándole calor con mi abrigo y maravillándome con la simétrica perfección de su cabeza y la enorme fuerza con la que me envolvió el brazo. *Kevin* es lo suficientemente fuerte como para cortarte la circulación de la mano hasta ponértela morada y, en caso de que estuvieras maniatado, no hay duda de que podría estrangularte y matarte. Pero no quiere hacerlo. Lo más probable es que creyera que en realidad yo era un árbol, su hábitat natural en el Amazonas. Se cuelga de las ramas utilizando para ello su cola roja y, desde allí, se deja caer sobre sus presas (lo cual me hace pensar que, con los jaguares y las boas constrictor cayendo de los árboles, el mejor lugar hacia el que mirar en el Amazonas es hacia arriba). Las reacciones de *Kevin* a mis manipulaciones y caricias sugerían que la serpiente pensaba que yo era, cuando menos, un árbol muy simpático. Me sorprendió el hecho de que, tras nuestro encuentro de veinte minutos, me sintiera eufórico durante el resto del día.

Podría haberse tratado tan sólo de la novedad de la experiencia o, quizá, de un eco de la biofilia que defiende el profesor E. O. Wilson —nuestra reacción positiva a la naturaleza—. Preferí pensar que se trataba de la última opción. Los análisis de ADN apuntan a que los perros se separaron de los lobos hace ciento treinta mil años, lo cual implica que esos animales ya se estaban adaptando a la sociedad humana mucho tiempo antes de que nos asentáramos y comenzáramos a practicar la agricultura. Durante aquella época, los perros perfeccionaron esa maliciosa mirada que los ayuda a librarse de las consecuencias de mordisquearnos las zapatillas y a manipularnos para que les acariciemos y les demos premios. Eso es algo que *Kevin* no podría conseguir con sus inexpresivas facciones, pero no hay duda de que hemos pasado una parte formativa de nuestra evolución rodeados de animales receptivos y no tan receptivos, así que me produjo un gran placer saber que aquella sensación tan cálida que *Kevin* me había transmitido era algo que algún día compartiríamos con el público. Robin me informó de que *Kevin* formaba parte del programa «Encuentros animales», de modo que necesitaba socializarse tanto como resultara posible, puesto que así se acostumbraría a que tanto niños como adultos la manipularan. En teoría, ese público se arremolinaría en torno a ella a partir de Semana Santa, cuando esperábamos abrir. Me encantó la idea de ayudar, así que con frecuencia me llevaba a *Kevin* a casa para darle calor frente al fuego —en la única habitación caldeada de la casa— y se lo presentaba a los amigos y familiares que nos visitaban. Me gustaba aquel trabajo.

Para manipular a nuestras dos serpientes más grandes, ambas pitones de más de tres metros y medio de longitud, se necesitaban al menos dos personas, puesto que podían hacerte polvo sin problemas. Realicé varios intentos de organizar una sesión con esas serpientes, pero la tensión y la agitación de aquellas primeras semanas me hizo pensar que interrumpir demasiado las rutinas de los cuidadores resultaba frívolo. Al final, terminamos por donar las dos serpientes al Zoo de Paignton, situado a cuarenta y cinco kilómetros de distancia del nuestro y uno de los grandes pilares de la comunidad zoológica del país. Acababan de construir una nueva sala de exhibición de reptiles, pero no tenían nada con lo que llenarla, así que agradecieron nuestra donación, que, además, demostraba nuestra buena voluntad y, quizá, en un futuro pudiera ayudar a facilitar cierta reciprocidad. Le he echado el ojo a unos cuantos de sus carísimos flamencos (heteros o gais). Escamas a cambio de plumas.

Aquellas enormes pitones tuvieron que marcharse porque habíamos decidido convertir la sala de los reptiles, bastante vacía y fría, en un taller, y las serpientes, junto con dos iguanas, vivían allí en cuatro terrarios de obra que no podían trasladarse. El suelo de hormigón de la construcción y sus anchas puertas dobles lo convertían en el lugar ideal donde realizar la gran cantidad de trabajo duro que se necesitaría hacer para volver a poner el zoo en marcha. Señalamos otra nave, aislada y con el suelo de tierra —característica que facilitaba la instalación de calefacción por suelo radiante— para convertirla en la futura sala de los reptiles. Cuando tuviéramos dinero.

En el taller que teníamos en aquellos momentos era imposible trabajar. Se trataba de una casucha de bloques de hormigón con un tejado de chapa ondulada, oxidado y lleno de goteras. Estaba repleto de una gran variedad de cachivaches, desde viejas herramientas eléctricas averiadas a bovinas de alambre oxidadas y muchos, muchos otros objetos que resultaban imposibles de identificar bajo lo que parecían ser siglos de mugre, de esa suciedad espesa, marrón y aceitosa que se forma junto a los raíles del tren. Y estaba infectado de ratas. Un simple vistazo a su interior solía revelar la presencia de uno o dos roedores arrogantes, seguros al saber que, antes de que pudieras encaramarte a aquella montaña de desechos para atraparlos, ellos ya se habrían marchado sumergiéndose en los improvisados túneles y rincones formados entre los escombros. Aquellos trastos llevaban allí suficiente tiempo como para haber dado cobijo a generaciones de animales terrestres; además, constituían un magnífico campo base desde el que realizar incursiones a la cercana sala de preparación de comida para animales. La única herramienta de toda la habitación que en verdad funcionaba era una amoladora de banco de trabajo, vieja pero útil; sin embargo, la ausencia de suministro eléctrico y la posición de la amoladora –al fondo de la habitación, detrás de varios metros de cachivaches sucios y oxidados–, hacían que fuera totalmente imposible utilizarla.

Entusiasmados, dimos la orden de que se limpiara la habitación y se trasladara el taller a la sala de los reptiles. Entretanto, reubicamos los pocos reptiles que quedaban en la calidez de la tienda. «Es una idea condenadamente buena –celebró John, que ya se había convertido en el octavo miembro de nuestra plantilla–. Siempre he pensado que esa habitación sería estupenda para montar un taller.» John era uno de los nietos de Ellis Daw; Rob nos lo había presentado cuando le preguntamos por alguien que pudiera arreglarnos el suelo de la cocina de la parte delantera de la casa. Se trataba de la habitación en la que Ellis había acumulado durante varias décadas los cubos de caballa cruda y polluelos con los que alimentaba por las mañanas a garzas y grajillas. Las fugas de aquellos recipientes habían impregnado las junturas del suelo desde la entrada hasta el fondo de la habitación; por eso olía tan mal. Pero es que además el suelo no resultaba seguro, así que Duncan, de inmediato, le encargó a John que lo levantara, lo quemara y lo sustituyera por madera nueva, fresca y de olor agradable, cosa que el joven hizo en una semana. John era un hombre de treinta años, alto, musculoso y sonriente, cuyos dientes frontales superiores habían sido reemplazados por una dentadura postiza. Ésta tenía unos incisivos mucho más cortos que los originales y unos caninos inusualmente largos y puntiagudos. Aquello le proporcionaba a John una apariencia vampírica bastante sorprendente, a la que contribuía su postura excepcionalmente erguida. La primera vez que me encontré con John en medio de la fría y húmeda niebla, con los aullidos de los lobos de fondo, me planteé con seriedad en qué tipo de ambiente había metido a mis hijos.

Pero John resultó ser uno de los empleados más hábiles, leales y juiciosos que podríamos haber deseado durante aquellos primeros días; era capaz de realizar trabajos de fontanería, soldadura, jardinería y carpintería. Además, contaba con licencia de armas, una destreza inestimable en el parque y a la que íbamos a tener que recurrir en varias ocasiones a lo largo de los meses siguientes. Cuando Rob lo propuso para el trabajo por primera vez, me dijo con la mirada baja: «Te lo digo ahora porque te vas a enterar de todas formas: John es mi hermanastro.» Aquel hecho no me suponía ningún problema, pero todo aquello contribuía a la atmósfera de secretismo, a los rumores que circulaban por el pueblo sobre las «cosas que habían ocurrido» en el zoo en el pasado, y a la sensación general de que nos habíamos mudado al patio trasero de *El hombre de mimbre*.

John, Rob y Paul (el yerno de Ellis) emprendieron la labor de limpiar la vieja sala de los reptiles y de transformarla en un taller. Una vez más, supuso un cambio grande y práctico que también contaba con la ventaja de ser barato. El desván que tenía encima estaba, como la mayor parte de los lugares del parque, atestado de trastos (y ratas), pero parte de él era salvable. Las viejas herramientas agrícolas se colocaron a un lado y, cuando se hubiera abierto camino para ello, se sacarían y se bajarían los dos enormes bancos de trabajo. Le pregunté a John cómo pensaba bajar aquellos colosales mamotretos a la planta baja y él levantó con una mano una polea gigantesca. «Instalaré esto en las vigas del techo y después habrá que recurrir a los músculos», me respondió. Como persona razonablemente fornida, esperé a que me llamara para que los ayudara, pero nunca lo hizo. La siguiente vez que asomé la cabeza por aquella puerta, los bancos estaban en la parte baja, ya cubiertos con láminas de metal, listos para el trabajo. Estaba claro que yo no contaba como «músculos», cosa que, como manitas de toda la vida, me resultó un tanto chocante. Había pasado a ser el director, y me llevó un tiempo acostumbrarme a ello. También se desmontó una pequeña barriada de cobertizos y jaulas que contenían conejos y dos hurones. Los animales fueron reubicados en diferentes puntos del parque. Y, de repente, contábamos con un taller y un patio de entrada despejado. Lo único que necesitábamos entonces eran unas cuantas herramientas.

Duncan planeó y organizó la conversión del antiguo taller en una despensa de verduras. Paul iba todos los días con la furgoneta a Tesco y a Sainsbury's para recoger frutas y verduras a las que se les había pasado la fecha de caducidad; siempre conseguía cantidades suficientes como para alimentar sin problema a todos los herbívoros del zoo. Antes, esos productos se almacenaban junto a la zona de preparación de la carne, donde Andy Goatman —el matarife— y Hannah y Kelly —las cuidadoras de felinos— desmembraban terneros, caballos y alguna que otra oveja. El problema es que eso es ilegal, de acuerdo con las directrices para zoológicos modernos del secretario de Estado. Es fundamental que haya una separación total entre la carne y las verduras para minimizar el riesgo de contaminación cruzada, así que una visita por parte del director de salud ambiental o, aun peor, de un inspector del DEFRA, podría obligarnos a echar el cerrojo antes incluso de que abriéramos. Duncan examinó la legislación con detenimiento con la ayuda de Andy, cuyo saber enciclopédico acerca de las leyes relacionadas con su oficio ha demostrado ser inestimable en muchas ocasiones. Un albañil de la zona reparó el tejado con láminas de plástico a precio de coste y, cuando al fin se vació la habitación, se restregó el suelo, se renovó la instalación eléctrica y se iluminó por completo, la sala nos pareció enorme. Resultó que la pared del fondo estaba hecha de la piedra típica de la zona. Rob se quedó impresionado. «No había vuelto a ver esta pared desde que era un crío», comentó. El proceso de acumulación de basura y el subsiguiente declive general del parque habían sido largos y graduales. Pero estábamos consiguiendo remontar la marea. Era fantástico formar parte de aquello.

Los niños fueron admitidos casi de inmediato en el colegio de la zona gracias a que uno de nuestros vecinos, que nos había invitado a tomar algo en su casa, resultó ser uno de los directores. En seguida le tomaron gusto al colegio, que tenía veintisiete alumnos y la mitad de tamaño que aquel al que asistían en Francia. Pero la mejor noticia de aquel período fue la llegada de Katherine, que había estado cerrando nuestros asuntos en Francia y después visitando a su hermana en Italia. Yo había dejado Francia unos dos meses y medio antes, tras haber metido en la maleta ropa suficiente para un par de semanas, con la intención de ayudar a mi madre a vender su casa. No había visto a Katherine durante todo aquel tiempo, exceptuando su rápida visita para dejar a los niños en el parque. Ahora llegaba para quedarse y su presencia se sintió a lo largo y ancho de todo el recinto como una fuerza benéfica. Su curva de aprendizaje fue intensa, en parte debido a que llevaba mucho tiempo hablando sólo francés, pero también a que se vio sumergida en un ambiente de trabajo frenético y caótico del que no sabía nada y donde todo el mundo se desenvolvía ya, si no con absoluta confianza, al menos sí con la suficiente habilidad como para descubrir qué era necesario hacer en cada momento. Pero Katherine había mostrado su apoyo a la idea del zoo desde el punto de vista empresarial casi desde el principio. Hacia la primera semana de abril, cuando yo había comenzado a meterme de lleno en las negociaciones, mi esposa había tenido sus dudas. Aquello no era más que otro de esos estúpidos sueños que me distraían de la necesidad diaria de ganarme la vida y de la escritura de mi libro. Ése era el papel que ella representaba en nuestra relación: yo era el soñador, ella tenía los pies en la tierra; sin embargo, yo solía argüir que prepararse sólo para lo peor podía resultar agorero. Pero, por lo general, Katherine tenía razón y yo me equivocaba, así que estaba encantado de contar con su sabiduría para mantenerme bajo control.

La compra del zoo fue tan sólo la segunda vez a lo largo de nuestros trece años juntos en que no le hice caso —la primera fue la adquisición de los graneros franceses, que había conllevado la venta de nuestro querido apartamento de Londres—. En ambos casos yo tenía la absoluta certeza de que la aventura sería un éxito y estaba impaciente por demostrarles su equivocación a todos los que se oponían a ella, independientemente de lo buenas que fueran sus intenciones. Al cabo de un par de semanas, Katherine les confesó a unos amigos que me veía capaz de adquirir nuevas habilidades a la hora de enfrentarme a los problemas administrativos –un terreno que, hasta entonces, siempre había menospreciado–, y que tenía claro que mi propuesta iba en serio. Le gustaba ese nuevo yo –creo que opinaba que la vida que me había buscado, la vida de escribir bajo el sol con pocas fechas de entrega y muy distantes entre sí, era demasiado cómoda, sobre todo para alguien con mi personalidad (básicamente, un perezoso)–. Y, como de costumbre, lo más probable es que tuviera razón.

Es fácil idolatrar a las personas si las quieres, pero, aunque impenitentemente enamorado de mi esposa, no era el único que pensaba que Katherine era especial. Se había formado y había trabajado como diseñadora gráfica, profesión que, como muchas otras, conllevaba un período en el que uno debía ponerse a prueba desde el punto de vista creativo antes de ascender a un puesto directivo. En el mundo de las revistas ilustradas, eso quería decir convertirse en director de arte. A pesar de que había trabajado en varias publicaciones más hasta terminar en *Eve* –la revista femenina–, en *Men's Health* –la revista ilustrada en la que nos conocimos–, estaba a cargo de varios empleados y autónomos, así como de un presupuesto, a mediados de la década de los noventa, de unas ciento treinta mil libras anuales. Era más dinero del que yo hubiera reunido jamás, pero ella lo manejaba bien, con gran diligencia. «Lo que ocurre con Katherine –me confesó un fotógrafo en una ocasión durante una extraña sesión de fotos en la que yo trabajaba con ella– es que es muy buena manejando el dinero de otras personas.» Muchos directores de arte sucumben al *glamour* superficial de su industria y gastan demasiado dinero en cosas como almuerzos caros o rollos de película interminables para localizaciones y fotógrafos costosos. Katherine era diferente: pedía bocadillos para todos, en parte para mantener los gastos a raya, pero también para que los empleados se quedaran en el estudio, que cobraba por horas, y para no tener que volver a reunirlos a todos tras la hora de la comida. Y cuidaba de los nuevos talentos. Tenía un ojo increíble para detectar a las personas que apenas estaban comenzando y que llegarían a hacer grandes cosas; los contrataba por poco dinero y, entonces, cultivaba su lealtad para conseguir que la mayor parte de ellos trabajaran para ella en el futuro con tarifas reducidas.

Su estilo de dirección consistía, simplemente, en dar un ejemplo impecable, de manera que los demás se sintieran obligados a seguirlo. Trabajaba más duro que cualquier otra persona, a menudo realizando jornadas de doce o catorce horas; durante la primera etapa de nuestra relación aquello había supuesto una fuente de conflictos entre nosotros. Yo, el autónomo indolente, aunque solía trabajar a destajo, a menudo lo hacía en mi «despacho»: sentado con un portátil en la ladera de Primrose Hill con *Jasper*, mi jadeante ayudante, tumbado a mi lado. Al final del día, paraba y preparaba la cena para los dos. Katherine llegaba invariablemente tarde. En realidad nunca llegué a dejarle una nota diciéndole «Tu cena está en el perro», pero en muchas ocasiones sí que le acerqué la comida a la oficina a las nueve o las diez de la noche para encontrármela haciendo cosas como organizar las hojas de cálculo de otros departamentos para que cumplieran los nuevos requisitos internos de contabilidad. «¡ÉSE NO ES TU TRABAJO!», despotricaba yo; pero una parte fundamental de su personalidad consistía en tirar del carro cuando los demás estaban dispuestos a dejar de hacerlo.

La presencia de Katherine en el parque nos dio alas, sobre todo a mí. Despejó una parte del (no os lo vais a creer) atestado despacho. Encendió su Power Book —en aquella época, el ordenador más potente de todo el zoo— y se puso manos a la obra. Habíamos decidido que desempeñaría los papeles de gestora económica (conseguir colarle a Katherine una compra superflua era, como yo muy bien sabía tras años de intentarlo, físicamente imposible) y de diseñadora. Aunque Robin era un diseñador e ilustrador muy capaz, tenía también otras habilidades e inclinaciones que estábamos comenzando a descubrir poco a poco. Además, yo sabía que el infalible ojo de Katherine para la simplicidad y la homogeneidad resultaría esencial a la hora de establecer la identidad del zoo como algo diferente al batiburrillo de atracciones turísticas locales relacionadas con los animales. Una imagen bien diseñada, sobria pero lograda, que apareciera de forma homogénea en todos los panfletos, uniformes del personal, material de publicidad e incluso en la señalización de los recintos de los animales, combinada con mi entusiasmo y el de la gente que teníamos con nosotros, podría convertir aquel lugar en un buque insignia de la empresa del siglo XXI. De repente, todo aquello parecía no sólo posible, sino inevitable, y los objetivos que había establecido para el futuro del zoológico pasaron a formar parte del primer plano de nuestra empresa y de nuestros planes de desarrollo.

A medida que fuéramos teniendo más éxito, podríamos llevar nuestra colección del cinco por ciento de animales en peligro de extinción que había entonces hacia nuestra ambición final: centrarnos en la cría en cautividad de especies en peligro de extinción con la intención de lograr una posible reintroducción en su hábitat, como en el Zoo de Jersey de Gerald Durrell. Tamarinos león campando a sus anchas, lémures extraños, cebras de Grévy y, mi grial personal, grandes primates. Los chimpancés bonobo son los más pequeños e inteligentes de los grandes monos; están en peligro de extinción, al igual que los gorilas, que también son muy listos. Estos últimos están a disposición de los zoológicos que cuentan con el historial adecuado y las instalaciones apropiadas. Dado que su hábitat está amenazado y que ciertos psicópatas de Ruanda y el Congo aún matan algunos ejemplares para vender su carne y, a veces, incluso simplemente por pura maldad, esos enormes y simpáticos animales necesitan con urgencia refugios seguros. Y, si jugábamos bien nuestras cartas, un día (al cabo de aproximadamente diez años) nosotros podríamos proporcionarles uno.

Como ávido estudioso del trabajo de la profesora Sue Savage-Rumbaugh con el chimpancé *Kanzi* y de la investigación de la doctora Penny Patterson con el gorila *Koko*, sé que esos animales son capaces de autorreconocerse, de empatizar y, podría decirse, de tener humor y conciencia de sí mismos. Eso es exactamente lo que más me interesa, mi «escenario de ensueño», tal y como mi hermana Melissa había descrito el zoo por primera vez... Investigar el lenguaje y el humor de los grandes primates en tu propio jardín y llamarlo trabajo.

Ese escenario estaba aún muy lejos, pero me sentía asombrosamente afortunado de, al menos, encontrarme en el camino que podría conducirme hasta él. Con Katherine a bordo, daba la sensación de que seríamos capaces de recorrerlo. En privado, siempre la había llamado «mi dama nacida libre», por Virginia McKenna en la para mí fundamental película

Nacida libre. Es un largometraje que trata sobre cómo Joy y George Adamson criaron y reintrodujeron a *Elsa*, una leona abandonada, en la sabana africana. Me pareció que aquélla era una buena profesión a la que dedicarse. Vivían en tiendas de campaña y cabañas de madera bajo el sol tropical, realizaban un trabajo fascinante y que merecía la pena y, además, tenían un Land Rover con un león encima. De pequeño, yo siempre había albergado la esperanza de hacer algo tan emocionante y meritorio como aquello en alguna localización exótica. Me daba cuenta de que era una apuesta arriesgada, pero también de que necesitaría a una persona especial con la que llevarla a cabo, así que cuando conocí a Katherine supe que había hallado a alguien que podría estar a la altura del desafío. Supe que, si yo era capaz de crear las circunstancias apropiadas, ella se apuntaría y desempeñaría su papel a la perfección, incluso aunque en principio aquello no estuviera, estrictamente hablando, incluido en su plan vital. Cuando comenzamos nuestra relación, le advertí reiteradamente que un día la arrastraría a algún lugar exótico para hacer cosas interesantes con animales. Francia era una escala. Ahora ya habíamos pasado a... bueno, Devon. Pero el proyecto era perfecto, puesto que en él se incluían y aprovechaban tanto sus talentos como los míos.

Tener a Katherine de vuelta era lo mejor. Nuestra pequeña unidad familiar estaba operativa de nuevo; allí estábamos, trabajando juntos en un ambiente en el que yo me sentía eufórico y en el que Katherine estaba encantada de involucrarse como socia empresarial. A falta de dinero que gestionar, mi esposa emprendió con gran ahínco las tareas de organizar el despacho y diseñar nuestro logo. Sin embargo, había un gran problema con esa última misión: todavía no teníamos un nombre para el zoo.

Mike Thomas, la tranquilizadora voz de la sabiduría al otro lado del teléfono, se materializó al fin en el parque y terminó por ayudarnos mucho con esa cuestión. Fue genial conocer a Mike en carne y hueso, estrechar su mano y agradecerle todo lo que nos había ayudado a la hora de quedarnos con el parque; sin su colaboración, simplemente habría sido imposible conseguirlo. Mike y su encantadora esposa, Jen, poseían ese aire consistente y tranquilizador de la gente que sabe de qué habla. Mike, con su barba blanca, su sonrisa fácil y su desgastada camisa vaquera, parecía un cruce entre Bill Oddie, el presentador británico de programas televisivos sobre naturaleza, y Rolf Harris, el presentador de «Animal Hospital» en la BBC. De hecho, el pedigrí animal de Mike era mucho más imponente que los de aquellos entusiastas principiantes, tal y como íbamos a descubrir.

Jen tenía el aspecto de una verdadera «dama nacida libre», de alguien capaz de darle el biberón a un bebé chimpancé mientras continúa sin inmutarse con sus rutinas diarias. Tanto Mike como Jen habían pasado por una experiencia muy similar a la nuestra hacía más de una década en el Zoo de Newquay. Durante su visita, tuvimos tiempo para charlar; le pregunté a Mike cómo se las ingenió para hacerse cargo del Zoo de Newquay sin tener ninguna experiencia en la gestión de zoológicos, puesto que siempre había trabajado como diseñador y profesor. «Oh, me limité a llamar a Gerry; él me ayudó mucho.» ¿Gerry? «Gerald Durrell, del Zoo de Jersey. Espero que hayas oído hablar de él...» ¿Haber oído hablar de Gerald Durrell? Era uno de mis héroes y, además, un escritor soberbiamente evocador. Es probable que la novela *Mi familia y otros animales* haya conseguido por sí sola comprometer con el mundo natural a tanta gente como David Attenborough. Durrell fue el primer conservacionista de su generación, o quizá de cualquier generación. Tras fundar el Zoo de Jersey, a pesar de la oposición de toda la comunidad zoológica, Durrell lo utilizó para cambiar el centro de gravedad de dicho mundo hacia la conservación activa del medio ambiente, por contraposición a la simple exhibición de animales. Sorprendentemente, los programas de cría en cautividad de animales en peligro de extinción que persiguen la reintroducción de los ejemplares en su hábitat natural y el estudio de sus costumbres reproductivas para mejorar las acciones de conservación y gestión de los animales en libertad todavía solían considerarse una mala idea en tiempos tan recientes como las décadas de 1960 y 1970.

Según el discurso que lord Zuckerman, presidente de la Sociedad Zoológica de Londres, ofreció durante la Conferencia Mundial sobre Cría en Cautividad de Especies en Peligro de Extinción celebrada en el Zoo de Londres en julio de 1976, dado que la extinción es parte de la selección natural, no deberíamos interferir en el proceso, sino limitarnos a documentarlo para el beneficio de la ciencia zoológica. «Siempre han ido desapareciendo especies —afirmó—. Siempre habrá especies poco comunes.» Yo recuerdo el fantástico y bochornoso verano de aquel año, lleno de rock *Glam*, monopatines y un sol californiano que hacía que todo pareciera perfecto; tenía once años y aún estaba en primaria, felizmente ajeno a la casi nihilista perspectiva sobre los animales del presidente del Zoo de Londres. Pero, incluso siendo tan pequeño, habría sabido que aquel hombre se equivocaba. Lo más probable es que, mientras Zuckerman se dirigía a la comunidad zoológica, yo estuviera sentado con un grupo de amigos, sudado e inquieto. Gerald Durrell estaba sentado entre aquel público, furioso y llevándose las manos a la cabeza. Él ya poseía un zoo y tenía una misión; supongo que, al oír aquellas palabras, procedentes de aquella fuente y en aquel lugar, Gerald Durrell se limitó a renovar sus promesas para sí mismo por enésima vez. En el momento en el que otra persona habría abandonado sin más, él profundizó con mayor ahínco en sus pretensiones. Fue capaz de visualizar que su misión era posible pese a que durante toda su vida la gente le dijo lo contrario. Fue un gigante de la ecología, un inconformista y un escritor de los grandes. Y ahora resultaba que uno de los principales faros que habían iluminado nuestra travesía final a la hora de comprar el zoo, Mike Thomas, era discípulo de las enseñanzas de Gerald Durrell. Vaya. No soy una persona religiosa, pero me dio la sensación de que las nubes se abrían un poco y de que nuestros endebles esfuerzos recibían apoyo desde las alturas.

Mike y Jen nos ayudaron mucho a lo largo de aquellas semanas cruciales, de la misma forma en que nos habían apoyado al guiarnos durante las negociaciones. En aquella ocasión su colaboración fue mucho más práctica, puesto que a menudo venían desde Cornwall para darnos consejo y desembalar interminables cajas junto con mi madre. Una tarde, sentados alrededor de la vieja mesa de caballete de la cocina enlosada, con un fondo de cachivaches enmohecidos a nuestra espalda, se hizo necesario tramitar un documento legal que requería que decidiéramos de una vez por todas el nombre del parque. He conseguido eliminar de mi mente la mayor parte de las sugerencias más deprimentes que surgieron, pero sí puedo afirmar que se generaron muchas, puesto que era necesario encontrar una denominación que, por un lado, se hiciera eco de los cuarenta años de historia —generalmente positiva— del zoo y supusiera un reconocimiento al Parque de la Naturaleza de Dartmoor, y, por otro, nos distanciara de la mala imagen del pasado más reciente.

Quedarnos con «Parque de la Naturaleza de Dartmoor» no era una buena idea debido a los procesos legales que se habían abierto contra el parque con anterioridad y, digamos, a la percepción que de él tenían tanto el resto del mundo de los zoológicos como los proveedores locales. Necesitábamos algo que nos relanzara, y rápido. Se descartó Zoo de Dartmoor debido a que todos nuestros vecinos habían monopolizado ya ese formato que podríamos calificar de predecible; Exmoor, Paignton, Newquay y Bristol ya habían probado más que de sobra el concepto de «Zoo» más nombre de la zona en sus denominaciones y les había funcionado. Pero queríamos explorar nuevas posibilidades. Afloraron opciones como Parque de la Naturaleza del Suroeste, Parque de Conservación de la Naturaleza de Dartmoor y toda suerte de aberraciones poco apropiadas que quedaron flotando en el ambiente hasta que al final Mike, sentado a la mesa de nuestra cocina, seguramente con una copa de vino en la mano, las echó por tierra. Sugirió: «¿Por qué no lo llamáis Parque Zoológico de Dartmoor?» Tenía continuidad con respecto al pasado, pero también hacía clara referencia a la rigurosa actividad científica que se desarrollaría en el futuro. Me gustaba; a todos nos gustaba, así que ése es el nombre comercial que registramos en la Companies House, el registro oficial de empresas del gobierno del Reino

Unido. A mí me gustaba especialmente porque, además de establecer una nueva identidad y un nuevo espíritu que apuntaba hacia el mundo de la ciencia, aquel nombre nos proporcionaba una «z» en el medio de nuestro logo.

A Katherine le impresionó menos aquel acontecimiento tipográfico y, educadamente, ignoró mis sugerencias acerca de cómo se podría triplicar el tamaño de la «z» con respecto al de la «p» y la «d» y crear una especie de marca de el Zorro. Mi esposa se puso a trabajar con la eficaz seguridad de un experto cualificado que se encuentra ya en su propio terreno. Había elegido los colores y recogido ejemplos de los logos de zoológicos de éxito, habíamos debatido el amplio perfil de lo que queríamos hacer y la vi encerrarse en su familiar rutina de pegar muestras de colores y fuentes, de escudriñar las propuestas desde la distancia y de trabajar de acuerdo con las apretadas fechas de entrega de la imprenta.

Teníamos a la vista un crédito «seguro» y, a través de Mike, contábamos incluso con la bendición indirecta de Gerald Durrell. El PZD, como comenzamos a llamarnos entre nosotros de manera desenfadada, iba a salir adelante.

Pero durante las semanas que transcurrieron antes de que llegara el dinero, la situación continuó siendo muy tensa. El clima invernal, frío y húmedo, agravó los sentimientos de desesperación y declive inalterado al que se suponía que estábamos enfrentándonos. Se podían hacer muy pocos progresos reales, porque incluso las tareas más insignificantes necesitaban dinero. Todo lo que teníamos o que podíamos cargar a nuestras tarjetas de crédito se empleaba en pagar los sueldos de la plantilla. Los únicos ingresos reales del parque en aquel momento procedían de lo poco que me pagaban por mi columna del *Guardian* y por otra que escribía para la revista *Grand Designs*, así que ni de lejos era suficiente para pagar los honorarios de nuestra pequeña pandilla de empleados ya no tan felices.

La moral del personal decayó, y la incertidumbre que hasta entonces había rondado por el parque se convirtió en una presencia continua. Yo hablaba todos los días con la entidad hipotecaria NFU Mutual (Unión Nacional de Agricultores en sus siglas en inglés), y sus representantes me aseguraban que el préstamo estaba concedido, pero que los abogados se estaban tomando su tiempo para redactar los documentos. El problema era que, si tardaban mucho más, ya no habría negocio al que prestarle el dinero y nosotros nos veríamos obligados a ponerlo de nuevo a la venta. Reinaba una sensación bastante palpable de que en realidad a los abogados que se ocultaban entre bambalinas les importaba un bledo si se producía o no aquella situación. No iban a permitir que les metieran prisa y, si entretanto, la transacción pasaba del montón de activos al de liquidaciones, aquello tan sólo significaba que ellos, u otros de su especie, tendrían más trabajo por el que cobrar.

Tres días antes de que por fin llegara el dinero, una empleada nueva que habíamos contratado como secretaria —y que estaba en el mes de prueba— abrió un extracto bancario procedente de Lloyds. Se trataba del banco que nos había prometido un préstamo en tres ocasiones para terminar por retirar la oferta siempre en el último momento. Durante el proceso de aquella farsa, Lloyds había abierto cuentas a nombre de Conservación Medioambiental Mee, S. L. (el nombre de la empresa que acabábamos de formar), había expedido talonarios de cheques y había comenzado a enviarnos extractos mensuales. El problema era que los extractos, hilera tras hilera de adustas columnas, decían cosas como 0, 00, nulo, etcétera. Para el ojo inexperto de alguien que se preocupa por la seguridad de su puesto de trabajo, eso es algo bastante malo. Así pues, la aspirante a secretaria gritó por toda la oficina «No tienen dinero, ¡mirad, mirad!» y cosas similares, mientras agitaba el papel supuestamente acusatorio para que todo el mundo pudiera verlo. Aquel hecho no tuvo un efecto precisamente tranquilizador sobre los empleados y, alrededor de las once de aquella mañana, un inusualmente crispado Steve, nuestro nuevo y flamante conservador de animales, me hizo una visita en la cocina de la casa, donde yo acababa de recoger las cosas del desayuno. «Lamento mucho importunarte —comenzó Steve. Y se notaba que lo sentía de verdad, pero también que estaba bastante preocupado—. Creo que sería mejor que me acompañaras al restaurante. Todos están allí.» Le eché una mirada nostálgica al café que aún no había probado y eché a andar tras él.

En efecto, todo el mundo estaba allí reunido, desde Paul —el conductor de la furgoneta— a Robin —el simpático ilustrador—, pasando por todos los cuidadores, e incluso Sarah, la nueva secretaria aún en período de prueba. Estaban sentados en círculo, con los brazos cruzados, y habían reservado una silla libre para mí. Fue un momento extraño; todas aquellas personas, normalmente educadas y obedientes, se habían convertido en inquisidores, y lo poco habitual de la situación enfatizaba su gravedad. No me puse nervioso, pero sabía que tenía que explicarme con claridad o dejarme abrumar por el gran peso de la incertidumbre que reinaba en la sala. Aclaré tan abierta y francamente como pude todo lo relativo al dinero que la NFU nos había prometido, que estaba a la espera de la confirmación definitiva −que llegaría cualquier día−, que habíamos firmado el último y definitivo documento y que tan sólo faltaba que los abogados dejaran a un lado sus dudas. Yo me sentía tan frustrado como ellos debido a la situación en que nos hallábamos, incluso más, puesto que conocía las complejidades de los mecanismos de la procrastinación. Les dije que en varias ocasiones se me había prometido que los fondos llegarían en una fecha determinada, pero que aquellos acuerdos se habían roto en todas y cada una de las ocasiones. El lunes anterior, por ejemplo, había sido una de aquellas fechas en las que se nos había prometido con firmeza que nos entregarían el dinero; sin embargo, el día había pasado sin que el banco nos enviara siquiera una notificación. Yo no me había creído la promesa, razón por la que no le había dicho nada sobre ella a la plantilla; ya era lo suficientemente frustrante para mí tener que disculparme en nombre del banco con todos los demás cada vez que nos fallaban. «No os conté lo de la fecha de entrega porque no me la creí −les dije−. Sólo me lo creeré cuando vea el dinero en la cuenta... y estoy convencido de que llegará, pero no puedo deciros cuándo. Os avisaré en cuanto llegue. Tengo la sensación de que será a lo largo de la próxima semana. Es lo más que puedo deciros.»

Eché una mirada a la habitación. Todos me observaban con atención mientras tomaban decisiones económicas. ¿Quién era aquel joven bromista que había comprado un zoo sin tener dinero suficiente para gestionarlo? ¿Podía confiarse en él? ¿Cuáles eran las alternativas? La secretaria quería hacerme una pregunta acerca de su propio salario, y yo le sugerí que, dado que era un tema diferente, lo tratáramos en una reunión privada. Se acercaba la fecha en la que debería redactar la evaluación de su mes de prueba e iba a ser positiva. Los miré a todos a los ojos, uno por uno, y les pregunté si querían plantear algún asunto más. Creo que al final fue John quien se levantó y dijo algo como «Me parece justo.» Se oyó el arrastrar de sillas cuando los demás fueron levantándose. Se había roto el hechizo. Había acabado la inquisición. Me había librado por los pelos. Ya sólo me quedaba convencerme a mí mismo. Antes de la reunión, y también durante la misma, mientras me las ingeniaba para persuadir a los demás de que debían tener paciencia, estaba convencido. Pero después, el hecho de que un banco me hubiera puesto al borde mismo de la desintegración de la empresa me hizo cuestionarme si finalmente aportarían o no los fondos. Había creído a Barclays, había creído a Lloyds tres veces. Había creído a Arbuthnots, al Royal Bank of Scotland y a otro montón de entidades que, al final, sin ningún tipo de reparo, nos habían dejado colgados. Pensé en la NFU. Su contacto, Andrew Ruth, era claramente un hombre amable, honesto y concienzudo, pero no tenía ningún tipo de control sobre los que decidían, que, en aquel caso, no eran el equipo de evaluación de riesgos sino abogados.

Cuando las instituciones no funcionan correctamente, es fácil que las personas normales como nosotros nos veamos atrapadas en una maquinaria que ni siquiera frenará cuando nos triture, nos embargue la casa y mande a los alguaciles a desalojar a nuestros hijos. Son personas gélidas, todo sonrisas cuando se preparan para prestar el dinero —siempre y cuando nuestras hojas de cálculo estén en orden y comprometamos todos nuestros activos como aval—. Sus expresiones apenas cambian cuando contemplan la posibilidad de que nos enredemos entre la letra pequeña y lo perdamos todo.

Uno de los problemas con los que nos encontramos fue que no pedíamos que nos prestaran una cantidad lo suficientemente alta. A mí quinientas mil libras me parecían muchas, pero por lo que se ve aquello nos convertía de manera oficial en clientes sin importancia. «Todo lo que esté por debajo de un millón lleva tiempo —nos explicó un banco—. Es el sector de mayor riesgo que existe.» Debido a la desesperación, durante un breve lapso de tiempo le di vueltas en la cabeza a la idea de pedir tres millones, pero incluso mi económicamente ingenuo cerebro se dio cuenta en seguida de que, si íbamos por aquel camino, pronto nos encontraríamos con dificultades contables.

El hecho de que al fin hubiéramos hallado una entidad crediticia comprensiva como la NFU resultaba tranquilizador, pero la horrible incertidumbre de que nos prometieran el dinero pero no estuviera realmente disponible se alargó durante tres agónicos meses y tuvo unas consecuencias ingentes sobre el plan de negocios, la plantilla y la idea de abrir para Semana Santa, que aquel año era en abril. Cuando finalmente la NFU nos ingresó el dinero, el 8 de febrero de 2007, nuestro júbilo se vio empañado porque sabíamos los daños innecesarios que ya había causado el retraso, que ya habían causado las acciones de nuestro propio hermano y la naturaleza de las instituciones financieras que habían hecho que nuestro objetivo de abrir para las importantísimas vacaciones de Semana Santa fuera prácticamente imposible de conseguir.

Pero, para mí, mucho peor que aquello fue el saber que la peor de las noticias había ensombrecido por completo las buenas nuevas de la llegada del dinero.

5. Katherine

Vivir todos juntos, como un clan familiar –mi madre, Duncan, Katherine, Milo, Ella y yo–, requería que nos amoldáramos los unos a los otros. A los niños debió de parecerles una gran aventura. En realidad, iba a ser una aventura para todos nosotros, y albergábamos la esperanza de que fuera enormemente positiva. Pero la enfermedad de Katherine lo cambió todo. Unos días antes de que comenzaran nuestras primeras Navidades en el zoo, mi esposa y yo recibimos la peor noticia que nos podrían haber dado: volvía a tener un tumor cerebral.

En abril de 2004 nos habíamos casado tras nueve años de relación. Antes de principios de junio, a mi esposa le habían diagnosticado un tumor cerebral muy agresivo conocido como glioblastoma; le dieron en torno a un año de vida. En el excelente sistema sanitario francés, se encargaron de extirparle el tumor. Después, Katherine se sometió a dieciocho meses de quimioterapia y radioterapia. Cuando físicamente no pudo aguantar más, se detuvo el tratamiento, pero todos los meses le hacían un seguimiento que consistía en una resonancia magnética en la que observaban si el tumor había reaparecido.

Katherine celebró el fin de su tratamiento como solía ser habitual en ella: trabajando duro, limpiando, ordenando, arreglando el jardín a un ritmo frenético. Le recordé que los médicos le habían recomendado reposo, pero ella contestó que se encontraba bien y que en ocasiones es mejor que las personas se sientan bien con lo que están haciendo en vez de que se escondan. Un día fui a comprar y, cuando volví, Milo estaba esperándome en la puerta. «Mamá se ha caído, pero ahora ya está bien», me informó. Estaba visiblemente inquieto, pero controlaba la situación. Le pregunté a Katherine sobre la caída. Estaba aturdida, pero la negó rotundamente. Poco a poco, fuimos reconstruyendo los hechos. Mientras se preparaba un té, se había caído al suelo de repente y había comenzado a sufrir convulsiones. Nuestros dos hijos la imitaron vívida y ansiosamente y señalaron el lugar exacto en el que había ocurrido. Ella había roto a llorar porque pensaba que Katherine había muerto, pero Milo le explicó que era imposible que hubiera fallecido porque tenía los ojos abiertos. «Entonces intenté darle un poco de pan para que se pusiera bien», continuó el niño. Llamamos al médico y fuimos a que le hicieran otra resonancia. Se confirmó que aquél había sido su primer ataque epiléptico, razón por la que ella no se acordaba de lo que había ocurrido. La epilepsia es bastante común entre las personas que se han visto sometidas a una operación cerebral, puesto que el encéfalo es un sistema cerrado al que no le hace ninguna gracia que lo molesten. Los médicos le aumentaron a Katherine la dosis de medicación antiepiléptica y, a lo largo de los meses siguientes, se la fueron ajustando, ya que la combinación de fármacos le provocaba algunos efectos secundarios bastante graves, entre ellos depresión debilitante.

Al final, la situación se estabilizó y aprendimos a detectar los síntomas, que principalmente solían venir provocados por el agotamiento. Yo les di instrucciones a los niños acerca de lo que debían hacer si volvía a ocurrir. Lo del pan era una idea bonita, pero en realidad se supone que no deberías acercarte a la boca de una persona que está sufriendo un ataque; con todas las neuronas en marcha a la vez, podría arrancarte el dedo de un mordisco sin siquiera darse cuenta. Les dijimos a nuestros hijos que no la tocaran si volvía a ocurrir; Katherine no se causaría daño a sí misma, puesto que tenía pocas probabilidades de poder moverse por la habitación, así que lo mejor era esperar a que el ataque cesara. Tras superar los largos meses de terapias anticancerígenas, Katherine tuvo que soportar el tratamiento que para ella resultaría, quizá, más frustrante: tomarse las cosas con calma. Lo hizo a su manera: echándose largas siestas a primera hora de la tarde y, después, trabajando duro en el huerto con una azada cuando comenzaba a refrescar. Paulatinamente, las siestas se hicieron más cortas y su tono muscular empezó a mejorar. Nos daban pánico los escáneres mensuales, pero nuestra confianza crecía con cada buen resultado. El episodio epiléptico fue una señal de alarma, pero también nos proporcionó una interpretación menos terrorífica de los síntomas de mareo y hormigueo en la mano que Katherine experimentaba de vez en cuando.

Durante todo aquel verano de 2006, yo estuve colgado del teléfono negociando la compra del zoo y, antes de que terminara octubre, al fin lo habíamos conseguido y yo me había mudado con Duncan y nuestra madre. Katherine llegó aproximadamente un mes más tarde, tras dejar atados nuestros asuntos en Francia; para mí, aquello fue como si hubiera encajado la última pieza del rompecabezas. Con Katherine a bordo, era imposible que fracasáramos. Ella nunca fracasaba. Tampoco permitiría que fracasaran los que la rodeaban. Vigilando el presupuesto con ojos atentos, tampoco toleraría que se gastara en exceso.

Justo antes de la Navidad de 2006, poco después de que se mudara al zoo, Katherine comenzó a sentir un cosquilleo en la parte derecha del cuerpo que no desaparecía con los medicamentos anticonvulsivos. Llamé a nuestro médico de familia para solicitar una resonancia magnética y me quedé de piedra cuando nos dieron cita para al cabo de tres semanas. En Francia, nos habrían mandado un coche que la llevara al hospital al día siguiente. Llamé al hospital para que nos lo adelantaran y descubrí que el fax con la solicitud que había enviado nuestro médico de cabecera había aterrizado en el escritorio del especialista equivocado, que, de todas formas, estaba de vacaciones. Volví a llamar al médico de familia y le expliqué lo que era un glioblastoma, lo que era capaz de hacer y lo rápido que crecía; además, le facilité el número de fax del especialista que correspondía. Y aquella vez —buen chico—, el médico solicitó un escáner de urgencia, así que visitamos el hospital dos días más tarde. Había que esperar una semana para que nos dieran los resultados, así que la pasamos aferrándonos a la esperanza de que se debiera a la epilepsia, puesto que el hormigueo parecía reducirse cuando Katherine descansaba.

Pero no se debía a la epilepsia. La resonancia magnética reveló que el tumor había reaparecido. Katherine comenzó a padecer en seguida una deficiencia en el habla que la hacía incapaz de superar ciertas palabras, que la obligaba a repetir el mismo vocablo una y otra vez, lo que a ella le resultaba tremendamente frustrante y aterrador. Perdió el movimiento de la mano derecha en muy poco tiempo y el resto de su brazo se convirtió, de repente, en un estorbo. A nuestro alrededor, el parque progresaba con torpeza y nos vimos atrapados entre dos mundos.

La velocidad a la que avanzaban los síntomas resultaba alarmante, pero los esteroides que le recetaron —en dosis cada vez más altas— los paliaron ligeramente, puesto que alivian la presión intracraneal. Yo aún me sentía optimista, ya que, desde que Katherine había recibido su diagnóstico, se habían desarrollado varios tratamientos nuevos y menos invasivos. Así pues, si la primera opción de tratamiento convencional fracasaba, sabía que existía una variedad de ensayos bastante avanzados con cuyos responsables me había mantenido en contacto. Antes de que mi esposa tuviera que someterse a otra craneotomía, prefería explorar algunos de aquellos métodos nuevos y menos invasivos.

La dificultad de tratar con fármacos los problemas que se encuentran en el interior del cerebro es la barrera hematoencefálica, que forma parte de las defensas de nuestro propio cuerpo. Se trata de una membrana física que restringe el acceso de la sangre al cerebro para protegerlo de las infecciones transmitidas por ella. Hay muy pocas cosas que puedan atravesar esa barrera, pero entre ellas se encuentran los virus. Ya en 1995, se diseñó un virus del herpes modificado capaz de cruzar la barrera hematoencefálica llevando con él un agente que localiza y mata las células cancerígenas. También se han utilizado de esa forma en pruebas experimentales de laboratorio el virus del sarampión y el veneno de escorpión, aunque la última vez que me puse en contacto con ellos aún no se había probado en humanos. Para mí, lo más prometedor era, con seguridad, un sistema alemán que inyectaba partículas de óxido de hierro directamente en el tumor. Después, agitaba las partículas con el escáner de resonancia magnética, que al fin y al cabo no es más que un imán gigante. Y eso destroza –de manera literal– el tumor desde dentro; me gustaba cómo sonaba aquello. Lo mejor de todo era que, a lo largo del año anterior, se había empleado en catorce humanos que padecían glioblastoma y a todos ellos les había ido bien. Me puse en contacto con los alemanes para ver si Katherine podría ser apta como candidata para su siguiente ensayo.

Nuestro primer encuentro con el neurocirujano, en Devon, no había sido muy prometedor. Era obvio que estábamos ansiosos; nos guiaron a través del departamento de neurología hasta una sala pequeña donde conocimos al hombre que supervisaría el tratamiento de Katherine. Tenía pinta de sabelotodo, cosa que resultaba tranquilizadora, pero la verdad es que todos los neurocirujanos suelen tener ese aspecto. Nos explicó que el escáner había revelado la reaparición de «anomalías» y nos mostró un gráfico computacional en 3-D del cerebro de Katherine. En él se veían seis o siete motas negras repartidas por los dos hemisferios, incluyendo el interior del cuerpo calloso, que es el haz de nervios que conecta las dos mitades del cerebro. Alrededor de cada una de aquellas motas había una pequeña mancha blanca, como una marca al agua. El neurocirujano nos aclaró que se trataba de la hinchazón que provocaban los tumores y que aquello aumentaría los síntomas asociados a cada una de las localizaciones. Aquello era lo único que podía aliviar con los esteroides; los tumores estaban demasiado extendidos como para extirparlos en una operación.

Le pregunté si podía enviarle la resonancia a nuestra médico de Francia para que pudiera darnos su opinión.

—No —respondió con rotundidad sin siquiera levantar la mirada—. No será necesario.

—¿Por favor, podría enviársela? Dado que ha sido la encargada de tratar a Katherine durante dos años y medio, nos resultaría muy interesante saber lo que tiene que decir al respecto.

—No, ahora éste es su centro de tratamiento.

Pocas veces había experimentado una necesidad tan fuerte de pegarle un puñetazo en la cara a alguien tan poco tiempo después de haberlo conocido. Unos segundos antes, había estado escuchando respetuosamente a un especialista cualificado que nos daba su valiosa opinión. En aquel momento, estaba tratando de contener el impulso de romperle uno a uno aquellos dedos rechonchos antes de que el equipo de seguridad del hospital me echara. Sin embargo, me daba cuenta de que aquél habría sido un mal comienzo para lo que probablemente sería una relación prolongada. Ese tipo de conservadurismo terco y territorial por parte de alguien que tenía en sus manos la vida de mi esposa me resultaba verdaderamente preocupante.

Entonces le pregunté sobre las posibles opciones futuras, como la del virus del herpes modificado, el virus del sarampión, el veneno de escorpión y el tratamiento alemán del óxido de hierro, todas las cuales habían obtenido unos primeros resultados muy prometedores, algunas incluso en pacientes humanos de glioblastoma. Cerró los ojos, movió la cabeza de un lado a otro y dijo que no había oído hablar de ninguno de aquellos tratamientos, pero que muchos ensayos aún por demostrar parecían ser prometedores y siempre se quedaban en nada. Luego me miró y me dijo: «Me temo que tratar este tumor va a ser muy desalentador.» Pobrecito.

Le recetó un ciclo de quimioterapia PCV, un tratamiento que combina tres sustancias y que es eficaz en la reducción de glioblastomas en alrededor de un veinte por ciento de los casos. Para un paciente de glioblastoma, ése es un buen porcentaje. Llamé a nuestra neuróloga francesa y le pedí que le solicitara a su homólogo inglés los resultados de la resonancia. Así lo hizo y, por suerte, él se los proporcionó, de modo que pude intercambiar impresiones acerca de las diferentes opciones de tratamiento con alguien en quien tenía alguna fe. Ella se mostró favorable con respecto al procedimiento inicial de PCV, así que lo único que podíamos hacer era esperar hasta que el NHS (Servicio Nacional de Salud en sus siglas en inglés) comenzara el ciclo de Katherine el 7 de enero.

Yo tan sólo deseaba que supieran lo que estaban haciendo, puesto que ese tipo de tumores se clasifican de acuerdo con su ritmo de crecimiento, y un glioblastoma de grado 4 puede duplicar su tamaño en una semana. Pasamos unas fiestas navideñas silenciosamente tensas. Daba la sensación de que nadie se movía a la misma velocidad que el tumor.

Enero

El estado de Katherine había empeorado durante los días que precedieron a la quimioterapia, así que nos alegramos cuando comenzó. Consistió en una breve infusión y unas cuantas pastillas que tendría que tomarse a lo largo de la semana siguiente. Para cuando empezó la quimioterapia, Katherine ya estaba debilitada. Tenía el brazo derecho completamente paralizado, la mano contraída debido a la tensión de los tendones y comenzaba a arrastrar la pierna derecha al caminar. Pero aún podía andar por sí misma con la ayuda de una muleta. Por lo general, pasan unos días hasta que los efectos de la quimio se dejan notar, pero Katherine estaba débil y todavía en proceso de recuperación de los efectos del largo tratamiento al que se había sometido en Francia. Así las cosas, durante las tres semanas que siguieron al comienzo de los ciclos, mi esposa pasó mucho tiempo dormida.

Entretanto, yo seguía trabajando en el zoo entre visita y visita a la casa para comprobar cómo se encontraba Katherine. Los mensajes de texto de aquella época que aún tengo guardados en el móvil hacen referencia a las preocupaciones habituales en cuanto a los sueldos, etcétera. Pero hubo una buena noticia, y fue que entrevistamos a un gran candidato para el puesto de conservador de animales. Contratar a alguien para dicho puesto era uno de los requisitos más importantes para conseguir nuestra licencia de zoo. Debíamos tener a alguien que supiera exactamente qué se estaba haciendo en todos los aspectos de la gestión de los animales... Al fin y al cabo, nosotros no teníamos mucha idea. Y el respetado Zoo de Newquay, el antiguo terreno de juego de Mike Thomas, nos había recomendado encarecidamente a Steve Pilcher, quien, antes de aquello, había trabajado con los orangutanes de Jersey durante varios años. Los orangutanes se cuentan entre mis animales favoritos (aunque, quizá, sea un tanto inverosímil imaginar que vayamos a tener alguno en el parque durante los próximos diez años) y el de Jersey es uno de los mejores zoológicos del mundo. La entrevista con Steve fue bien. Mike Thomas se acercó al parque aquel día —en realidad, nosotros ni siquiera estábamos cualificados para entrevistar a un conservador, puesto que no sabíamos qué debíamos buscar— y condujo el interrogatorio. Steve facilitó todas las respuestas correctas. Hasta que llegamos a la cuestión de *Spar*, el anciano tigre artrítico del recinto de la parte superior del parque, y de si debíamos sacrificarlo. Se trata de un asunto muy polémico que divide el pensamiento zoológico. El veterinario me había dicho que, a pesar de que *Spar* estaba cojo, casi con total seguridad no experimentaba ningún dolor. Con diecinueve años, había sobrepasado con mucho la esperanza de vida natural de los tigres que viven en libertad; además, a lo largo de los últimos años, su obvia fragilidad había disgustado en ocasiones a los visitantes. Pero el veterinario me había asegurado que él llevaba muchos años al lado de *Spar* y que no había razón por la que no debiera seguir adelante con su vida hasta que hubiera una causa médica real por la que intervenir en el proceso. Mike no estaba de acuerdo con ello y formuló la pregunta de una forma que dejaba bien claro lo que pensaba. Puede que el aspecto de Mike sea entrañable, pero también resulta imponente, sobre todo para un candidato más joven que él al que se está entrevistando para un puesto de sénior como es el de conservador. Lo más fácil habría sido mostrarse de acuerdo con él, pero Steve no actuó así. «Bueno, es que no está en libertad. Está en un zoo —argumentó—. No importa la apariencia que tenga; si no sufre, no veo por qué no debería seguir con su vida hasta que el veterinario diga lo contrario.» A Mike no le gustó aquella respuesta, pero a mí sí. Aparte de muchas otras cosas, demostraba que Steve tenía unos nervios de acero que necesitaría si se quedaba con el puesto.

Steve estaba casado con Anna, otra profesional con experiencia del mundo del zoo; en aquel momento, Anna trabajaba dando clases en un máster universitario sobre ciencia veterinaria en los zoos. Al cabo de un par de meses, cuando terminara su contrato, sería una excelente incorporación para el equipo. Ambos estaban realmente entusiasmados por el potencial del parque y rebosaban de ideas; además, contaban con la habilidad necesaria para sacarlas adelante. De repente, daba la sensación de que teníamos una excelente pareja de dirección lista para enfrentarse a los enormes retos que nos esperaban.

Pero en el lapso de tiempo que transcurrió entre el momento en que le ofrecimos el trabajo a Steve y su llegada al parque, el estado de Katherine empeoró considerablemente, así que cuando llegó el conservador, a mediados de enero, tuve que explicarle la situación y decirle que, a pesar de que mantendría un estrecho contacto diario con él y de que le daría todo mi apoyo en cualquiera de los cambios que considerara necesarios, en realidad mi atención estaba centrada en otra cosa. Las condiciones del zoo requerían de toda la atención de todos los que trabajábamos allí, pero con la llegada de Steve, que ya estaba preparado para plantarle cara a una tarea ingente, yo tuve que descargar un montón de responsabilidades sobre él. Al delegar en aquel pobre chico, vi que el joven acusaba la tensión, pero también que no se hundiría bajo su peso. Pensé que sería capaz de hacerlo y, en realidad, había mucho por hacer.

El mismo día en que Katherine empezó la quimioterapia, en la publicación médica *Cancer Cell*, que no solía figurar entre mi lista de lecturas habituales, apareció un artículo interesante. Duncan había sabido de él a través de una reseña de *Scientific American*, una revista que le había enseñado un amigo. Por lo que se ve, dicho amigo se mostró ligeramente sorprendido cuando Duncan le arrancó de las manos la flamante publicación e insistió en llevársela con él. Mi hermano me la enseñó y me fue explicando la historia mientras yo leía. Hacía treinta años que se empleaba el dicloroacetato para tratar a niños con trastornos metabólicos y se habían detectado pocos efectos secundarios en el tratamiento. Sin embargo, un equipo de investigadores canadienses acababa de descubrir que esa sustancia también era capaz de disolver las células de glioblastoma si entraba en contacto con ellas en el laboratorio. Intrigados, le habían inoculado ese tipo de tumores a unas cuantas ratas y después les habían dado acceso libre al DCA diluyéndolo en el agua que bebían. Debido a que el DCA es una molécula muy simple, es capaz de atravesar la barrera hematoencefálica, de localizar las células cancerígenas, de penetrar en ellas y de destruirlas reavivando su mitocondria. Siempre me han gustado las mitocondrias. Son las centrales eléctricas de las células, puesto que les suministran la energía, pero no son estrictamente humanas. Descienden de bacterias y cuentan con su propio ADN, razón por la que los entrenamientos a grandes alturas acaban con muchas de ellas y generan otras nuevas que son capaces de metabolizar el oxígeno con mayor eficiencia cuando se esprinta al nivel del mar. Lo que yo no sabía era que las mitocondrias también son las responsables de la apoptosis celular, es decir, de que la célula se suicide en caso de resultar infectada. Como es lógico, cuando el cáncer se apropia de la célula, una de las primeras cosas que hace ésta es apagar la mitocondria. Pero el DCA la vuelve a encender. En el grupo experimental de ratas del laboratorio, los tumores se habían reducido de forma muy significativa, mientras que en el grupo de control –las que no tenían acceso al DCA–, los tumores habían crecido hasta convertirse en una amenaza para sus vidas. Así que esa sustancia puede atravesar la barrera hematoencefálica, se ha probado en humanos durante treinta años y mata los glioblastomas.

No obstante, no se habían realizado ensayos con humanos relacionados específicamente con el glioblastoma. El artículo acababa de publicarse y en aquel momento yo estaba inundado por sugerencias de cura que recibía desde todos los flancos. A mi hermano Vincent le convencía más la investigación del veneno de escorpión, los padres de Katherine defendían que debía comer semillas de albaricoque y yo, personalmente, prefería el método alemán que la hermana de Katherine, Alice, había encontrado e investigado. Si el tratamiento convencional fracasaba, había que tener en cuenta que uno de los requisitos para entrar a formar parte del ensayo alemán era que el paciente no estuviera sometiéndose a ningún otro tratamiento en ese momento. El escáner de Katherine ya estaba de camino a Alemania, y yo no quería hacer nada que pusiera en peligro su elegibilidad. «Si fuera yo, estaría bebiendo litros de DCA», comentaba Duncan. Pero decidí postergar aquella opción por el momento.

Katherine se recuperó de la quimioterapia lentamente y tuvimos que esperar cerca de una semana antes de que pudieran evaluarla para el siguiente ciclo. Cuando regresó, estaba bastante peor. El tratamiento la había debilitado, como suele ser normal, pero en aquella ocasión el deterioro había sido muy notable. Yo albergaba la esperanza de que la quimioterapia estuviera teniendo el mismo efecto sobre el tumor, pero no había ninguna garantía de ello. Mi esposa caminaba peor; teníamos que sujetarla por el lado izquierdo, por el bueno, y colocarle la pierna derecha en la posición adecuada para cada paso que daba. Solíamos hacerlo empujándole la cadera con la nuestra y venciendo todo el peso de su cuerpo sobre nosotros. Entonces hacíamos que la pierna paralizada rotara hacia delante impulsándola con un movimiento de cadera. Una vez que el pie derecho estaba en la posición adecuada, la rodilla apenas solía fallarle si manteníamos la inclinación apropiada. Con el tiempo, aquella forma de caminar tan extraña se volvió más complicada, puesto que el pie derecho de Katherine se negó a elevarse y yo tenía que levantárselo con un golpecito de mi propio pie derecho. Aquello implicaba que debía quedarme en equilibrio sobre una sola pierna en un momento crucial del paso, con mi mujer apoyada sobre su propia pierna izquierda, que cada vez estaba más débil. Decidimos que sería más práctico conseguir una silla de ruedas, sobre todo para dar paseos por el exterior, actividad con la que queríamos continuar mientras fuera posible. Por desgracia, ninguna de las diferentes ramas del NHS con las que por entonces estábamos en contacto podía proporcionarnos una. El proceso de solicitud era demasiado largo y el tipo de silla que queríamos —con ruedas traseras grandes— estaba prohibido para los triplégicos, por si se les resbalaba la mano paralizada y se les enganchaba en la rueda. Pero eran, con mucho, las sillas de ruedas más estables, capaces de recorrer los caminos del parque —algunos sin asfaltar y muy empinados–. Eran mucho mejores que las que tenían las ruedas traseras pequeñas, pero finalmente fue una de ese tipo la que los hermanos de Katherine consiguieron alquilar en la Cruz Roja. En cualquier caso, aquello nos hizo las cosas más sencillas; la sacaba a pasear por el parque siempre que podía, para que le diera el aire y para recordarle las maravillas que nos rodeaban.

Katherine nunca había visto a los tigres de cerca, así que un día la llevé a la parte de atrás de la casa de los tigres, donde *Vlad*, *Blotch* y *Stripe* –los tres tigres criados con biberón– se acercaron inmediatamente a la valla para emitir sus amistosos bufidos y reclamar una caricia. Le pregunté a Katherine si le apetecía tocarlos, pero, como se trata de una zona a la que no accede el público y muy difícil de alcanzar con una silla de ruedas, hizo un gesto de negación con la mano y se encogió de hombros para darme a entender su indiferencia. Pero estar tan cerca de unos depredadores tan enormes y verlos comportarse como si fueran gatos domésticos grandes que buscan el contacto humano supone una experiencia realmente impactante. Katherine no resultó inmune a aquella sensación y el espectáculo la llenó de admiración. Fue fantástico poder compartir con ella aquel momento.

Durante aquella época, mi madre y Duncan fueron un gran apoyo para nosotros. Cuidaban de los niños y ayudaban a Katherine en todo lo que podían; nos habría resultado imposible salir adelante sin ellos. Sin embargo, fui yo, la persona más cercana a ella en su vida diaria –una posición que ahora sé que formalmente se conoce como la de cuidador–, quien aprendió mucho más sobre aquellos pequeños rituales que ella solía llevar a cabo con esa eficacia suya tan elegante. Por ejemplo, doblar la ropa. A lo largo de todos nuestros años juntos yo apenas había sido consciente de que aquello ocurría. La observaba desde la cama mientras me preguntaba cómo era posible que una persona tardara tanto en prepararse para irse a la cama (con los años me había percatado de que pasaba una media de veintidós minutos desde el momento en que entraba en la habitación hasta que se metía en la cama). Entonces comprendí el proceso desde el punto de vista del que lo llevaba a cabo. Si tienes ropa buena y te preocupa tu aspecto, parece ser que la clave reside en tratar esas prendas con cuidado y en guardarlas con delicadeza tras haberlas usado, y no en dejarlas tiradas en el suelo (yo, por lo general, las amontono de cualquier manera sobre las baldosas y así continúan al día siguiente cuando voy a ponérmelas de nuevo).

A pesar de que se trataba de una señal clara e impactante de la cada vez más significativa discapacidad de Katherine –y de las implicaciones potencialmente siniestras que aquello conllevaba–, cuidar de ella se convirtió en cierto modo en la mejor parte del día. Nos daba la oportunidad de pasar tiempo juntos de una forma de la que no podíamos disfrutar cuando ella era la dinamo humana de la oficina y de la casa, capaz de tener a la vez entre las manos más asuntos de los que yo pudiera siquiera imaginar. Aquellas últimas horas del día y las de la noche, cuando la ayudaba a ir al baño, la lavaba, le daba de comer y la vestía, estaban repletas de carcajadas, y se convirtieron en un grato descanso de mis deberes públicos como nuevo director de un zoológico.

A medida que la discapacidad de mi esposa iba aumentando, yo pasaba cada vez más tiempo con ella. Al principio, podía levantarla, lavarla, vestirla y darle el desayuno antes de las diez de la mañana; después, la dejaba sentada o recostada en algún sitio con una pila de material de lectura y de mandos a distancia a su lado. Pero me sentía como si la abandonara, porque, para alguien tan inquieta por naturaleza y tan involucrada con el mundo exterior como lo había sido ella, aquella desocupación forzada era una tortura. Yo me acercaba a verla con tanta frecuencia como podía, pero la miríada de dudas y problemas que acucian a cualquier propietario novato de un zoológico venido a menos me retrasaba invariablemente. Nos dijeron que, si aquella vez conseguían eliminar los tumores de algún modo, Katherine quizá pudiera recuperar su capacidad de movimiento y de habla, pero que tal vez no sucediera así.

Entretanto, yo empecé a aprender algo más sobre el meticuloso arte de la depilación de cejas. Si se necesita una lupa para detectar el nacimiento de un pelo de la ceja, le sugería a Katherine, entonces es que no es necesario que te lo arranques. Una persona que esté al otro lado de la habitación, o incluso a medio metro de distancia, será incapaz de verlo. Pero aquello no sirvió de nada con mi esposa. Después de la cuidada colocación de espejos, pinzas de depilar y equipo óptico que permitía la detección de pelos cortitos, venía la técnica. No se trata tan sólo de coger el pelo y estirar, sino de un método mucho más pausado y tortuoso. Hay que atrapar firmemente con las pinzas el ofensivo milímetro de pelo y, con lentitud, sacarlo en lo que para la mayor parte de los hombres sería una agonía que haría que se les llenaran los ojos de lágrimas. Pero los rituales de belleza femeninos convierten a las mujeres en seres estoicos, así que, mientras de mala gana le infligía aquella tortura a Katherine, no pude apreciar el más mínimo parpadeo ni siquiera en la mitad buena de su rostro.

Con mi esposa ya apropiadamente acicalada y depilada, acudimos al hospital para nuestra siguiente cita... y tomé parte en la conversación más espeluznante de mi vida. Nuestra visita con la oncóloga para hablar sobre el progreso de Katherine y, por lo tanto, de su pronóstico, tuvo un aire un tanto surrealista, dado que la vida de aquella maravillosa persona se discutió y, al parecer, se dio por acabada en una pequeña habitación sucia y pintada de azul hospital situada junto a los baños de la sala de espera de oncología. La oncóloga, que nos miraba con sus grandes ojos de cordero, comenzó hablando de los planes para el siguiente ciclo de quimioterapia PCV, pero yo estaba preocupado, porque consideraba que el tratamiento había dejado tan débil a Katherine que debíamos estar seguros de que estaba sirviendo de algo antes de seguir adelante con él. Si no era así, mi mujer estaría sufriendo inútilmente, pero, además, llegaría a encontrarse en un estado semicomatoso que la incapacitaría para informarnos sobre los síntomas en un momento muy crítico, cuando quizá debiéramos cambiar de tratamiento. Aquélla fue una buena pregunta. «Bueno, en verdad debo decir que no creo que esté funcionando −contestó la doctora−. Este tratamiento reduce los tumores en aproximadamente un veinte por ciento de los casos, pero, por lo general, a estas alturas ya esperaríamos apreciar una pequeña mejoría. Y, como puede ver −dijo señalando a Katherine−, las cosas han empeorado.» Mi esposa estaba sentada en su silla de ruedas de la Cruz Roja, con una media sonrisa dibujada en la cara, asimilando aquella situación −o quizá no−, ligeramente encogida de hombros, incapaz de comunicar el millón de cosas que debía de estar sintiendo en su interior. Entonces, la oncóloga se volvió hacia ella: «No quieres seguir sintiéndote pachucha durante otro par de semanas, ¿verdad?»

Katherine, incapacitada, sin poder hablar, probablemente sin posibilidad de captar la ingente enormidad de lo que acababa de ocurrir, sonreía, y pestañeaba, y se encogía de hombros. A mí también me llevó un rato asumirlo. Eché un vistazo alrededor de la habitación. Resultaba obvio que a la estudiante de medicina ya la habían informado de que aquélla sería una conversación sobre la muerte. Era incapaz de mirarme a los ojos. El enfermero de Macmillan Cancer Support,[5] con los ojos abiertos de par en par, no abrió la boca, pero actuó como el perfecto receptor de los perspicaces apartes de la oncóloga. Le pregunté a la doctora si había leído el artículo sobre el DCA que le había enviado. Puso los ojos en blanco, esbozó una sonrisa de «tonta de mí», y me respondió: «Vaya, no he tenido tiempo.» Le comenté que *Cancer Cell* era una publicación bastante seria que supuestamente debería atraer a los oncólogos. «Mmmm, se trata de una ruta de apoptosis celular mitocondrial», dijo aparte, dirigiéndose al enfermero de Macmillan. En aquel momento, la presencia de este último parecía deberse más a razones de seguridad que a cualquier beneficio que pudiera aportarle a Katherine. Ambos se rieron durante un segundo. Qué estúpido por nuestra parte depositar nuestras esperanzas en aquello.

«Entonces, ¿cuál es el plan?», pregunté. Otro gesto de indiferencia, otra sonrisa demasiado superficial. No había ningún plan. ¿Y qué había de X, Y y Z? ¿Y de las otras combina-

---

5. Organización benéfica del Reino Unido dedicada a la ayuda financiera, médica y práctica a los enfermos de cáncer y sus familiares y cuidadores. *(N. de la t.)*

ciones de fármacos que sugerían los norteamericanos? No, no están disponibles. Estaba conmocionado. Quería echarme a llorar, pero quería mantenerme fuerte por Katherine. Además, en un remoto rincón de mi mente, aún mantenía la fe en el tratamiento alemán del óxido de hierro o en el del DCA que había encontrado Duncan. Creía firmemente que podrían resultar provechosos y que, una vez que se demostrara que funcionaban, los médicos nos apoyarían. Pero cuando desaparece el respaldo del NHS –vasto, imperfecto, pero tranquilizador–, se experimenta una sensación de verdadero desamparo.

Nos costó unos cuantos días hacernos a la idea de que nos habían apartado del verdadero tratamiento y de que, mientras tanto, las ajetreadas agencias del cáncer intentaban transmitir la sensación de que seguían pasando cosas. Hubo citas con la enfermera a domicilio de la zona, con la gente de la Marie Curie,[6] con el equipo de Macmillan, con el terapeuta ocupacional y con una gente que recibía el nombre de equipo de recapacitación. Al cabo de un tiempo, me di cuenta de que nos visitaban un montón de personas, nos mostraban su simpatía y nos hacían preguntas, pero en realidad no estaba pasando nada. Todavía seguían sin poder conseguirnos una silla de ruedas, por ejemplo, porque los trámites burocráticos de la NHS ahogaban todos los esfuerzos. Nadie podía ayudarme a levantar a Katherine, puesto que cargar con peso iba contra las normas de la NHS; eso sí, todos dieron su aprobación a la técnica que yo empleaba para hacerlo. Un departamento nos proporcionó un montón de cosas de nailon azul que se suponía que

---

6. Organización benéfica británica cuyo principal objetivo es proporcionar cuidados médicos a los enfermos terminales de cáncer en la última etapa de sus vidas, por lo general en sus propios hogares. *(N. de la t.)*

servían para trasladar a Katherine de un lugar a otro, pero todo aquello parecía una medicalización tremendamente intrusiva de lo que podía ser un proceso simple y agradable. Había otros que estaban considerando seriamente la idea de instalar un ascensor de escaleras. Pero a mí aquello no me inquietaba.

La mayor parte de las discapacidades físicas que padecía, incluso si se convertían en permanentes, eran cuestiones con las que yo creía que Katherine podría aprender a vivir. Pero no podía soportar verla confusa, ver que alargaba, imperturbable, una pierna para que se la metiera en la manga o por el tirante del sujetador; que cogía una pastilla de jabón para llevársela a la boca en lugar del cepillo de dientes; que se sorprendía al descubrir que el interruptor controlaba la luz. Pero aún no había perdido el humor. Era fácil provocarle una carcajada, y aquello me decía que Katherine continuaba allí. Eso, y sus fríos reproches si no hacía algo como era debido. Una simple ceja levantada (tan sólo podía levantar una, pero aquello lo hacía todavía más eficaz) me decía que todavía se me estaba juzgando de forma crítica.

Febrero

Katherine se sentía confusa con la idea de escupir en un vaso durante el proceso de lavarse los dientes en la habitación. Si le ofrecías el vaso para que se aclarara y escupiera, se metía el agua en la boca y, después, parecía perdida porque no sabía qué debía hacer con ella. A menudo intentaba empezar a cepillarse los dientes en seguida, con la boca llena de agua, cosa que inevitablemente terminaba en un desbarajuste. Pero seguía con mayor facilidad la rutina de enjuagarse y escupir si lo hacíamos en el baño, puesto que se trataba de un contexto más habitual para el acto de cepillarse los dientes; sin embargo, desde un punto de vista logístico, era más difícil llegar al lavabo, además, era una habitación bastante fría. Pese a todo, mi esposa en seguida se echaba a reír si le hacías notar la situación imitando su expresión de perplejidad, con la boca llena y los ojos abiertos de par en par. A la hora de acostarse, durante un breve período de tiempo, su capacidad para hablar parecía mejorar, y entonces aún podía mostrarse brillantemente cáustica y mordaz. Un día, cuando ya la había acomodado sobre varios cojines –y ella me había indicado que se encontraba muy a gusto–, yo aún me puse a rebuscar ansiosamente por toda la casa hasta encontrar otro. Tras colocárselo en la espalda, le pregunté si así estaba mejor. «Ligeramente peor», me respondió con claridad tras haber sido incapaz de diferenciar entre la pronunciación de un sí y la de un no durante todo el día.

Llegó un punto en el que, debido a que yo pasaba mucho tiempo con Katherine y a que, además, la conocía muy bien, había que recurrir a mí como traductor para las más simples interacciones con otras personas. El truco estaba en no presentarle demasiadas opciones entre las que poder elegir y en darse cuenta de que cuando decía sí en realidad podría querer decir no y viceversa. Una vez que conseguía articular una palabra o un gesto, tendía a repetirlo. Ver los esfuerzos por entender a Katherine que realizaba una persona hasta entonces ajena a su situación ponía de manifiesto lo mucho que había empeorado. Por lo general, me veía obligado a intervenir, pero en una o dos ocasiones la dejé a merced de algún amigo o pariente bienintencionado mientras yo me escabullía durante unos minutos para ponerme al día con las cosas que tuviera que hacer. Como cuando la encantadora hermana de Katherine, Alice, se esforzaba por entender lo que decía mi esposa y le ofrecía una cornucopia de posibilidades entre las que escoger. En una de aquellas ocasiones, Katherine me miró desde el otro lado de la habitación y en seguida supe exactamente lo que quería. Pero durante cinco minutos me limité a sonreírle y a mover la cabeza de un lado a otro en un gesto de negación mientras me ponía tranquilamente al día con el correo electrónico. «Estás sola.»

Un día, antes de que perdiera el habla casi por completo, Katherine estaba sentada a la mesa con toda la familia. Se esforzaba por decirle algo a mi madre: «¿Puedo... puedo... puedo...?» ¿Coger la sal?, ¿la mantequilla?, ¿la ensalada?, comenzamos a sugerir todos. Una extraña expresión de frustración cruzó su rostro antes de que finalmente consiguiera decirlo: «¿Puedo acercarte algo, Amelia?» Con una sola mano hábil y siete tumores en el cerebro que iban multiplicando su tamaño exponencialmente, todavía era más atenta con los demás que cualquiera de las otras personas que estábamos sentadas a la mesa.

15 de febrero: la gran evasión

Durante aquella época, a mediados de febrero, todavía era capaz de dejar a Katherine sola en casa durante una o dos horas seguidas, acomodada frente al fuego con unas cuantas revistas, algo de picar y el mando a distancia del televisor (al que nunca parecía recurrir, al contrario de lo que habría hecho yo). No me gustaba dejarla así mucho rato, pero en aquella ocasión tenía que asistir a una reunión urgente con una empresa local de diseñadores gráficos para hablar de si podrían continuar con el trabajo que Katherine había comenzado; por desgracia, tan sólo había podido dejarlo esbozado. La reunión se vio interrumpida cuando me llegó la noticia de que se había escapado un lobo. (¿No os resulta odioso cuando ocurren esas cosas?)

Al principio, intenté seguir como si no hubiera ocurrido nada —confiaba plenamente en que los cuidadores y el conservador fueran capaces de manejar la situación—. Desafortunadamente, el lobo consiguió burlar su cerco, cruzar la valla del perímetro y escabullirse hacia el mundo exterior. Entonces fue cuando comenzó la verdadera diversión. De repente, en lugar de continuar dentro contestando llamadas extrañas que me mantuvieran informado sobre la situación a través de la radio interna del parque, me encontré saliendo de la reunión para realizar una rápida entrevista con Radio Devon, y después otra con Radio Five Live. Los diseñadores fueron muy comprensivos y supieron buscarle el lado divertido a la situación, pero, por desgracia, ése no fue el caso de ninguno de los periodistas con los que tuve que hablar. Obviamente, se trataba de una situación seria; varios radioyentes también se mostraron dispuestos a comentar en antena que ver un enorme lobo gris corriendo por su calle no contribuía a que pasaran una tarde tranquila y agradable. Intentar explicarles a unos periodistas hostiles (¿no os resultan odiosos los periodistas hostiles?) que *Parker*, el macho beta que se había escapado, no suponía ningún peligro para nadie, excepto que lo acorralaran, no parecía funcionar. La verdad seguía siendo que un animal peligroso de clase 1 que estaba a nuestro cargo correteaba entre la gente en aquellos momentos; y así no era como se suponía que debían ser las cosas.

Los amigos que escucharon por la radio mi tormento aún me repiten con sorna algunas de las frases que empleé en aquellas entrevistas, como «Tan sólo es un carroñero inofensivo» o «Básicamente es una nenaza». Otros profesionales del mundo del zoo me llamaron por teléfono para mostrarme su comprensión y para decirme que las fugas eran relativamente frecuentes, pero que, por Dios, no citara sus palabras en los medios. La reunión terminó por disolverse cuando tuve que centrarme en los contactos con la policía armada, que en aquel momento estaba a tres kilómetros del parque. Tenían a *Parker* a la vista y querían saber exactamente cómo de peligrosa era en realidad aquella «nenaza».

Entonces la suerte se puso de nuestro lado. En lugar de adentrarse en los bosques o de invadir los jardines de la gente, el lobo giró a la izquierda y se metió en una cantera de caolinita. Aquel terreno formaba una cuenca de un par de kilómetros cuadrados en la que podrían contenerlo y, aún más importante, era totalmente blanco. La plantilla de la cantera estaba formada por varios imponentes trabajadores equipados con un gran conocimiento de la zona, cuatro Land Rovers y sus propias comunicaciones por radio. Cuando se unieron a nuestros cuidadores y a la policía con sus vehículos *quad* (todoterreno), las cosas cambiaron radicalmente para las fuerzas de contención. Pero *Parker*, que aún no estaba satisfecho, mantuvo en jaque a aquellos humanos tan bien equipados durante más o menos una hora más antes de sucumbir, al fin, al dardo que le lanzó un cuidador. Les dirigí a los diseñadores un gesto de despedida por encima de las cabezas de los cuidadores y los agentes de policía —todos ellos cubiertos de barro— y me puse cómodo para disfrutar de una tarde de batallitas.

La historia me resultaba emocionante, y una parte de mí deseaba que hubiera podido estar allí. Cuando pasó todo aquello, un amigo y antiguo compañero de trabajo de Duncan estaba de visita en el zoo; era la persona perfecta para unirse a la caza. Kevin Walsh es un *cockney* delgaducho que mide casi dos metros. Trabajó con Duncan durante varios años como investigador privado. La naturaleza de su trabajo implicaba que ambos tenían que ser adaptables e imperturbables, además de estar acostumbrados a las persecuciones. Duncan y Kevin descendieron a toda velocidad por el camino tras *Parker*. Se mantuvieron en contacto continuo con la policía y los cuidadores, tanto por radio como por teléfono. «Nos pusimos manos a la obra rápidamente», comentaba Kevin entre risas. Estaba claro que había disfrutado de aquel día. Su papel en la captura no había sido precisamente pequeño. En varias ocasiones, pese a la cantidad de recursos humanos que había sobre el terreno, sólo una persona tuvo «contacto visual» con *Parker* y fue capaz de transmitir esa información tan vital al resto del equipo. Kevin, Duncan, John y un agente de la policía se habían mantenido firmes en ese sentido en un momento que parecía haber estado a punto de echarlo todo por tierra. Si *Parker* se hubiera internado en los páramos o en alguna zona urbanizada, habría sido muy probable que aún continuara ahí fuera. «En un momento dado nos separamos —relataba Duncan—. La siguiente vez que vi a Kevin, iba sentado en la parte trasera de una camioneta y empuñaba una escopeta. Estaba en el centro de la acción.» Por lo que se ve, la veterinaria a la que se había conseguido arrastrar hasta allí para que suministrara la anestesia de la pistola de dardos era una mujer bastante menuda que también tenía que cargar con una escopeta por si las cosas no salían como estaban planeadas. Con toda la demás parafernalia que tenía que llevar, el arma le resultaba un engorro, así que se la pasó a Kevin, que tenía aspecto de ser un hombre competente. «Aquella escopeta fue mi pasaporte al meollo de los acontecimientos —admitió Kevin—. Tenía que ir allá donde fuera la veterinaria, en coches de policía, Land Rovers y furgonetas.» Al final, el certero disparo de Rob con la pistola de dardos hizo que la escopeta no tuviera que utilizarse en ningún momento. Habíamos vuelto a librarnos por los pelos. Y habíamos vuelto a hacer disfrutar a una visita.

Se trataba de un asunto muy grave. Era absurdo. No era la primera vez que aquel lobo había intentado conseguir la libertad. *Parker* ya se había escapado en una ocasión anterior, antes de nuestra era; lo habían pescado —casi literalmente— a la puerta del pub del pueblo. Parecía que había ido en busca de Rob, que lo agarró por el pescuezo y lo metió a empujones en la parte trasera de una furgoneta.

Cuando empecé mi carrera como director de zoo, lo que más me interesaba era el bienestar psicológico de los animales. Supuse que el aspecto del encierro físico era algo que se daba por hecho. Ahora me doy cuenta de que, por lo general, ambas cosas suelen estar estrechamente relacionadas. Los animales que no son felices pueden tomar medidas desesperadas, lo cual los hace impredecibles. *Parker*, como macho beta de la manada, estaba estresado debido al declive de *Zak*, el anciano macho alfa al que pronto tendría que arrebatarle el control del grupo. Para no tener que enfrentarse a su miedo, decidió probar suerte en otro sitio y, contra todo pronóstico, lanzó su apuesta justo en el instante en el que la valla eléctrica estaba momentáneamente apagada.

Colocamos a *Parker*, ya dormido, sobre una cama de paja situada en la parte trasera de la casa de los lobos. Lo rodeamos de bolsas de agua caliente escamoteadas de nuestra casa (mi madre, Katherine y los niños tendrían que pasar sin ellas aquella noche, porque la anestesia había puesto en peligro el sistema de regulación de la temperatura corporal de *Parker*). Volví a casa y me ocupé de Katherine —que necesitaba algo de ayuda— mientras los cuidadores se aseaban. Después, volví a la lluvia torrencial para intentar establecer exactamente, con la ayuda de Rob, cómo había logrado escapar *Parker*. Se especulaba con unas cuantas teorías; para entonces, todo el mundo estaba exhausto, incluido yo mismo, que había tenido un día muy difícil debido a los inesperados interrogatorios hostiles a los que me habían sometido los medios de comunicación nacionales. Todavía seguía recibiendo llamadas; nuestra reputación había sufrido un serio revés y yo tenía la sensación de que un solo incidente más como aquél acabaría con nosotros. Era de vital importancia que averiguáramos cómo había ocurrido exactamente y que nos aseguráramos de una vez por todas de que no volvería a suceder, ni aquella noche ni ninguna otra. Tenía que descartar la posibilidad de que todo se hubiera debido al fallo de un cuidador; la hipótesis había planteado un profesional externo que conocía el diseño del recinto y que sabía que los cuidadores estaban muy acostumbrados a trabajar con lobos, unos animales que salían corriendo..., bueno, como nenazas..., cada vez que alguien entraba en su perímetro. Eso quizá hubiera desembocado en cierta autocomplacencia que *Parker* podría haber aprovechado para esconderse tras ellos y escapar antes de que reaccionaran. Era necesario que, antes de que nos hicieran la inspección, acabáramos con la necesidad de tener que entrar dentro del recinto de los lobos y, para ello, deberíamos rediseñar el espacio; pero, hasta entonces, mi paranoia general tras otro día de Código Rojo me llevó a interrogar a Rob acerca de aquella hipótesis. Era comprensible, le dije. No habría recriminaciones. Tan sólo necesitábamos saberlo con seguridad. Como es lógico, aquello no le hizo mucha gracia a Rob, pero tampoco me la hacía a mí. Estaba desesperado por volver con Katherine, así que insistí en que me mostrara sin más demora alguna prueba que indicara que *Parker* había escapado por encima de la valla y no a través de la puerta.

Ya en los bosques que había tras el recinto de los lobos, que en aquel momento aullaban y ladraban agitados desde el interior de una zona acordonada en su perímetro, iluminamos con nuestras linternas —ambos calados hasta los huesos a causa de la lluvia implacable— la valla que lo rodeaba. Llegamos al punto en el que una verja divide en dos el recinto para que, en caso de que sea necesario, los lobos puedan ser aislados unos de otros. Inexplicablemente, en aquella esquina la verja divisoria, en lugar de continuar recta hasta unirse con la valla del perímetro, se torcía para crear un recoveco triangular. Aquel ángulo de aproximadamente unos treinta grados, a pesar de estar protegido por un par de cables electrificados, creaba un rincón por el que los animales podrían trepar con facilidad si la valla estaba apagada y el lobo lo suficientemente desesperado. Resultó que ambas condiciones se habían dado al mismo tiempo. «*Parker* debió de adivinar en seguida en qué momento se apagó la valla», me explicó Rob a la luz de nuestras linternas mientras las gotas de lluvia le resbalaban por la cara. Muchos animales del parque vigilaban las vallas atentamente. No recibían descargas, sino que se situaban muy cerca de ellas y, de algún modo, detectaban el campo eléctrico. Aquello me preocupaba, puesto que el viejo sistema de electrificación era una de nuestras principales defensas contra la huida de muchos de los animales más «peligrosos», entre ellos los lobos, unos cobardes que, sin embargo, estaban ocasionando una gran controversia. Rob iluminó la parte alta de la valla con su linterna y allí encontramos unos cuantos mechones de pelaje oscuro que, sin lugar a dudas, no deberían haber estado allí. Provenían del pecho de *Parker*. La electricidad había vuelto, pero, si volvía a fallar, nos veríamos de nuevo metidos en un lío. El resto de la manada debería permanecer en la mitad segura del recinto hasta que pudiéramos hacer que el resto también lo fuera. Aliviado, volví a casa con Katherine.

El consejo había dado orden de que sacrificáramos a tres de los lobos basándose en que lo que provocaba la inquietud de la manada era la superpoblación; pero, una vez más, yo era reacio a llevar a cabo la eutanasia sin realizar una investigación mucho más profunda. Según se vio, el último sacrificio, que se había realizado hacía unos cuantos años, había acabado con los tres lobos equivocados, puesto que todos ellos eran importantes desde el punto de vista jerárquico. Las consecuencias de aquel error eran las inestabilidades que la manada presentaba en aquellos momentos. Contratamos a Sean Ellis, un «encantador de lobos» *freelance*, para que nos aconsejara.

Se trataba de un personaje polémico, contrario a las convenciones sociales, que, según me contaron, realizó una corta danza que consiguió que todos los lobos se sentaran a sus pies. Entonces nos recomendó que les diéramos de comer un animal entero en lugar de los trozos de carne cortada, puesto que en su hábitat natural la jerarquía se establecía de acuerdo con quién comía qué. Los líderes se consagran durante el banquete y, después, su orina huele diferente según los pedazos que hayan comido. Simple y ciento por ciento efectivo. La manada se calmó y, una vez que Roger Best, el experto en vallas electrificadas, hubo acabado con el recinto, tanto los motivos como los medios y las oportunidades de fuga se redujeron a cero. De nuevo se demostró que la ortodoxia se equivocaba y salvamos unos cuantos animales.

Me habría gustado conocer a Sean y presenciar su valoración, pero por aquella época yo estaba con Katherine casi a jornada completa, por lo general tomando el aire delante de la casa, si el clima lo permitía. Mi esposa solía estar cálidamente envuelta en una manta, y yo empleaba ese tiempo en informarme por teléfono acerca de las diferentes opciones de tratamiento. Mientras esperaba las llamadas, restauraba un viejo tablero de mesa que había encontrado en un contenedor de la basura y que había casado con unas patas de acero rescatadas de una de las naves del parque. El tablero estaba cubierto por muchas capas de pintura que había que levantar y las patas estaban oxidadas, pero aquellas actividades de bricolaje nos resultaban tranquilizadoras tanto a Katherine como a mí. A lo largo de los trece años que llevábamos juntos, yo había pasado una cantidad exorbitante de tiempo haciendo bricolaje. En parte se había debido a la renovación de nuestro piso de

Londres y, después, de los graneros en Francia; también a que una parte significativa de mis ingresos procedía de escribir columnas sobre bricolaje para el *Guardian* y otras publicaciones; pero, para ser sincero, se debía también a que soy un holgazán empedernido. Nos acostumbramos a un ritmo de vida casi normal.

Por desgracia, las llamadas que recibía durante aquella época no estaban yendo bien. Tanto los ensayos con veneno de escorpión como los grupos del virus del sarampión y el herpes rechazaron a Katherine, unas veces porque aún no estaban preparados y otras porque mi esposa tenía demasiados tumores (seis o siete) y lo que necesitaban era un solo tumor primario. Entonces al fin llegó una carta desde Alemania para decirnos lo mismo: los múltiples emplazamientos de sus tumores la convertían en una candidata inadecuada para la técnica de la inyección intracraneal.

Marzo

De repente, nuestras opciones se redujeron drásticamente. Tal vez habría sido posible encontrar algún otro procedimiento experimental en un país diferente, pero para entonces Katherine ya no estaba muy bien —quizá sí lo suficientemente bien como para viajar, pero el jaleo de adaptarse a un nuevo país, puede que a una nueva lengua, en aquel punto de su enfermedad en aras de una escasa esperanza de que pudiera funcionar no nos resultaba atractivo—. La idea del DCA que había aportado Duncan parecía la mejor oportunidad de Katherine en aquel momento, sobre todo después de que una buena amiga de mis días en la universidad, Jennifer, que se dedicaba a la investigación química, se pusiera también en contacto conmigo para decirme que creía que era una buena idea. «Internet está plagado de referencias al tratamiento —me aseguró—. Nunca he visto nada así. Los investigadores han cerrado su página y no aceptan correos electrónicos, algo inaudito. Todo el mundo quiere DCA.» Eso no lo convertía necesariamente en algo bueno, pero yo ya estaba todo lo convencido que necesitaba estar, de modo que cuando Jen me dijo que quizá ella pudiera conseguirme un poco por medio de sus contactos con laboratorios, le pedí que por favor lo intentara.

Entretanto, yo me puse en contacto con tantos médicos como pude para intentar conseguir una receta de la que, al fin y al cabo, era una medicina barata y fácil de conseguir que llevaba usándose treinta años. El problema era que, hasta entonces, nunca se había utilizado para aquella enfermedad y, por lo tanto, no estaba autorizada como tratamiento específico para ella. Aquello quería decir que, si un médico se la recetaba a Katherine, éste pasaba a tener la vida de mi mujer —y su propia carrera profesional, en caso de que algo saliera mal— en sus manos. Y serían personalmente responsables si yo decidía demandarlos en caso de que no funcionara. Conozco a bastantes facultativos gracias a mi etapa en el periodismo médico, así que me puse en contacto con todos ellos y con nuestro médico de familia. Como es comprensible, todos rechazaron mi solicitud con pesar; entendí que se trataba de una petición muy difícil de conceder para cualquier persona, y creo que ellos comprendieron lo desesperado que yo debía de estar para formularla. La única persona a la que no entendí fue a la oncóloga que estaba a cargo del tratamiento de Katherine. Sus ideas, que, en cualquier caso, sólo eran paliativas (es decir, encaminadas a aliviar el sufrimiento o los síntomas sin eliminar la causa), no habían servido para nada. Ni siquiera había intentado eliminar el origen; tenía ante sí la posibilidad de probar un tratamiento no invasivo que había funcionado con éxito en el laboratorio, del que se sabía que provocaba efectos secundarios insignificantes y que se hallaba en la farmacia del edificio en el que ella trabajaba. Al igual que a todos los demás médicos a los que abordé, le envié las páginas más relevantes del informe de toxicología de la Agencia de Protección Ambiental Norteamericana, publicado en agosto de 2003, que evaluaban el uso del DCA a lo largo de los últimos treinta años. El informe concluye claramente que los efectos secundarios, incluso en usos prolongados de más de cinco años, eran mínimos indicios de daño periférico en los nervios y efectos tóxicos mínimos en el hígado. Si Katherine vivía el tiempo suficiente como para experimentar aquellos síntomas, estaríamos encantados. Además, ella ya padecía un daño mucho más que periférico en los nervios; estaba paralizada de un lado e iba perdiendo el control del otro día tras día. Como su familiar más cercano, yo tenía potestad para firmar cualquier limitación de responsabilidad que consideraran necesaria. Merecía la pena intentarlo.

«No», respondió. Y aún hoy no soy capaz de entender por qué.

Duncan también conocía a unos cuantos doctores y, entre ellos, había uno que quizá estuviera preparado para dar un paso adelante. Yo consideraba que estaba demasiado poco ligado a Katherine como para correr un riesgo tan grande por ella, pero me equivocaba. Era cirujano. Miró a Duncan de arriba abajo, creyó en su palabra, se jugó su carrera y firmó una receta privada. Quiso seguir de cerca la dosificación; la establecimos lo mejor que pudimos a partir de la bibliografía existente y él nos dio la medicación necesaria para un mes. O, mejor dicho, nos la recetó. En realidad, conseguir un fármaco sin autorizar que es el centro de una polémica internacional no resulta fácil ni siquiera con una receta privada. Tardamos todavía una semana en superar algunos obstáculos burocráticos y logísticos bastante significativos, pero darle rienda suelta a Duncan en un proyecto es como dársela a Terminator. Aunque su misión era de naturaleza benigna, no regresaría hasta haberla completado. Resultaba tranquilizador saber que él estaba ahí fuera, persiguiendo sin descanso aquella medicina que parecía ser nuestra última oportunidad de salvar a Katherine. Incluso si sólo conseguía ralentizar su deterioro, tal vez los médicos se interesaran más por el tratamiento y nos pusieran más facilidades para acceder a él o, idealmente, se hicieran cargo del proceso.

Al final, el día de mi cumpleaños (del que todos nos olvidamos hasta que, por la tarde, empecé a abrir tarjetas de felicitación), Duncan se sentó en una sala de un hospital de Londres con un jefe de farmacia que aún examinaba con suspicacia los papeles que tenía delante. Los dos elementos fundamentales eran, por un lado, la propia receta y las conversaciones que había mantenido con el médico que la había extendido y, por el otro, el diagnóstico que recomendaba que Katherine recibiera únicamente tratamiento paliativo. El farmacéutico salió de la habitación y volvió con una bolsa de plástico llena de botes de DCA, pero comenzó a interrogar de nuevo a Duncan acerca de aquel procedimiento tan extraño. «En cuanto vi la bolsa –cuenta Duncan–, supe que iba a salir de aquel edificio con ella, incluso si tenía que quitársela de las manos y saltar por la ventana.» Por suerte, no fue necesario realizar aquella acción tan drástica, puesto que Duncan le ofreció al farmacéutico las respuestas que éste buscaba y el hombre terminó por entregarle el DCA de forma pacífica. Duncan se montó de un salto en un tren con destino a Plymouth, nos entregó la bolsa y pudimos darle a Katherine su primera dosis de DCA. Fue, sin la más mínima duda, el mejor regalo de cumpleaños que me hayan hecho en la vida. Nos dio esperanza.

Tracé una gráfica para poder controlar los progresos de mi esposa y añadí cuatro dosis de DCA a las aproximadamente diez pastillas (esteroides, antiepilépticos, etcétera) que ya tomaba todos los días. La clave del DCA reside en empapar el sistema en él para que no haya ni picos ni depresiones en el nivel de concentración. Así las cosas, a Katherine le administrábamos dosis cada seis horas a lo largo tanto del día como de la noche. Ya tenía problemas para dormir y era sencillo administrárselo por vía oral en forma de un líquido prácticamente insípido, así que aquello no supuso mayor trastorno. Si funcionaba, era el menos invasivo de todos los tratamientos a los que se había sometido. Yo examinaba a diario las notas que tomaba en busca de signos de mejoría o de patrones de deterioro.

A pesar de todo, el tiempo que pasé tan cerca de Katherine me resultó tremendamente gratificante. Teníamos nuestros secretos. Mi mujer estaba muy estreñida a causa de los esteroides, lo cual la obligaba a pasar largos e infructuosos ratos en el baño que culminaban en una botadura de éxito cada cuatro días, más o menos. Aquellas esforzadas tribulaciones, salpicadas por triunfos poco frecuentes pero muy dulces, constituían momentos especiales. Esas anomalías corporales, con sus contorsiones involuntarias y sus novedosos procedimientos —como el palo de la caca—, nos hacían reír. Para cuando la caca de Katherine conseguía «abandonar el edificio», era tan densa y abultada que no se iba por el inodoro por más que tiráramos de la cadena. Hasta entonces, tan sólo yo había alcanzado ese logro unas cuantas veces a lo largo de nuestros trece años de relación. Pero Katherine había empezado a soltar monstruos capaces de sobrevivir a varios vaciados de cisterna sin siquiera inmutarse lo más mínimo. Así que nos hicimos con el palo de la caca, especialmente creado y diseñado para romper la caca en fragmentos susceptibles de desaparecer inodoro abajo. Soltábamos risitas conspirativas relacionadas con ese tipo de cosas mientras escondíamos el palo de la caca (desinfectado a fondo, claro está) donde nadie pudiera encontrarlo o donde, si alguien lo hacía, jamás pudiera imaginarse para qué lo utilizábamos.

Los niños también comenzaron a interesarse de forma activa por los asuntos relacionados con el lavabo, quizá porque se trataba de una materia de la que ellos habían tenido noticia hacía relativamente poco. El mejor elemento del equipo que nos había proporcionado la NHS era un «baño portátil», una silla de ruedas (pequeñas) con un asiento de quita y pon y un orinal incorporado. Era muy útil durante la noche, pero también en otros momentos, cuando los lavabos convencionales estaban demasiado lejos. Los niños, durante nuestras excursiones, habían presenciado en varias ocasiones lo que ocurría cuando la necesidad nos pillaba desprevenidos. Por lo general, entrábamos en el establecimiento más cercano e insistíamos, con diversos grados de contundencia, en que nos permitieran utilizar los baños del personal. Al final, siempre cedían y nunca tuvimos ningún accidente. Pero los dos niños dijeron con respecto al orinal portátil: «Ahora mamá puede pasear en la silla de ruedas y hacer pis al mismo tiempo.» Katherine esbozó una sonrisa y yo tuve que explicarles que aquello no funcionaba exactamente así.

Con el DCA como última esperanza —yo seguía creyendo fervientemente en que era una posible ruta que nos sacaría de aquella pesadilla— no había nada que hacer excepto monitorizar su evolución por medio de mi gráfica manuscrita. Algunos días daba la sensación de que su capacidad de habla mejoraba. Mi entrada del 14 de marzo dice: «Habla y movimiento ligeramente mejores.» El día 15, en la consulta del médico de cabecera, Katherine se las arregló para decir: «Lo entiendo todo.» Pero la tendencia general era hacia una menor capacidad de habla y movimiento, y más sueño. El día 27 recuperó el apetito de manera extraordinaria. Su comida consistió en sushi cortado en dados y una cesta llena de frambuesas, seguida por media tableta de chocolate. Lo acompañó con una gran copa de vino blanco bien frío. «Magnífico. Magnífico», repetía. Aquello me dio grandes motivos para confiar en una mejoría. Pero, en realidad, aquellas palabras estuvieron entre las últimas que pronunció.

Hacia finales de marzo, nuestros buenos amigos Phil y Karen vinieron a visitarnos, tal y como habían estado haciendo cada pocas semanas. Llevamos a Katherine a los grandes almacenes de jardinería en su silla de ruedas de la Cruz Roja. Buscábamos un sillón reclinable graduable, que es una forma muy cómoda de pasar el día cuando se es triplégico. A Katherine le gustó mucho el viaje, ya que pudo contemplar el paisaje y disfrutar de nuestra compañía en el exterior. Cuando le pregunté qué sillón le gustaba más, se encogió de hombros, sonrió y levantó la ceja para indicar que le daba igual. Nos decidimos por un modelo gris plata con los brazos de madera, que era todo lo bonito que podía ser un sillón de aquellas características que estuviera disponible en el mercado. Cuando regresamos a casa, la acomodamos en él; llevaba puesto el precioso abrigo de piel sintética que Phil y Karen le habían regalado en una visita anterior y que, desde entonces, Katherine había exigido ponerse todos los días. Dio la sensación de que a mi esposa le sorprendía aquel mueble, pero estaba encantada, y pasaba la mano una y otra vez por el brazo del sillón llena de entusiasmo. Nos sonreía para demostrar su agradecimiento porque le hubiéramos conseguido el mejor sillón a nuestro alcance. Una semana más tarde, murió sentada en él.

Katherine dejó de respirar a las 3.30 del 31 de marzo, mientras yo trabajaba con el ordenador a escasos centímetros de ella. A lo largo de los días anteriores, se le había hecho muy difícil tragar. Yo esperaba que viviera al menos una semana más, puesto que mi padre había sobrevivido unos quince días a base de líquidos que se le administraban por medio de chupetes esponjosos mojados en agua. Katherine no alcanzó la etapa de los chupetes esponjosos, así que el paquete que los contenía quedó sin abrir. Pero tampoco me sorprendió tanto. La muerte hizo que, una vez más, estuviera preciosa. La hinchazón de su cara, que la había hecho envejecer espectacularmente a causa de los esteroides, desapareció, y la Katherine que yo conocía regresó. Sólo que estaba muerta. Desperté a mi hermana Melissa, que estaba con nosotros, y luego a los dos hermanos de Katherine, Dominic y Guy, y juntos pasamos la noche en vela, sin saber muy bien qué hacer mientras asimilábamos el golpe.

A lo largo de todo el tratamiento con DCA, yo me había aferrado con firmeza a la creencia de que podría revertir o al menos detener los síntomas de Katherine si dábamos con la dosis correcta. Entonces, quizá, los médicos se interesaran y se hicieran cargo de la gestión del tratamiento. Incluso si quedaba como una persona totalmente dependiente, aún seguiría siendo Katherine, mi amiga, capaz de comunicarse conmigo en medio de aquella confusión. Pero poco después de la última comida decente de tres días antes, comenzó a ser incapaz de tragar, ni siquiera podía tomarse las pastillas o el chorrito de DCA; entonces supe que se estaba acabando. De repente, perdida ya toda esperanza, me quedé bloqueado. Melissa me aconsejó que siguiera las recomendaciones de la bibliografía, que aconsejan que es conveniente, si hay oportunidad, comunicarle a los niños que se va a producir una muerte importante en sus vidas, porque de este modo pueden prepararse para ello. Me pareció razonable, así que los llevé a la zona de merendero del parque y me senté a una mesa con ellos para darles la noticia más triste que espero que tengan que recibir en su vida. Mamá, de quien ya sabían que estaba muy enferma desde hacía tiempo, iba a morir. En cuanto comprendió la enormidad del concepto, Ella rompió a llorar y trepó por la mesa hasta llegar a mí. «No quiero que mamá se muera», dijo. Pero Milo se quedó donde estaba. Le dije que no pasaba nada por llorar, pero se quedó muy quieto mientras reflexionaba y después dijo: «No quiero llorar. Quiero ser fuerte por ti, papá.» Cada uno hace las cosas a su manera, así que él se limitó a observar cómo Ella y yo llorábamos.

Durante el funeral, en Jersey, donde se había criado Katherine, me resultó extraño ser el centro de atención de lo que parecía ser una enorme pérdida comunitaria. Todo el que conocía a Katherine se daba cuenta de inmediato de lo especial que era, así que la gente sentía la horrible injusticia de que fuera ella, de entre todas las personas, quien desapareciera. Había rostros que yo siempre había conocido iluminados por una sonrisa que en aquellos momentos estaban demacrados y macilentos, que sufrían más de lo que se podía soportar y que estaban surcados de lágrimas. La tensión, el horror, la incredulidad, la pura agonía a la que nadie esperaba tener que enfrentarse hacían frente a la pérdida inexplicable, injustificable, inexcusable, de una persona tan querida. Era la única persona para la que ninguno de los presentes había tenido nunca una mala palabra o un recuerdo negativo. Las mujeres me miraban con gran compasión y aflicción, pero, por algún motivo, los hombres me provocaban una mayor emoción: el enorme Neill, incapaz de hablar, con los ojos desbordados por unas lágrimas que terminaban rodando por su cara de oso; Tim, con el rostro tenso, lleno de miedo y dolor; Seamus, un amigo del colegio de Katherine que entonces ocupaba un cargo político en la zona, siempre tan capaz y sereno en todo momento, mostraba su angustia sin tener en cuenta ninguna planeada estrategia o calculado encanto. Y cuando aún estaba viva, Jim y Mike, los dos grandes y fuertes, habían sido tan dulces con ella durante sus visitas...

Tras el funeral, comenzó a hacer mella la magnitud del horror de los tres últimos meses. Ahora que ya no había esperanza posible, su declive parecía diferente. Pero incluso al cabo de tan sólo unos días, fui capaz de darme cuenta de que, aunque aquello suponía una tragedia para nosotros, no era algo tan infrecuente. Mucha gente debe soportar cosas bastante peores. No estábamos en Darfur o en Srebrenika o en el Congo, donde hacía poco los rebeldes se habían comido a la gente delante de sus hijos. Katherine había tenido una buena vida en un país rico y había muerto en paz y prácticamente sin dolor de una forma lo más controlada y dulce posible. Estamos diseñados para aceptar la pérdida, sobre todo los niños, que han tenido que evolucionar en grupos donde la mortalidad parental era alta. Papá podría no regresar de la caza. Mamá quizá muriera de parto. Se harían cargo de ellos diferentes cuidadores y entonces los niños tendrían dos opciones: bien se adaptarían, bien se reproducirían con más dificultades. Nosotros descendemos mayoritariamente de aquellos que se adaptaron. Lo que acabo de decir hace que la evolución parezca casi una religión, pero aquellos argumentos me consolaron. Incluso entre la gente más afortunada del mundo actual, fuimos excepcionalmente afortunados. Además de estar en Inglaterra, con su sistema sanitario, sus leyes y sus privilegios, y de estar rodeados de amigos y familiares que nos querían, teníamos un zoo. Y un día no muy lejano, yo volvería a él.

Entretanto, me sentía como si necesitara un sedante suave, preferiblemente algo orgánico, hecho con ingredientes naturales como el agua, la cebada, los lúpulos y, quizá, un cinco por ciento de alcohol en volumen. Por suerte, hay un sedante exactamente así al que se puede acceder con facilidad: la Stella Artois. Justo lo único que no prescribió el médico, pero durante los primeros días funcionó a la perfección.

6. La nueva plantilla

Tras la muerte de Katherine, sentí como si tal vez el zoo pudiera empezar a importarme un pimiento. Pero en realidad sí me importaba. Técnicamente, veía que el zoológico todavía era posible –inevitable, de hecho, o nosotros nos quedábamos sin blanca y a los animales los dispersaban o los sacrificaban–; así que no conseguía quitarme esa idea de la cabeza. Por lo que a mí respectaba, las personas que no fueran capaces de verlo así podían irse a la mierda.

Por lo que parece, el duelo –según el modelo ampliamente aceptado de Kübler-Ross– tiene generalmente cinco etapas: negación, ira, negociación (en la que tratas de hacer un pacto con Dios, o con el destino, o, en peores circunstancias, con la persona que te ha dejado), depresión y aceptación. Yo me siento como si me hubiera saltado las tres primeras y hubiera ido directo hacia la depresión y la aceptación al mismo tiempo. Pero la idea de la ira me intrigaba. Yo no sentía ira como tal –no había nada ni nadie contra lo que sentir ira por aquel suceso biológico aleatorio, aparte de por algún error provocado por la estrechez de miras de algunos de los miembros del personal sanitario implicado en el proceso, y esas personas no eran más que piezas institucionalizadas en el interior de una máquina defectuosa–. Además, no tenía la energía necesaria para sentir ira.

Pero sí experimentaba una fuerte sensación de incredulidad ante la idea de que la gente pudiera ser tan mezquina. No me importaba ver a gente discutiendo en la calle, o a personas incapaces de apreciarse mutuamente, o malgastando su precioso tiempo de cualquier otra forma. Comprendía que se habían dejado arrastrar hacia aquella perspectiva, cosa bastante normal. Lo que de verdad me sacaba de mis casillas, sin embargo, era la mezquindad de muchas de las personas del parque, especialmente cuando había un objetivo común tan claro y obvio por el que luchar. Asistía a reuniones y escuchaba interminables peleas estúpidas y juegos de poder: «Yo no puedo trabajar con tal y cual»; «Él dijo esto, así que yo dije...». Me quedaba de pie en medio del parque, impasible bajo la lluvia, inundado por las quejas de los cuidadores sobre cuestiones como carretillas que goteaban cuando ya sabían que se habían pedido los recambios, y me preguntaba cómo demonios se lograba terminar alguna tarea en el mundo. Pero me di cuenta de que aquellas preocupaciones minúsculas, aparentemente irrelevantes, eran la materia de la vida. Todo tenía que ver con las experiencias diarias de las personas, con aquello a lo que tienen que enfrentarse sobre el terreno... Y eso era algo en lo que yo tenía que volver a concentrarme.

Definitivamente, formar parte del zoo me había ayudado incluso en los momentos más difíciles. Ayudaba mirar por la ventana y ver a los jóvenes cuidadores riéndose mientras realizaban su trabajo, conscientes de que había una persona enferma en la casa y muy comprensivos, pero aun así sabedores de que tenían una tarea que realizar con los animales y de que no podían descuidarla. Mantener el parque en funcionamiento era tomar parte en el ciclo de la vida. Nacieron cosas, como lechones y un ciervo, y otras murieron, como *Spar*, el tigre, y uno de los búhos. Y Katherine. Pero independientemente de lo devastador que aquello fuera para mí, para los niños y para Duncan y mi madre, la vida seguía adelante. Era como estar en una granja, que no puede detenerse sin más porque falte una persona.

Por lo pronto, había trabajo que hacer: más reparaciones que llevar a cabo, más personal que contratar y, lo más importante de todo, conseguir nuestra licencia para operar como zoológico. Se trata de un procedimiento complicado según el cual tienes que notificar tu intención de solicitar la licencia dos meses antes de hacerlo, para así permitir que se planteen, se aireen y se evalúen las objeciones. En nuestro caso, sabíamos que podíamos esperar fuertes quejas por parte de los activistas de los derechos de los animales, a quienes habían llamado la atención las malas prácticas pasadas del parque, pero la comunidad local nos apoyaba y el consejo no mostraba señales de que fuera a poner problemas. Entonces se fijaría una fecha para la inspección, después de la cual el veredicto podría tardar otras seis semanas en llegar. Hasta ahí, todo bien. Pero el problema era que si fracasábamos en aquella primera inspección, no podríamos concertar sin más otra cita al cabo de una semana; tendríamos que volver a comenzar todo el proceso completo una vez más, con el retraso de dos meses y la posible espera de seis semanas para obtener el resultado. Si fracasábamos en la inspección, sería catastrófico para el plan de negocio, que dependía por entero de que maximizáramos todo lo posible los ingresos de la estación veraniega.

A comienzos de abril, ya habíamos perdido la Semana Santa, el primero y en ocasiones el más importante de los fines de semana de bonanza del calendario de la industria del ocio, y un pilar significativo de nuestro plan de negocio. A medida que el invierno iba avanzando, propusimos de forma provisional abrir a principios de junio, así que a partir de esa fecha retrocedimos en el calendario para calcular la de la inspección. Pero en vista de la cantidad de trabajo que quedaba por hacer, finalmente nos decidimos por julio. Lo cual nos dio una fecha para la inspección del 4 de junio. Ya había un plazo claro y definitivo que cumplir, un cierto número de tareas que realizar antes de aquel momento y, siempre y cuando actuáramos en consecuencia, aquello estaba hecho. Probablemente.

Estaba claro que mi participación era necesaria, pero me llevó un tiempo readaptarme a aquel ambiente ya de por sí tan poco común. Durante aquellos días necesitaba quedarme solo y llorar cada pocas horas. Tuve suerte de que la naturaleza de mi trabajo como solucionador de marrones errante y director me permitiera hacerlo. Tenía la posibilidad de presidir una reunión o de supervisar la colocación de un poste para una valla y, después, excusarme y marcharme —aparentemente, para continuar con algún asunto urgente relacionado con el parque; en realidad, bastante a menudo, para encerrarme en una de mis guaridas seguras (el desván, la parte más alta de la torre de observación, el jardín de helechos) y dejar brotar las lágrimas—. Parecía una presa sin fondo a la que se le hubieran fracturado los diques y que necesitaba vaciarse antes de que se pudiera realizar ningún progreso.

Mientras yo miraba desde la casa o desde el jardín delantero, Steve se encargaba de seleccionar a dos nuevos cuidadores séniores. Normalmente, habría sido impensable que yo no me involucrara de forma directa en las entrevistas y en el proceso de selección, dado que, como es lógico, me interesaba mucho saber a quién se contrataba en aquel puesto. Quiero conocer cuáles son sus filosofías acerca de la gestión de animales, sus habilidades para el trato interpersonal y ver cómo reaccionan a la propia entrevista. Soy consciente de que la entrevista es un tema de conversación que surge de vez en cuando con los pocos empleados a los que he entrevistado y contratado; se convierte en una parte importante de nuestra transacción. Puede que yo les recuerde algo que accedieron a hacer, o que ellos me refresquen la memoria sobre algo a lo que yo me comprometiera, o que nos riamos juntos sobre algún momento embarazoso. Pero la entrevista es muy importante para mí a la hora de establecer con exactitud en quién depositaremos nuestra confianza; de hecho, varios candidatos no estuvieron a la altura de las circunstancias y fracasaron. Pero según estaban las cosas, yo era vagamente consciente de que se estuviera llevando a cabo el proceso de selección, así que confié por entero en el juicio de Steve.

Y no me equivoqué al hacerlo. Los dos cuidadores que contrató en aquella ocasión, Owen y Sarah, habían participado en programas de cría de animales poco comunes de renombre internacional. Además, ambos aportaron listas de contactos muy útiles para realizar intercambios con otros zoos y una credibilidad personal que los avalaba. En otras palabras, cada uno de aquellos cuidadores contaba con una experiencia en la cría de animales poco comunes que los seguiría adonde quiera que fueran. Sarah, por ejemplo, posee una experiencia excepcional y directa con los gatos pescadores del Zoo de Port Lympne. Había causado una impresión tan buena a los directores de aquel centro que éstos nos aseguraron que una pareja reproductora de aquellos felinos acompañaría a Sarah hasta el PZD en cuanto pudiéramos construirles un recinto apropiado. Owen, un joven escocés de modales suaves —pero muy asertivo— que creció en una granja, cuenta también con una buena cartera de animales exóticos —pájaros, en su caso— que va con él a todas partes. Su mejor idea fue la de cubrir el lago de los flamencos con un gran aviario cerrado e introducir un manglar que albergara algunas de sus más exóticas adquisiciones futuras. Accedí de inmediato, y luego ya le pregunté cómo íbamos a apañárnoslas para introducir los mangles. «Aún no lo sé —respondió Owen—, pero lo averiguaré y después te lo haré saber.» Luego me correspondería a mí decidir si podíamos implementar o no aquel plan. Iba dándome cuenta de que aquéllos eran los desafíos que se le presentaban al director de un zoo. Pero eran retos muy agradables; nunca pensé que me hallaría en posición de ser capaz de dirigir la introducción de un manglar en un lago.

Owen y Sarah, que ya eran los cuidadores séniores, recibieron en varias ocasiones el apelativo de «estrellas» por parte de personas del mundo del zoo como Nick Lindsay y Mike Thomas. Ambos eran personas sobre las que habían leído en la bibliografía y cuya reputación los precedía. Incluso Peter Wearden, nuestro agente de salud medioambiental del distrito, parecía haber oído hablar de ellos, o al menos ser capaz de valorar lo significativo que era que pudiéramos atraerlos y hacer que quisieran trabajar para nosotros. Me habían dicho que Owen había rechazado una oferta del Zoo de San Diego para trabajar aquí. El zoológico de San Diego es un líder mundial en muchos campos, entre ellos el de Owen; se trataba de un lugar que podría proporcionarle recursos casi inimaginables para perseguir sus intereses. Un día le pregunté por qué había preferido nuestro destartalado zoo, situado en una zona con uno de los niveles de precipitación más altos de Gran Bretaña, a la gran cantidad de recursos y el soleado clima del sur de California. «Cuando me di un paseo por el parque, me resultó obvio el asombroso potencial de este lugar —contestó—. Pero también me di cuenta de que había mucha tristeza en él, y eso era algo que quería cambiar.» No hablaba de Katherine, sino de los efectos sobre las personas, los animales y la infraestructura del largo y lento declive del parque, que había durado veinte años: montones de cachivaches por todas partes, acumulados con una esperanza que se había ido diluyendo gradualmente y que había dejado un residuo de fatalismo y líquenes tras de sí.

Puede que Owen y Sarah fueran estrellas, pero no eran *prima donnas*. Eran físicamente resistentes y muy trabajadores. Dado que los dos procedían de zoológicos situados en lugares muy distantes del Reino Unido, al principio no tenían alojamiento y acamparon en el parque bajo la incesante lluvia. Hacían la colada y se aseaban en los baños del restaurante. Les ofrecí que utilizaran la ducha de la casa, cuando funcionara, pero se sentían más cómodos con su vida de subsistencia... Y, además, el agua caliente era más fiable en el restaurante. Trabajaban en el parque lloviera o tronara, predicaban con el ejemplo y los dos solían hacer muchas horas extra hasta que caía la noche. Reparaban recintos, construían otros nuevos y sacaban adelante el proyecto del parque sin la necesidad de que alguien los estuviera guiando constantemente. Además, cumplían con uno de los requisitos para conseguir la licencia, según el cual había que formar a la plantilla antigua en los entresijos de las prácticas de los zoológicos modernos.

Se nos había dicho que si no llevábamos a cabo esa «formación por permeabilización» tendríamos que cerrar. O, mejor dicho, que no llegaríamos a abrir. Las personas contratadas para cuidar de los animales —Rob, Kelly, Hannah, Paul, John e incluso Robin de vez en cuando— eran hábiles y tenían experiencia, pero no poseían títulos. A pesar de todos sus conocimientos prácticos y de sus años en las trincheras, apenas había diplomas entre ellos. Y, hoy en día, esos títulos de papel son fundamentales en lo que a las licencias de zoológico se refiere. Yo estaba encantado de que se hubieran puesto en marcha esos procesos de formación, porque el hecho de que empleáramos a personal completamente capacitado era un requisito imprescindible para conseguir la licencia. Cada vez con mayor frecuencia, vagaba por el parque pensando en que lo imposible —que después se convirtió en lo meramente improbable— por entonces se había transformado, de forma objetiva, en lo muy probable. De hecho, nunca había tenido ninguna duda respecto a que lograríamos abrir el parque, pero, cada vez más rodeado de perspectivas pesimistas, había comenzado a comprender las percepciones de los demás, y no me había gustado lo que había visto desde el otro lado. Aunque sabía que se equivocaban, el vasto peso de los efectivos en el bando de los negativistas era casi abrumador.

Para ser justos, tenían razón en algunas cosas. Para empezar necesitábamos sesenta mil visitantes al año para compensar gastos, y de momento no teníamos siquiera donde darles de comer. El restaurante, que supuestamente iba a ser un negocio en funcionamiento, apenas contenía un único electrodoméstico útil. El lavavajillas, los fogones de gas, los hornos, los microondas y dos de las tres freidoras no funcionaban. Por suerte, nuestras nuevas ideas para el menú —encaminadas a la utilización de alimentos saludables procedentes de la zona— implicaban que no necesitaríamos las dos freidoras averiadas, pero teníamos que reponer todo lo demás. Yo tenía un sueño para el restaurante, que consistía en convertirlo en un establecimiento tan elegante como los de Conran[7] y en abrirlo por las noches como una entidad separada del zoo. Las cifras de la actividad de los tres últimos años, aunque en claro declive, mostraban que el restaurante y el bar eran el motor del parque, puesto que representaban más de un tercio de sus ingresos totales. Con su mugriento techo, sus tubos fluorescentes, sus pesadas alfombras y cortinas de color azul oscuro y una cocina llena de chatarra cubierta de grasa, llegar a conseguirlo iba a suponer recorrer un camino largo y difícil. El otro dato que mostraban las cifras de la actividad era que el mes de agosto resultaba absolutamente fundamental, ya que la combinación de la venta de entradas y de los ingresos del restaurante a lo largo de ese mes representaba casi la mitad de los ingresos anuales. Agosto era todo o nada, y si nos lo perdíamos, estábamos hundidos. «Creo que este agosto te suministrará en torno

---

7. Conran Group es una empresa londinense dedicada a la arquitectura, el diseño de interiores, el diseño gráfico y la gestión de tiendas, restaurantes y hoteles. *(N. de la t.)*

al sesenta por ciento de tus ingresos de este año», me dijo Mike Thomas durante una de sus visitas mientras estábamos sentados en el poco estimulante entorno del restaurante. Una rápida mirada a nuestro alrededor me dejó pocas dudas en lo referente a la magnitud del trabajo que teníamos por delante. Si a lo largo del verano venían sesenta mil personas que querían que las alimentáramos, estaba claro que no podíamos permitirnos que se marcharan y buscaran otro sitio donde comer, tal y como habíamos hecho nosotros en una ocasión durante los últimos días de apertura del parque de la primavera anterior. Además de un lugar donde cuidar animales, el zoo era también un negocio, y la parte de atención al cliente tenía que tratarse con la misma importancia, o no seríamos capaces de pagar las facturas del veterinario y nuestros meritorios planes de conservación serían irrealizables.

Así pues, Duncan y yo comenzamos a visitar pubs —estrictamente por motivos laborales, ya sabéis— para observar las operaciones de restauración en primera persona. Dedicamos muchas, muchas horas de gran dedicación, horas largas y desinteresadas, a aquella búsqueda de iluminación hostelera antes de fijarnos en un asador, situado en el cercano Plympton, que tenía una plantilla excepcional. El otro aspecto interesante de aquel local, aunque muy lejos de nuestras aspiraciones para nuestras propias instalaciones, era que estaba muy bien gestionado. Y siempre hasta arriba de clientes. Había un continuo flujo de lugareños que acudían allí a comer, de forma que siempre había una cola de personas sonrientes que se extendía desde el restaurante hasta el bar. Aquello significaba que, para poder llevar a cabo nuestras labores de investigación con efectividad, teníamos que merodear por una parte del bar que estaba prohibida para todo el que no fuera un comensal, pero lo hacíamos de todas formas. Lo que me sorprendía era que cuando estaba de servicio un encargado llamado Mark, siempre nos pedían que nos moviéramos al cabo de unos cinco minutos. Al principio, quedaba satisfecho con nuestra excusa: «Estamos esperando a unos amigos», pero alrededor de nuestra cuarta visita, se echó a reír y nos preguntó: «¿Aparecerán alguna vez esos amigos suyos?» Mark estaba en todas partes: en la cocina, entre las mesas, tras la barra del bar, incluso plantándole cara a una pandilla de altísimos adolescentes que había roto una ventana la noche anterior. Nos caímos bien, le confesé que en realidad estábamos involucrados en una trama de espionaje industrial leve y le pregunté si le gustaría ayudarnos con el zoo. No quería dejar su trabajo, pero accedió a ayudarnos y elaboró algunas ideas simples para el menú. Todas ellas podrían prepararse de manera relativamente fácil recurriendo a proveedores de restauración de gran consumo. Tales proveedores le suministraban la comida a varios zoológicos muy conocidos. Yo había visitado algunos de ellos y probado su comida, y no estaba tan mal. Con una intervención mínima, podríamos limpiar el restaurante, ofrecer comida simple que nos ayudara a salir del paso durante el importantísimo mes de agosto, y después modernizar el local durante los meses de invierno, que eran más tranquilos. Aquello tenía pinta de ser un plan, pero un plan que me preocupaba. En aquel momento, contábamos con el dinero necesario para la reforma, pero nos estábamos quedando sin tiempo. Para cuando llegara el invierno, teniendo en cuenta el ritmo al que estaban desapareciendo los fondos, era bastante posible que nos hubiéramos gastado el dinero en otras cosas. Mark nos visitó en varias ocasiones, desbordante de entusiasmo, pero, debido a su trabajo a tiempo completo, sus sugerencias derivaban inevitablemente en un montón de trabajo que teníamos que hacer nosotros. A medida que las semanas avanzaban hacia la hora de la verdad, llegó el momento de decidir si nos quedábamos con la estrategia de contención o si nos arriesgábamos y orquestábamos una modernización total y una apertura «dura» que demostrara nuestros cambios radicales. Lo que necesitábamos era a alguien que se hiciera cargo del problema por entero, lo gestionara y lo convirtiera en una solución para los otros males del parque.

Y entonces apareció Adam. Yo estaba de mal humor el día en que lo conocí; estaba de pie junto al recinto de la nutria, en una enorme zona del parque que siempre había querido dedicar a los monos sin enjaular y a mi padre, Ben Harry Mee, que nos había suministrado los fondos para comprar el parque —aunque sin saberlo y de forma póstuma y (de haber estado vivo) a regañadientes, con toda certeza—. Quería más árboles tropicales poblados con pájaros de colores vivos, primates sociables en peligro de extinción corriendo en libertad y un modesto monumento en memoria de mi padre en algún lugar, la Selva Conmemorativa de Ben Harry Mee. Era lo último que habría esperado mi padre, pero yo sabía que, a pesar de su desaprobación ante la auténtica locura a la que se había dedicado el capital que él había reunido con tanto trabajo y con la intención de que se destinara a la futura seguridad de su familia, aquello le habría divertido discretamente. Me gustaba imaginármelo sentado, leyendo en un apacible claro de la selva, acompañado por el sonido de las cucaburras y las aves del paraíso, acosado por pequeños monos curiosos, hasta que al final cerrara su libro de golpe y exclamara: «¡Esto es totalmente ridículo!» Pero habría vuelto allí una y otra vez, y un día lo habríamos sorprendido dándoles de comer a los monos un alijo de algo que hubiera detectado que les gustaba comer.

Todo aquello estaba constantemente amenazado por las presiones internas del parque que pretendían dedicar aquel terreno a otros usos. La granja infantil interactiva tenía que ir en algún sitio, al igual que el centro educativo, que incluía un estanque; entre ambos se comerían al menos dos tercios de aquel espacio. Aquella mañana también había soportado un aluvión interminable de llamadas telefónicas procedentes de comerciales de vidrios de seguridad, de personas que querían realizar trabajos de marketing, publicidad y construcción, y de dos empresas que conocían un método —cuyo éxito garantizaban— para reducir los impuestos de nuestro negocio a cambio de un módico precio (ambos total y obviamente falsos). Asimismo, había recibido un flujo constante de llamadas a título personal provenientes, normalmente, de individuos que habían trabajado en el zoo con anterioridad y que querían recuperar sus viejos trabajos, siempre y cuando Fulanito y Menganito ya no estuvieran allí. Ya había tenido más que suficiente. Y entonces Duncan aparece por el camino en compañía de un hombre alto y de aspecto saludable llamado Adam. El joven me había enviado un correo electrónico una o dos semanas antes para ofrecerme sus servicios como director de restauración.

Por aquel entonces yo tenía la sensación de que la hostelería era una de las pocas áreas que nosotros controlábamos, más o menos (aunque estaba muy equivocado). «¿Qué? Sí, vale. Le echaré un vistazo a tu currículum.» Así, o con otras palabras igual de secas, debí de contestarle al principio, al mismo tiempo que tomaba nota mentalmente de que debía recordarle a Duncan que lo último que necesitábamos en aquel momento era un cambio de dirección. Pero Adam había convencido a Duncan. Su historia era que llevaba trabajando en la venta al por menor y en servicios al cliente desde que era muy joven y hasta hacía poco, en la treintena, cuando su padre había vendido el próspero Endsleigh Garden Center a una cadena nacional. Ambos se habían retirado para explorar otros caminos. En el caso de su padre, aquello había significado comprarse un biplano amarillo y abrir otro negocio en los climas más soleados del sur de Francia (¡mamón!). En el de Adam, había significado comprarse una bonita casa en la zona y abrir una tienda de productos orgánicos destinados al público más exigente en los terrenos del centro de jardinería.

Cuanto más profundizaba en el asunto, más sentido me parecía que cobraba aquello. Adam quería abrir el restaurante por las noches —tenía el porte del perfecto *maître*— y contaba con unas credenciales excepcionales en cuanto a la atención al cliente; además, conocía el mercado local y quería empezar en seguida. Tras una semana de titubeos, lo contratamos, y fue como si nos hubiéramos librado de un enorme peso en esa zona del parque. Adam quería lanzarse a por la reforma total, e inmediatamente se puso a pedir presupuestos a albañiles de fiar con los que ya había trabajado con anterioridad, a abrirse camino a través de los procesos administrativos con el consejo, e incluso sacó tiempo para hacer un curso de un día de duración que lo capacitaba para ser nombrado titular de la licencia del bar.

De repente, aquel hombre alto con el entusiasmo de un

cachorro, impecablemente educado y diplomático en todo momento, se convirtió en uno de nuestros activos más valiosos. Impertérrito ante la perspectiva de tener que equipar el restaurante, la tienda y la cocina al mismo tiempo, también dirigía una tienda de ordenadores y se mostraba impaciente por instalar un terminal de punto de venta (TPV) que nos proporcionaría información inmediata respecto al número de visitantes, a cuánto se gastaban y en qué (la fundamental estadística de gasto por persona que necesitábamos situar por encima de las cinco libras sin contar con el precio de la entrada), e incluso en relación a sus códigos postales para que supiéramos de dónde procedía nuestro mercado. Llegamos a confiar plenamente en Adam, y no sólo por su capacidad para solucionar problemas, sino también por su propensión a tirar de cualquier hilo suelto que viera, incluso si no le concernía a él directamente. «¿Puedo hacer una sugerencia?», decía inclinándose hacia delante como un *somelier* a punto de rescatar a un cliente ignorante de las garras de una carta de vinos complicada. Lo hacía cada vez que detectaba un problema que no se estaba atajando adecuadamente. Pero no, la característica de Adam que más me hacía confiar en él era su optimismo. Contar con alguien que decía: «Claro, no hay problema, me pongo a ello en seguida», en lugar de «Será caro, y tendrás que hacer X e Y antes, y eso será imposible», marcaba una gran diferencia. El optimismo fue, sin lugar a dudas, la principal contribución de Adam.

En una ocasión perdí bastante sangre, casi un litro, tras un accidente estúpido en una clase de artes marciales (caminé hacia delante cuando en realidad debería haber dado un paso atrás, y recibí un golpe de precisión en la nariz que hizo que algo reventara en el interior de mis cavidades nasales). Sentado en la sala de Urgencias, mientras chorreaba sangre abundantemente sobre unas cuantas bandejas de cartón comprimido, me fui debilitando poco a poco. Los hombres de corta edad con cortes de pelo a lo *skinhead* y narices sangrantes —sobre todo si han recibido la herida mediante algún tipo de violencia— tienen una prioridad bastante baja en Urgencias. Siempre hay algún accidente de tráfico o un infarto que va delante de ti, así que hasta que no empecé a perder la visión periférica y a verlo todo en blanco y negro no me puse en pie tambaleándome e informé a la enfermera más cercana de que estaba a punto de desmayarme; después me tendí de espaldas en mi camilla para hacer precisamente eso, desmayarme. De repente, me había convertido en una urgencia; apenas era consciente de la falange de profesionales médicos que se echaron encima de mí, al estilo de «Urgencias», armados con goteros y otros bártulos típicos de un tranquilizador botiquín. Katherine, que me había llevado al hospital, no ayudó mucho cuando susurró «Macizo», porque a la cabeza de la falange se hallaba un bronceado camillero australiano cuya bata blanca de media manga resaltaba sus musculosos antebrazos, tal y como ella se había encargado de señalarme repetidamente a lo largo de las dos horas anteriores. Justo en el momento en el que se me cerraron los ojos y comencé a perder la conciencia, me colocaron un goteo salino en el brazo y me pusieron varias inyecciones. La sensación que me produjo aquello fue extraordinaria. Era exactamente como conseguir saciar una enorme sed, con la única diferencia de que el alivio, en lugar de extenderse desde el estómago hacia el resto del cuerpo, provenía del brazo. Así fue como me hizo sentir que Adam se hiciera cargo del restaurante en aquella época tan difícil. Una pieza del rompecabezas en apariencia secundaria estaba contagiando todo el lugar de una renovada actitud positiva. El petrolero del parque estaba virando paulatinamente de posición antes de encallarse entre las rocas.

Otra de las cosas que aportó Adam y que me animó mucho fueron los albañiles, que eran muy buenos —bien equipados, trabajadores y versátiles—. Debo hacer una mención especial a Tim, el carpintero, un hombre pequeño pero de constitución perfecta. Era jefe de un pequeño equipo altamente cualificado que colocó el suelo de roble macizo de los trescientos metros cuadrados del restaurante, construyó un mostrador curvado basándose en un esbozo descuidado que yo mismo dibujé en tres minutos en el dorso de un sobre, y revistió el repugnante bar con las piezas sobrantes de roble sin salirse del presupuesto; y todo ello en alrededor de seis semanas.

Durante aquella época, llegaban materiales de construcción, los electricistas instalaban ojos de buey y el pladur iba ocultando poco a poco los acabados en remolino del techo —ese crimen decorativo contra la humanidad—. Se estaba puliendo el suelo, se estaba pintando, se estaban llevando a cabo trabajos de construcción y de acabado, todo ello cosas de las que yo sabía y que había visto hacer con anterioridad en muchas ocasiones, indicadores seguros de que se estaban realizando progresos. Cada vez que pasaba por el restaurante, me sentía bien y me enredaba en conversaciones con profesionales serios, expertos en campos de los que yo también sabía algo. Demonios, yo era un experto en bricolaje cuyos trabajos se publicaban oficialmente. Por fin era capaz de tomar decisiones fundadas sobre un tema que conocía en lugar de tener que aprenderlo todo desde cero, como un intruso. Siempre que tenía oportunidad, me unía a ellos en los trabajos, por lo general durante la hora del almuerzo (incluso los buenos albañiles tienen horas de comida, pero yo no era capaz de justificar aquel tiempo). Recuerdo que pasé una tarde muy feliz destrozando los deplorables azulejos de la pared de detrás del mostrador con un enorme martillo y un cincel de albañilería, y otra en la que utilicé una lijadora de banda para redondear los bordes del precioso revestimiento de roble del nuevo bar. Eran efímeras visitas a una vida más sencilla, pero siempre tenía que volver a la lucha general que se disputaba fuera de allí antes de lo que me habría gustado. Sin embargo, como todas las buenas acciones de bricolaje, fueron buenas para el alma.

Peter Wearden realizó varias visitas al parque durante los primeros días para ver cómo iban las cosas, aconsejarnos y, normalmente, soltarnos interminables montones de material muy poco apetecible —es decir, de lecturas fundamentales—, como por ejemplo abultados archivadores con títulos como: *Manual del secretario de Estado para la práctica en los zoológicos modernos* y *Manual de los foros zoológicos*. Aquellas lecturas, junto con la bibliografía sobre salud y seguridad y los formularios para las licencias de comida, bebida y ocio, son realmente importantes, pero no muy tentadoras. Son perfectas para recurrir a los párrafos más relevantes como ayuda para alguna solicitud o para conjurar rápidamente el sueño al final de un día difícil.

Pero un día me pasó algo que estuvo a punto de hacer que me echara a llorar: un ensayo de la publicación *Biologist* que trataba sobre por qué necesitamos los zoos. De verdad que casi podría haber roto a llorar. Las enormes carpetas de estupideces se sumaban sin más a la ya enorme y poco habitual para mí carga de trabajo; se unían al apremiante material procedente de bancos, abogados y acreedores, que ya era suficiente como para desbordar mi jornada. Pero, de repente, aparecía un ensayo académico que yo necesitaba leer y digerir como ayuda para futuras entrevistas en los medios de comunicación, comunicados de prensa o debates públicos.

Hacía quince años que había cursado un máster sobre periodismo científico en el Imperial College de Londres. Y, desde entonces, me había ganado la vida en mayor o menor medida traduciendo al inglés ensayos científicos idénticos a aquél, y otros muchos bastante más incomprensibles, para que se publicaran en revistas ilustradas y periódicos y, de vez en cuando, para emisiones radiofónicas o televisivas. Ver aquel ensayo me hizo sentir como en casa, mucho más que aquella mansión desvencijada en la que estaba sentado. Incluso la presentación, una fotocopia en blanco y negro en tamaño A4 y grapada, estaba en un formato que me resultaba muy familiar y muy útil para tomar notas a lápiz en el margen. Creo que, a lo largo de los últimos diez meses, no había echado un vistazo o siquiera pensado en un ensayo científico debido a la vorágine que había supuesto la adquisición del zoo. A pesar de que a aquellas alturas yo ya estaba bastante agotado mental, física y emocionalmente, al fin se me pedía que regresara (al menos un poquito) a un terreno conocido. Y aquel extraño rayo de optimismo no era tan sólo un recordatorio de cómo solía ser la vida, sino una señal de cómo podría volver a ser.

Una de las cosas que más me había atraído a la hora de comprar el zoo había sido la posibilidad de poder realizar investigaciones científicas y de escribir sobre ellas en periódicos, libros y revistas. Y aquel pequeño fragmento de ciencia —cuidadosamente doblado y guardado en mi bolsillo junto con el lápiz que pronto garabatearía sobre él— me recordó que aquello todavía era posible, una vez que hubiéramos solucionado el molesto asunto de tener que conseguir un préstamo de quinientas mil libras, gastárnoslo de la mejor manera posible para conseguir la licencia del zoo, de que nos concedieran la licencia a tiempo y, después, de que por las puertas del zoo entrara gente suficiente como para que pudiéramos pagar los intereses de dicho préstamo. Pan comido. Entonces podría pensar en proyectos de investigación.

Otra lectura científica muy grata que se interpuso en mi camino unas cuantas semanas más tarde fue el manual para la cría de la especie *Prionailurus viverrinus*, o gato pescador, de la ARAZP (Asociación Regional Australiana de Parques Zoológicos en sus siglas en inglés). Otro zoo, el de Port Lympne, mostrando una enorme confianza en nosotros —por supuesto, supeditada a que consiguiéramos la licencia—, nos había ofrecido una pareja reproductora de esos felinos de tamaño medio e increíblemente batalladores. Llegan a alcanzar los ochenta centímetros de alto y a pesar más de trece kilos, así que son más altos que un galgo inglés y más pesados que un staffordshire bull terrier... y bastante más peligrosos que cualquiera de ellos. Están clasificados como animales «peligrosos»; se sabe que en su Asia natal «se han enfrentado a jaurías de perros, se han llevado bebés e incluso han matado un leopardo». Y de acuerdo con la IUCN (Unión Internacional para la Conservación de la Naturaleza en sus siglas en inglés), están «casi amenazados». A pesar de estar a sólo una categoría de «preocupación menor», también están a sólo una categoría de «vulnerables», lo que los situaría en la Lista Roja de animales en peligro de extinción de la IUCN. Sin medidas continuas de conservación activa, es extremadamente raro que los animales desciendan en esa lista hasta donde dejen de estar bajo amenaza. Lo que tiende a ocurrir es que ascienden por ella hasta «en peligro», después hasta «en peligro crítico» y terminan por llegar inexorablemente a «extinto». Se va, se va, se fue.

Pero hay esperanza. Las medidas de conservación son efectivas. En 2006, el número de especies que ascendió en la lista hacia una categoría más crítica fue de 172, pero 139 descendieron hacia un estado mejor. Y hay otra categoría vital para los zoos: «extinto en libertad». Se sabe que algunos animales han salido de esa categoría, que está muy cerca de total e irrevocablemente «extinto», y que incluso han descendido a toda velocidad por la lista y han vuelto a reintroducirse en su hábitat hasta colocarse en «preocupación menor». Es una tendencia poco habitual, pero que va en aumento y, gracias a pioneros como Gerald Durrell, la comunidad zoológica se centra cada vez más en los programas de cría en cautividad. Éstos no siempre desembocan en la reintroducción en la naturaleza; por lo general, las especies se extinguen porque ya no existe el hábitat que necesitan para su preservación. Pero la cría en cautividad proporciona información útil para las medidas de conservación en los hábitats naturales que aún perduran, algo de lo que también los zoos se encargan cada vez más, puesto que revelan las necesidades específicas de los animales a la hora de reproducirse. Saber con exactitud cuáles son las condiciones que tienes que conseguir (en lugar de perseguir cosas que crees que se podrían necesitar) puede marcar esa diferencia crucial entre «en peligro crítico» y «extinto».

Los gatos pescadores son bastante complicados, porque son muy agresivos. A veces el macho mata a la hembra, lo cual no es un buen método para continuar con una especie. No se sabe lo que los induce a hacerlo, pero esas riñas de enamorados suponen una actitud extremadamente inadaptada. Pero en Port Lympne, y en Australia —de ahí la guía de cría australiana; el EEP (Programa Europeo de Especies en Peligro de Extinción en sus siglas en inglés) aún está esbozando el suyo—, y en muchos otros lugares de diferentes partes del mundo se han criado gatos pescadores con éxito. Y, con suerte, también se conseguiría en el Parque Zoológico de Dartmoor al cabo de no mucho tiempo. A medida que su hábitat vaya empequeñeciéndose debido a la invasión de la agricultura en el norte de la India, Birmania, Tailandia y Sumatra, si ascienden en la Lista Roja, al menos habrá varias poblaciones germen en cautividad por si vuelve a llegarles una oportunidad. Como mínimo, aún habrá gatos pescadores.

Aquello era trabajo científico directamente aplicable a lo que estábamos intentando conseguir sobre el terreno —que tuviéramos proyectos de ese tipo era incluso un requisito para conseguir la licencia—, así que absorbí con avidez todo el documento. El tamaño mínimo recomendado para sus recintos, por ejemplo, es de cuarenta metros cuadrados. Los australianos les habían dedicado ochenta y cinco. Nosotros podíamos darles ciento sesenta. ¿Por qué no? Teníamos espacio. Era mejor cuidar bien de pocas especies que apiñar un montón de animales dispares e infelices para satisfacer la cada vez menor capacidad de atención del público. Además, los gatos pescadores son criaturas soberbias, llamativas, que merecen un refugio por derecho propio. Sus manchas son como las de un gran gato atigrado cruzadas con las de un leopardo, todo ello sobre un fondo de pelaje oliváceo. Se sientan junto a los arroyos y observan los peces con atención hasta que algún desafortunado pasa por allí; entonces se sumergen en el agua lanzándose de cabeza y lo atrapan entre sus mandíbulas. Otros felinos, como los tigres y los jaguares, se meten en el agua, pero los gatos pescadores están especializados en ello; se zambullen como locos incluso cuando no están cazando, en apariencia indiferentes al hecho de que los gatos no hacen esas cosas. Estaba encantado de que fuéramos a conseguir un ejemplar tan exótico y valioso y, aunque aquél era un proyecto para un futuro (no tan lejano), mantuve el manual sobre mi escritorio, donde pudiera verlo, para que me sirviera de motivación.

Otra feliz consecuencia de que me facilitaran aquel ensayo fue que me llevó a descubrir de primera mano lo que ocurre «cuando los puercoespines se ponen chungos». Me encanta que los animales me den lecciones, algo para lo que, por suerte, este trabajo proporciona abundantes oportunidades. Una noche, no era capaz de dormir porque había tenido una «idea brillante» para los gatos pescadores. Los requisitos para la cría decían que, entre otras cosas, a esas pequeñas y extrañas bestias les gusta vivir cerca de corrientes de agua. Su hábitat pantanoso se está viendo muy reducido en toda Asia, puesto que lo están transformando en arrozales: mucha agua, pero no en movimiento. Nuestro parque rebosa de agua que baja de Dartmoor, y hay varios emplazamientos donde brotan ríos naturales. En ocasiones van a desembocar a uno de los dos lagos o a los fosos de alguno de los dos recintos que los tienen, pero a menudo se limitan a empantanar el terreno de zonas infrautilizadas. Si a esos ríos les dábamos forma de vías fluviales apropiadas, podríamos convertirlos en un rasgo distintivo del parque e incluso en una fuente (a pequeña escala, quizá para el alumbrado) de energía hidráulica. Además, beneficiarían a los gatos pescadores, cuyo recinto sería construido siguiendo el curso de una corriente viva.

Tenía una corazonada con respecto a cuál sería el mejor emplazamiento para todo aquello: en la zona que aún me gustaba llamar el campo de las jirafas, pero que ahora es el «campo de los pequeños felinos», que limita con el recinto de acceso público que contiene el lago de los flamencos. Allí era donde Owen quería el manglar para sus pájaros; el manual de cría decía que a los gatos pescadores también les encantan los mangles, que, de acuerdo con la IUCN, también están «amenazados». En aquella intersección entre los diferentes recintos, brota del terreno pantanoso un arroyuelo natural que se dirige hacia el lago entre zarzales y frondosas plantas exóticas. Hacia aquellas matas me encaminé a las tres de la mañana, llevando un casco con luz y cargado con un cuaderno. Quería hacer un estudio de viabilidad para un recinto serpenteante para gatos pescadores que terminara en una continuación de los mangles de Owen y sus pájaros en el lago de los flamencos (estaba claro que tendríamos que separar los mangles de los pájaros de los de los felinos, porque si no la vida de los primeros sería demasiado breve).

Tras aproximadamente una hora de mojarme los pies y arañarme los brazos, me marché convencido de que aquél era un lugar ideal a partir del cual trabajar para formar un pequeño río que, a su vez, discurriera por un recinto futurista para gatos pescadores. Permanecí un rato de pie en el campo y bosquejé unas cuantas ideas a la luz de mi casco. Luego me estiré y bostecé; supe que entonces podría dormir. Pero pensé que quizá me viniera bien dar un rodeo hasta la esquina superior del recinto de acceso público, donde vivían los puercoespines (otro recinto que necesitaba modernizarse pero que aún era utilizable, así que ocupaba un puesto bastante bajo en la lista de prioridades). Había entrado unas cuantas veces en el recinto de los puercoespines con diferentes cuidadores, en la última ocasión con Steve, el conservador. Lo había ayudado a trasladar unos cuantos fragmentos de madera fresca bastante grandes, puesto que a esos roedores con pretensiones les gusta masticarlos para mantener a punto sus incisivos —en continuo crecimiento y similares a los de un castor—. En todas aquellas ocasiones, el Señor y la Señora Puercoespín, como se les conoce, se habían mostrado reservados y se habían quedado en su casa mientras se limpiaba o se hacían reparaciones en el recinto. Eran de naturaleza tímida y acostumbraban a vivir de noche, por lo que nunca fue necesario cerrar con cerrojo la puerta durante nuestras incursiones en su patio trasero.

Aquella noche, con total tranquilidad, salté por encima de la valla para recoger algunas de las muchas púas que se les caían y que cubrían el suelo; a menudo se descomponían en la tierra antes de que pudiéramos recuperarlas. Las púas de puercoespín son unos objetos especialmente bonitos, casi como una especie de marfil políticamente correcto y legal. Algunas de ellas miden treinta centímetros de largo, son estrechas y poseen franjas perfectamente simétricas de color crema y marrón; otras miden tan sólo siete u ocho centímetros, en su parte más ancha son tan gruesas como un lápiz y son prácticamente monocromáticas. No hay dos iguales, pero sí comparten el rasgo de que todas terminan en una punta muy afilada con un pequeño garfio que permite que se te enganchen en la piel, cosa que yo ya había comprobado al limpiarlas bajo el grifo con demasiado poco cuidado. A veces se utilizan para la parte de arriba de los flotadores de pesca; en ocasiones, los calígrafos las emplean para montar plumillas; también se meten en jarrones para decorar. Antiguamente se vendían en la tienda del parque, pero al final los temores relacionados con la salud y la seguridad terminaron por impedirlo. Sin embargo, yo las recogía porque, si consigues una del tamaño adecuado, el extremo romo que estaba unido a la piel del puercoespín es un magnífico puntero para los teléfonos móviles modernos. Había perdido el puntero original y roto la última púa que utilicé para sustituirlo, una que había recogido del recinto, limpiado y cortado al tamaño adecuado.

Pero entonces me tocó a mí que me cortaran a medida. Mientras hurgaba tranquilamente entre la tierra, el Señor Puercoespín salió a toda prisa de su casa; sus púas erizadas resplandecían a la luz de mi casco. Me sorprendió lo activo que parecía estar, pero no me puse nervioso, ya que había estado en el interior del recinto en varias ocasiones sin sufrir ningún incidente. Pero aquello había sido a la luz del día, cuando el Señor Puercoespín tenía mejores cosas que hacer, como acurrucarse (con mucho cuidado, supongo) para dormir junto a la Señora Puercoespín. En aquel momento yo estaba en su terreno, en su jardín, a su hora, y aquello no le gustaba. Como no paraba de caminar agitadamente de un lado a otro, le di más espacio, con el resultado de que pronto me tuvo acorralado contra una esquina. Llegados a ese punto, me dio la espalda, se colocó a una distancia de aproximadamente tres metros, y entonces se volvió a toda velocidad blandiendo sus preciosas púas móviles como si del tocado de plumas de un piel roja se tratara. Antes de actuar, tuve el tiempo justo para percatarme del alcance de su disgusto y de las inaceptables consecuencias que acarrearía el quedarme donde estaba. De repente, me encontré caminando de espaldas en la oscuridad, trepando a la verja y cayéndome de culo sobre un grupo de ortigas al otro lado de la misma. Las ortigas se me colaron por debajo del jersey y me picaron por todas partes antes de que pudiera escabullirme de allí. ¡Ay, ay, AY! Me puse en pie y me eché a reír con aprecio renovado por aquel minúsculo acerico animal. Me había dado una paliza una criatura que, técnicamente, era un roedor elaborado. Señor Puercoespín, 1; Señor Director del Zoo, 0. Un respeto.

Tony Tourette

Me presentaron a Tony quizá una semana después de la muerte de Katherine, mientras paseaba por el parque con los niños. Fue antes del funeral de mi esposa y todo el mundo me estaba dejando mucho espacio, pero un par de miembros del equipo de rodaje que me había seguido como una sombra desde el momento de la compra del zoo —y con el que había acordado que se quedarían hasta el día de la apertura (si es que llegaba en algún momento)— se acercaron con cautela y me dijeron que había alguien, si me sentía con ánimo para ello, a quien debería conocer. Habíamos alquilado una excavadora, una máquina JCB de tamaño estándar, y el operario, Tony, que llevaba más o menos una semana en el parque, le había causado una buenísima impresión a todo el mundo. A los cuidadores les caía bien, a los chicos de mantenimiento les caía bien, al equipo de rodaje le caía bien, y además era capaz de manejar la excavadora como si fuese una extensión de sí mismo. Despejaba enormes franjas de matorral y zonas llenas de escombros con gran eficacia, luego trasladaba los deshechos a áreas aparentemente inaccesibles con la gracia de una bailarina y, sin dañar nada, desplegaba el enorme contenedor de media tonelada de capacidad con el brazo mecánico hasta realizar un procedimiento lo suficientemente delicado como para hacer temblar a un cirujano cardiovascular. Vamos, que sabía manejar una excavadora. Y también sabía manejar a la gente, y a aquellas alturas comenzaban a surgir ciertos problemas personales.

La nueva plantilla no se llevaba demasiado bien con el personal antiguo, a quienes miraban con desconfianza porque podrían haber sido colaboradores potenciales de las supuestas transgresiones del antiguo régimen, sobre las que corrían todo tipo de rumores en el mundo del zoo. Ninguno de los nuevos empleados había trabajado jamás en un lugar así, que era bastante parecido al salvaje oeste en comparación con los prístinos entornos reglamentados entre cuyas filas habían desarrollado sus carreras. Pero Tony sí había trabajado en lugares así. A lo largo de sus diecisiete años como operario de una excavadora de alquiler, había estado en sitios mucho peores, así que no ocultaba sus deseos de que lo contratáramos a jornada completa. Y nosotros necesitábamos un jefe de mantenimiento. John era polivalente y capaz de construir o reparar casi cualquier cosa sin apenas gastar nada, pero, como él mismo admitía, el papeleo no era su punto fuerte. Teníamos que tener a cargo a alguien que pudiera arreglárselas con los formularios de pedidos, que archivara los recibos y que manejara el presupuesto —tareas inherentes a la dirección de un ajetreado departamento de mantenimiento en un zoo moderno—. Hablé con John, que me contestó: «Si ese tío quiere el puesto, yo respondo por él y estaré encantado de trabajar a sus órdenes», cosa que me pareció muy positiva. Tony también tenía formación como mecánico, soldador y tirador, y además era entrenador ayudante de tiro con arco olímpico y estaba dispuesto a dar clases en el parque en caso de que hubiera demanda. Como durante aquellos días yo no había estado muy informado de los asuntos del parque, le pregunté su opinión a varias personas y la respuesta fue unánime: todo el mundo quería a Tony, y yo también. El equipo de rodaje me preguntó si podían grabarme desde lejos mientras hablaba con él y lo contrataba, así que mantuvimos una entrevista informal junto a la JCB. Durante la misma, lo tanteé y me aseguré de que su forma de tratar con la gente encajara con nuestras necesidades; a continuación, lo contraté con un apretón de manos. Tony se convirtió de inmediato en un inestimable miembro del equipo, capaz de animar a la gente, de darle un empujoncito cuando lo necesitaba y de hacer uso de sus habilidades técnicas con gran eficacia.

Y cuando se incorporó, se hizo evidente que Tony tenía otra destreza especial: decir tacos. Durante el tiempo que yo mismo había pasado trabajando a pie de obra, hacía muchos años, me había dado cuenta de que los tacos a mansalva eran básicamente el dialecto con el que funcionaba el mundo de la construcción. Se encuentran incluso en la terminología. Llaman «mierda» al cemento; no hay nada que «no esté recto», sino que «está pedo». Los tacos se emplean incluso como muletillas cuando alguien no sabe qué decir, como en un ejemplo que recuerdo de mi primer día en un curso formativo de albañilería. El hombre que trabajaba a mi lado me preguntó: «¿Puedes pasarme el... eh... puto... el... eh, puto, el puto martillo?» Aquello parecía ser lo más normal: aproximadamente una de cada tres o cuatro palabras era algún tipo de barbaridad. Tony, como viejo veterano del asunto y ex soldado, había aumentado su ratio de tacos a una de cada dos palabras, aunque en ocasiones decaía a una de cada tres.

La forma de hablar de Tony no es tan sólo grosera, sino que está verdaderamente plagada de improperios. Pero si las aceptas y las escuchas con detenimiento, algunas de sus alocuciones cuentan incluso con un cierto tono poético. Una vez, me abordó para compartir conmigo su preocupación acerca de que nuestra estrategia de publicidad debía ampliarse y no limitarse a los medios escritos. Lo que me dijo en realidad fue: «No todos los cabronazos leen el puto periódico. Salí en el puto periódico el otro día, y pensé, jódete, ahora todo el mundo se va a descojonar de ti. Que me jodan si lo ha hecho alguien. Pensé, joder, vaya mierda.» Quizá no sea el Parnaso de la Poesía, pero es expresivo, sin lugar a dudas. Lo bautizamos como «Tony Tourette» (o, en ocasiones, «Puto Tony» a secas) para distinguirlo de «Tony Quiosco», que llegó más tarde, y él se autoproclamó «presidente del Club Tourette del PZD».

Antes de que Katherine muriera, yo estaba al pie del cañón, escuchaba a todo el mundo, intentaba construir puentes, y trataba de asegurarme de que todos continuaran dialogando. Tras la muerte de mi esposa, con el tiempo, volví a la primera línea. Observaba desde cerca, pero parecía estar a kilómetros de distancia, ya que ni siquiera era capaz de reunir la energía necesaria para sentir desprecio hacia las discusiones patéticas que cada día me demostraban que incluso Milo y Ella hacían gala de una mayor conciencia de su comportamiento. Había tanto que hacer y una línea de trabajo tan clara y directa que seguir que desperdiciar tal cantidad de energía en cuestiones insignificantes parecía un delito. Todas las personas con las que hablé que tenían alguna experiencia en la dirección de empresas me aseguraron que el personal siempre era una fuente continua de dolores de cabeza, pero desde mi posición de distanciamiento extremo me daba la sensación de que aquello, en última instancia, era un delito contra los animales. Aun así, cuando surgía cualquier tipo de crisis, toda minucia se dejaba a un lado y todos trabajábamos unidos con una profesionalidad resuelta y práctica. Como el día en el que vinieron a llevarse a los dos jaguares hembra y todo estuvo a punto de irse al garete.

Un día, bastante temprano, llegó el momento de trasladar a los dos jaguares hembra. Se trataba de una ocasión trascendental para nosotros, puesto que era algo que habíamos acordado con Peter Wearden en el consejo y también con Mike Thomas, así que sabíamos que la comunidad zoológica al completo estaba pendiente de nosotros. Aquello nunca habría podido ocurrir bajo el antiguo régimen y, a pesar de que para nosotros era una píldora amarga de tragar, las dos preciosas hembras iban a un parque construido a propósito para exhibir grandes felinos, donde vivirían en un recinto completamente nuevo. El parque pertenecía a un miembro sénior de BIAZA, quien también desempeñaba las funciones de director. Estábamos forjándonos una reputación. Los jaguares estarían en mejores circunstancias... y nosotros también sin el constante riesgo de que se escaparan. Según lo que decía la gente, quizá incluso en algún momento consiguiéramos hacernos con unas cuantas cebras a cambio de los felinos. Y cuando termináramos con la operación, los cuidadores podrían demoler la destartalada y odiada casa de madera de los jaguares, algo que llevaban mucho tiempo queriendo hacer.

Una o dos personas habían planteado la posibilidad de que vendiéramos los jaguares hembra, valorados en varios miles de libras cada uno, a algún coleccionista privado que pudiera quedárselos sin problemas legales y que contara con las instalaciones adecuadas según la Ley de Animales Peligrosos. Por mucho que necesitáramos el dinero, también queríamos hacer lo correcto. Sometidos a un escrutinio tan riguroso, aquél no era el momento de saltarse el guión. Además, yo también tenía muchas ganas de ver cómo trabajaba otro equipo de un zoo consolidado y de prestigio, el Zoo de Thrigdy Hall, en Norwich... y al principio no me sentí defraudado.

A nuestro parque llegó una furgoneta blanca e inmaculada, exactamente igual a la que podría haber llevado un fontanero (sólo que aquellos tipos llegaron a la hora en que dijeron que lo harían). De ella bajaron dos guardabosques con el pelo gris, vestidos de verde de arriba abajo a excepción de sus viejas botas marrones, los obligatorios sombreros gastados de Indiana Jones y las cartucheras de cuero que colgaban de sus cinturones. Sus rostros curtidos por la intemperie y sus uniformes hacían que parecieran formar parte del bosque que rodeaba la casa de los jaguares, casi como si estuvieran cubiertos de musgo o como si una curruca fuera a salir volando de una de sus barbas. Al igual que Bob Lawrence, el hombre que había bajado desde las Midlands para dispararle un dardo a *Sovereign*, aquellos guardabosques tenían pinta de haberlo visto ya todo y de ser capaces de enfrentarse a cualquier cosa.

Así las cosas, nos sorprendimos cuando sacaron de la parte trasera de la furgoneta unos baúles de madera, puesto que no parecían cumplir ni de lejos con los requisitos para contener jaguares. Rob, como cuidador jefe, les planteó la cuestión. «No os preocupéis, hemos trasladado innumerables jaguares en estas cajas», nos tranquilizaron. Uno de los baúles era más nuevo que el otro; estaba hecho de un contrachapado marino muy resistente y fue el que se utilizó en primer lugar. Lo colocaron dentro de la casa de los jaguares, contra la fuerte puerta de acero que daba acceso al recinto; lo anclaron con unos listones enormes para impedir que se moviera en caso de que el primer animal no entrara limpiamente o comenzara a revolverse; Kelly llamó al jaguar hembra prometiéndole, como siempre, que le daría comida en la casa; se levantó la verja, la felina entró de un salto y la puerta de la caja se cerró tras ella. Así de sencillo. El baúl no contaba con ventanas, pero sí con una puerta de malla metálica muy tupida para que le entrara luz. Llevamos la caja hasta la furgoneta y la cargamos en ella, como si fuéramos unos operarios de mudanzas trasladando un baúl lleno de loza... Tuvimos que tomárnoslo con calma, pero no hubo ningún problema. La única diferencia era que tenías que estar muy pendiente de mantener los dedos alejados de la malla de la puerta, si no querías que te los arrancaran y se los comieran en un momento.

La facilidad de aquel traslado nos dio confianza pese a que la segunda caja parecía menos apropiada que la primera. Tenía una ventana de treinta centímetros cuadrados más o menos en el panel del tejado. Ésta estaba protegida por dos capas de malla metálica, una en la parte exterior y otra en el interior. La caja también estaba hecha de contrachapado marino, aunque en este caso el material estaba mucho más viejo y deteriorado. Una vez más, Rob volvió a expresar sus dudas, concretamente en relación a la resistencia de la malla metálica de la ventana, que parecía estar abombada y era menos tupida que la de la puerta anterior. «¿Estáis seguros de que estos baúles no son para pumas?», preguntó. Pero lo tranquilizaron de nuevo, en aquella ocasión con cierto tono malhumorado, diciéndole que todo estaba bajo control. Lo consultamos entre nosotros y decidimos conceder a los guardabosques el beneficio de la duda, incluso a pesar de que los jaguares son mucho más fuertes que los pumas —más fuertes que los leopardos—, y de que tienen el ratio peso por fuerza en la mandíbula más elevado de todos los grandes felinos. Eso los hace capaces de atravesar con los dientes las conchas de las tortugas y de cazar presas grandes, como ciervos (y, con un poco de mala suerte, hombres) perforándoles el cráneo directamente con sus caninos. Estaba claro que no queríamos que se escapara de la caja.

Se siguió el mismo procedimiento de alineación y fijación de la caja. Kelly llamó al otro jaguar hembra, que, ansioso por conseguir alimento, entró en seguida de un salto. La puerta se cerró tras ella. Y entonces todo empezó a ir mal. Se trataba de la hermana gruñona, y aquel encierro no le resultaba agradable en absoluto; tampoco le gustaba que la hubiéramos engañado, ni que la observáramos a través de la ventana del panel del techo. De inmediato, comenzó a agitarse y a revolverse con esa fuerza casi sobrenatural de los animales salvajes. Utilizaba su principal arma, esas asombrosas mandíbulas, contra la malla que nos separaba. Por desgracia, la primera capa empezó a ceder muy pronto. Aquellos dientes, los ojos centelleantes, los sonidos guturales y primarios que brotaban de la caja —me alegré al notar que ésta se sacudía pero no se abría—, me recordaron de repente a la escena del principio de *Parque Jurásico*, en la que una enorme criatura ejerce una fuerza mucho mayor de la esperada contra el espacio que la contiene. En esa escena muere una persona y, aunque en aquel momento todavía nos encontrábamos muy lejos de aquella posibilidad, terminaría por surgir si no actuábamos correctamente durante los minutos siguientes. De hecho, en el peor de los casos, tendríamos que abrir sin más la puerta de la caja y dejar que el jaguar regresara al recinto, lo que haría que los hombres de los bosques tuvieran que volver otro día. Pero si seguíamos retrasando el asunto, daba la sensación de que el animal podría salir por la ventana de un momento a otro y plantarse en medio de todos nosotros; en ese caso, lo más probable sería que no le resultara atractiva la idea de volver a su recinto. Antes de que ocurriera aquello, las cuatro o cinco personas que se encontraban en la casa de los jaguares podrían marcharse a tiempo y cerrarla —si no, John y su formidable habilidad con las armas tendrían que disparar, cosa que no supondría un buen desenlace—. Cabía la posibilidad de que aquel plan saliera mal en algún punto —una vez más, esos hechos desconocidos que desconocemos—, así que teníamos que actuar con decisión para minimizar los riesgos para las personas y para el animal, que podía llegar a herirse si continuaba mordiendo la malla metálica.

El tiempo se acababa y cada segundo era precioso, había que aprovecharlo al máximo para realizar un serio análisis grupal de la situación. Si la primera malla caía, abriríamos la puerta que daba al recinto y saldríamos de la casa cerrando la puerta tras nosotros. Sin embargo, antes de que ocurriera aquello, teníamos tiempo –según nuestros cálculos– para reforzar la ventana y que el traslado pudiera continuar tal y como estaba planeado. Aún no era un Código Rojo total, pero contaba con todos los ingredientes necesarios para convertirse en uno.

Alguien sugirió que deslizáramos listones de metal bajo la malla metálica superior y que los sujetáramos con los cierres atornillados que la mantenían fija, así que eché a correr hacia el taller, que por suerte tan sólo estaba a unos cuantos metros de distancia. Me acompañaban Paul y Andy Goatman, el joven matarife, que había ido a entregar un pedido y con quien siempre es bueno contar en tiempos de crisis. El hecho de que el taller ya estuviera operativo, al menos hasta cierto punto, ayudó. Paul en seguida encontró unos cuantos listones de metal apropiados y comenzó a cortarlos a la medida justa con la amoladora de banco de trabajo que acabábamos de recolocar... casi nuestra única herramienta. Andy y yo hurgamos entre la mezcla de viejas herramientas agrícolas del desván en busca de un gancho o de algo que pudiéramos convertir en un gancho y que pudiera levantar la malla del tejado de contrachapado e introducir los listones debajo de la misma sin que nos arrancaran un dedo. Creo que al final utilizamos uno de los listones, manipulado en un extremo para crear un gancho, y que nos resultó muy útil. Alguien fuerte lo enganchó en la malla, la levantó los milímetros necesarios, y así pudimos introducir los listones uno a uno. Mientras iban entrando, la escena de *Parque Jurásico* todavía me rondaba la cabeza, pero el jaguar hembra se fue calmando poco a poco, y nosotros también. Cuando dejó de entrarle luz, el animal paró de revolverse, aunque continuó emitiendo aquellos gruñidos graves e inquietantes. Los guardias forestales dijeron que aquello no les suponía un problema, de modo que cargamos la caja en la furgoneta sin más incidentes.

Mientras se alejaban por el camino de entrada, me maravillé al pensar que si aquella furgoneta blanca en particular sufría una colisión trasera las consecuencias podrían ser potencialmente horribles para el desprevenido conductor medio, puesto que liberaría a dos depredadores de peso medio extremadamente inquietos que irían a parar al capó de su coche. Se había alertado a la policía armada de la ruta que seguirían, pero su tiempo de reacción, medido en minutos, no serviría de mucho a la hora de tranquilizar a las personas ya posiblemente heridas en el escenario del accidente. Pero aquello ya no era nuestro problema. En verdad, las nueve horas de viaje transcurrieron sin complicaciones, los dos jaguares hembra fueron trasladados con éxito a un entorno mucho más apropiado y nosotros nos quedamos con un recinto tranquilo y vacío que hasta entonces había sido una fuente de gran preocupación.

Durante la crisis, con la caja del felino tambaleándose a nuestras espaldas, había bromeado con Andy diciéndole que si tenía por ahí alguna pistola de sobra aquélla podría ser una buena ocasión para usarla. Después, mientras todo el mundo recogía, Andy me mostró que en medio de aquel caos se había metido en el bolsillo de los pantalones su revólver .357 Magnum. Se utiliza para matar cabezas de ganado que superen cierto tamaño, y cuatro de las seis recámaras deben estar obturadas por ley, porque si no eres capaz de matar un buey con dos tiros de esa arma es que te has equivocado de trabajo.

Aquellas dos enormes balas en manos de alguien capaz de controlar los nervios fueron, retrospectivamente, muy tranquilizadoras para mí. Me gustaba el hecho de que, en caso de que las cosas salieran mal, hubiera personas equipadas y capacitadas para intervenir. Si por algún motivo todo hubiera salido del revés y John hubiera cometido un error en un momento tan crítico, era bueno saber que contábamos con una persona como Andy.

Oficialmente, Andy no había sido nombrado agente con permiso de armas para el parque, así que el procedimiento correcto en caso de que la felina hubiera conseguido zafarse de nosotros habría sido notificárselo a la policía, cuya unidad con permiso de armas más cercana está a unos ocho kilómetros de distancia. Prefería saber que teníamos respaldo sobre el terreno, pero aquél era otro mundo absolutamente nuevo para mí: armas de verdad, y grandes, que se utilizaban en los procedimientos rutinarios del trabajo diario. Con las armas viene el peligro, tanto en su manejo como en la naturaleza de los motivos por los que debes usarlas; si necesitas pistolas, debe de estar ocurriendo algo bastante fuerte.

Me llevé a Andy a un rincón y le pedí que me mostrara su revólver. Se lo sacó del bolsillo, comprobó el seguro y me lo colocó entre las manos. Era una .357 Magnum de acero macizo con un cañón de tres pulgadas, un icono de innumerables películas de asesinatos y polis. Aquel ejemplar estaba un tanto maltratado y bastante usado, puesto que se utilizaba como herramienta agrícola. De hecho, parecía una herramienta, pero de ingeniería de precisión, incansablemente resuelta. Por más que me asustara, me di cuenta de que para llevar a cabo aquel trabajo como era debido tendría que sacarme una licencia de armas. Confiaba en mi capacidad de disparar a un tigre que estuviera suelto sin que me entrara el pánico (hasta después), y necesitábamos toda la protección que pudiéramos conseguir. También tomé nota mentalmente de que nunca debía meterme en una discusión con Andy Goatman.

Licencia para sacrificar

Cuando llegamos al parque en octubre, los monos vervet estaban en guerra —encerrados en una jaula minúscula con el suelo de hormigón y unos cuantos trozos de cuerda vieja cubiertos por años de mugre—. El macho alfa estaba marginando a dos machos adolescentes bastante agresivos por no mostrarle el suficiente respeto, y también a causa de cierto rencor preventivo por su parte. Corrían el riesgo de sufrir graves daños si permanecían en un recinto tan pequeño con él. Tratamos de encontrarles otro hogar, pero nadie los quería. Los vervet son bastante comunes —de hecho, en Sudáfrica están clasificados como plaga—, así que es muy difícil reubicar a dos machos jóvenes y alborotadores en los zoológicos occidentales. El proceso de examen ético —según el cual el veterinario, el consejo, un empleado sénior de otro zoo y unos cuantos de nuestros propios empleados se reúnen para debatir la mejor línea de acción— llegó a la conclusión de que deberíamos recurrir a la eutanasia: básicamente, que teníamos que llevárnoslos a algún sitio y pegarles un tiro en la cabeza.

«Me niego rotundamente», dije. Era el único no profesional del zoo, pero mi voto era el decisivo. Me di cuenta de que todos pensaban «Ya aprenderá», pero estaba resuelto a que aquellos dos monos no murieran en aras de nuestra conveniencia. Si era necesario, construiríamos otro recinto, una idea que resultó ser un fracaso absoluto, puesto que mermaría los recursos destinados a otros animales más exóticos que quizá pudiéramos conseguir en el futuro. Reubicamos de manera temporal a los dos monos en las enormes naves hechas de bloques de hormigón que se conocían como Conway Row. Eran parte de los requisitos obligatorios para obtener la licencia que nos permitiera alojar pájaros de presa «en activo», ya que dichos animales necesitan cambiar las plumas con comodidad. Dado que no teníamos ninguna ave de esas características —hacía mucho tiempo que nuestras águilas, búhos reales y *Coco*, el carancho, se habían retirado del deber público—, aquellas enormes naves —cuatro cámaras adosadas grandes— estaban vacías. Preparamos una de ellas para que fuera «a prueba de monos» y la cubrimos con unas cuantas ramas y con paja para que fuera más cálida; atrapamos con una red a los dos monos adolescentes excluidos, los trasladamos en cajas para gatos y los soltamos en su nuevo hogar. No era ideal, y además me suponía un nuevo frente de batalla en el que resistir contra la opinión ortodoxa... Y, dadas las circunstancias, tenía la sensación de que aquello era caminar en terreno pantanoso.

Pero al menos no mataríamos a los monos, y yo estaba absolutamente convencido de que mi forma de ver el asunto era la correcta. Aquella situación me hizo tomar plena conciencia de que, aunque respetada y siempre bien intencionada, la opinión de la comunidad zoológica no era siempre acertada, de manera que, si me sentía moralmente obligado, podía y debía desafiarla. Lo último que quería hacer era dar la impresión de ser un inconformista principiante que se negaba a escuchar a los profesionales experimentados que lo rodeaban, pero había ciertas cosas a las que simplemente pensaba que tenía que poner límites. «Esos monos se interponen entre tú y tu licencia», me dijeron en numerosas ocasiones todas las fuentes en las que más confiaba. Pero yo contrarrestaba sus argumentos con ideas acerca de dos comunidades separadas de monos vervet en zonas distintas del parque que nos permitieran estudiar, por ejemplo, las diferencias que surgieran en sus dialectos. Daba la casualidad de que acababa de publicarse un estudio sobre las diferencias dialectales en las llamadas de los monos vervet, así que pude argüir que podríamos mantener a un grupo en su ubicación habitual, al mismo tiempo que creábamos otro en un punto donde no pudieran oírse y que estaría expuesto a diferentes estímulos. Como por ejemplo, a los sonidos de las águilas, que podrían volar por encima del recinto de los monos. Aquello enseñaría a los traviesos alborotadores adolescentes a formar su propio grupo y a seguir adelante con el programa.

Puede que suene cruel, pero para los monos vervet es habitual estar expuestos varias veces al día a predadores procedentes del suelo, de los árboles –en forma de serpientes– y del aire. Es un entorno típico de su especie. Ésa es la razón por la que han desarrollado llamadas claramente diferenciadas para señalar a los predadores que vienen de las alturas –reclamo que provoca que todo el grupo se ponga a cubierto–, o del suelo –en cuyo caso se produce un éxodo masivo a los árboles–, o que indican que hay una serpiente en un árbol –para que todo el que necesite saberlo se entere de que hay que bajar a tierra–. Actualmente, se están investigando tales llamadas

–su frecuencia, precisión y matices dialectales–, así que al mantener dos poblaciones de monos vervet en el mismo parque y exponerlas por separado a diferentes estímulos, había muchas posibilidades de que pudiéramos contribuir al estudio con algún dato útil. No obstante, lo más importante para mí era que habíamos heredado aquellos monos y que de ninguna manera íbamos a matarlos sin más porque los «expertos» nos hubieran dicho que era «lo mejor para ellos».

Aquel argumento cayó en oídos sordos, pero se acató tácitamente. A falta de fondos para crear un segundo recinto para monos, alimentamos, dimos de beber y alojamos a los dos vervet en Conway Row a lo largo del invierno y la primavera de 2007. Cuando en abril salí de mi encierro para comenzar a trabajar en el parque de nuevo, alimentar y cuidar de aquellos monos aún formaba parte de la rutina de los cuidadores, pero éstos seguían desaprobando rotundamente la idea, sobre todo los séniores, porque los júniores continuaban trabajando sin descanso para encontrarles un nuevo hogar. Parecía que no había forma de conseguir una licencia de zoo si el inspector descubría que manteníamos aquellos animales fuera de la exhibición y en un recinto que no estaba construido para aquel propósito. Cada una de las naves de Conway Row era casi tan grande como el recinto en el que se había quedado el resto del grupo de los monos, y, además, en el interior tenían ramas por las que trepar y una ventana con vistas a las colinas y los árboles que ocupaba toda la pared frontal. Pero no podían quedarse allí para siempre. Con la cantidad de trabajo que teníamos que hacer para poner el zoológico a punto para la inspección, era imposible construirles en aquel momento un nuevo recinto, así que se fijó la fecha de la eutanasia para una semana antes de la visita del inspector. El asunto levantó ampollas entre los cuidadores con más experiencia, quienes opinaban que no debían tenerse animales alojados en recintos no apropiados para tal efecto y que yo simplemente estaba tratando de aplazar lo inevitable y prolongando su sufrimiento.

Pero resultó que unas cuantas semanas después, muy cerca ya de la fecha de la inspección, apareció inesperadamente una pequeña reserva de monos muy bien gestionada que estaba dispuesta a llevárselos, así que, después de todo, los monos vivieron felices para siempre. Me sentí vindicado y mi nivel de confianza en mi enfoque global —que consistía en escuchar todas las opiniones de los expertos y después tomar la decisión que requiriera de la menor intervención posible en el delicado ecosistema del parque (en el que se incluían todos los animales y el personal que habíamos heredado)— creció un punto.

Al principio daba la sensación de ser un tema constante; tenía la impresión de que desde todos los flancos se me invitaba a sacrificar continuamente tanto animales como personal. Varios de nuestros más tempranos consejeros nos habían recomendado hacer limpieza tanto de la mayor parte de los animales (para rediseñar la colección desde cero) como de la plantilla. El problema que arrastrábamos con los lobos había desembocado en una orden del consejo para que matáramos a tres de ellos y redujéramos la superpoblación, pero yo me resistía a cumplirla. Y además de los monos, había dos tigres en el punto de mira, uno que sufría una enfermedad renal crónica y otro que simplemente era muy viejo. Lo mismo ocurría con la vieja guardia de los empleados, pues desde diferentes frentes me los presentaban una y otra vez como candidatos obligatorios al despido. Pero yo no quería hacer algo así. Estaba en juego un principio rector: no habría ni muertes de animales ni despidos si yo podía evitarlo; y para conseguir lo que necesitábamos se interferiría lo menos posible en todo lo que habíamos heredado. Como en todo ecosistema, todos y cada uno de los elementos eran interdependientes, y hasta que comprendiéramos cómo encajaban exactamente era estúpido presuponer que podríamos realizar cambios radicales sin sufrir consecuencias imprevisibles.

Incluso el hecho de trasladar animales «inconvenientes» debía ser tratado con cautela. A pesar de que se habían encontrado hogares provisionales para la mayor parte de los animales durante el largo proceso de venta —y ésas eran las bestias que se nos sugería que reubicáramos para establecer una nueva identidad—, tenía la sensación de que era fácil que nos excediéramos y de que la mayoría de los animales podrían ser muy felices donde estaban. A parte de eso, la gente de la zona tenía sus preferencias; a menudo llamaban por teléfono para preguntar si las nutrias, o los zorros, o los linces, o los pumas seguían en el zoológico, porque entonces, cuando abriéramos, volverían a verlos.

Y luego estaban las presiones para que cambiara la plantilla. Debido a su tremenda devoción por los tigres y a sus esporádicas incursiones en el terreno de la sensiblería, Kelly y Hannah, que habían permanecido al lado de los animales durante épocas extremadamente difíciles, recibían el apelativo de «abrazaconejos» por parte de reputadas figuras del mundo del zoo con las que yo estaba en contacto. Ese término despectivo se aplica a los aspirantes a cuidador que no entienden la dura realidad que conlleva dicho puesto de trabajo. Pero, eh, tampoco las comprendía yo y se había demostrado que tenía razón en lo de los monos (y más adelante sucedió lo mismo con los lobos y los tigres... y con la mayor parte del personal por el que di la cara). Cuando miraba a Kelly y a Hannah, veía a cuidadoras entregadas, quizá sin títulos académicos, pero eran receptáculos de sabiduría absolutamente inestimables en lo relativo a nuestros animales, a los que habían cuidado durante varios años en circunstancias a menudo intolerables. Eran leales (más a los animales que a nosotros) y muy trabajadoras, así que iba a quedarme con ellas y a hacer que recibieran formación.

Otro miembro de la plantilla que estuvo unas cuantas veces en el punto de mira fue Robin. El encantador Robin, a quien vi por primera vez cuando nos desafió a Nick Lindsay y a mí durante aquel primer paseo formativo por el parque, era difícil de encasillar. Había trabajado en el parque como cuidador de aves y de reptiles, y también como diseñador gráfico; durante los últimos años, Ellis Daw lo había utilizado como ayudante personal para escribir sus memorias. A lo largo de los dos años anteriores, aquello había consistido en gran parte en un hurgar entre cuatro décadas de polvorientos periódicos y revistas locales en busca de noticias que mencionaran el parque. Robin había emprendido la tarea con diligencia, pero creo que no me equivoco si digo que lo había desgastado. Cuando Duncan conoció a Robin, después vino a hablar conmigo y me dijo: «Creo que Robin sufre depresión clínica.» Durante nuestro primer o segundo día allí, Duncan se había acercado a Robin, que seguía procesando viejos periódicos, y le había preguntado qué estaba haciendo. Tras escuchar la explicación, mi hermano le puso una mano sobre el hombro al pobre hombre y le dijo: «Ya puedes dejarlo. No tienes que seguir haciéndolo.» Robin, que sujetaba entre los dedos una página a medio pasar, tardó un buen rato en asimilar la enormidad de aquellas palabras, y nosotros bastante más todavía en descubrir dónde podríamos emplearlo provechosamente.

Resultó que Robin tenía muchas destrezas útiles que pronto salieron a la luz. La primera de ellas estuvo relacionada con la gestión del papeleo concerniente a la solicitud de la licencia. Le ofrecimos hacerle un hueco en el despacho para que trabajara allí, pero él prefirió instalarse en una mesa al lado del restaurante. Pese a que era una habitación horrible, era espaciosa y tenía buenas vistas y luz natural, cosas con las que no contaba el despacho. Progresaba con su nuevo trabajo a su propio ritmo, que no era frenético, pero sí eficiente, y todos los días exactamente a la una paraba para disfrutar de su media hora de descanso para la comida con su termo y su radio.

Ahora bien, un día, bastante al principio de todo, Katherine, acompañada por mi madre y Jen, la esposa de Mike Thomas, había decidido —con esa resolución propia de las mujeres fuertes— hacerse cargo personalmente del asunto del restaurante, un enorme espacio abierto para trescientos comensales que estaba lleno de viejas vitrinas de formica para poner folletos, de los restos desperdigados de dichos folletos, de montones y montones de periódicos viejos, de casquetes de bombilla amarillentos, de mesas apiladas unas encima de otras entre columnas de sillas y un tigre de peluche; y todo ello cubierto por una capa de la misma grasa que impregnaba el aire. Cuando aquellas tres mujeres, torbellinos de laboriosidad, se pusieron a limpiar y ordenar trabajando hasta la extenuación, su seguridad iba aumentando con cada decisión radical que tomaban y cada mueble pesado que levantaban; al final, una de ellas se vio empujada a preguntarle a Robin, que miraba por la ventana durante su pausa para la comida, qué estaba haciendo exactamente. «Pues tan sólo estoy contando los pavos reales que hay en el camino –dijo antes de añadir amablemente–: son doce, pero ayer eran catorce.» Sin duda, se equivocó con la respuesta. He estado cerca de las suficientes mujeres fuertes y gruñonas –demandadme– como para saber que nunca se debe admitir ningún tipo de veleidad cuando ellas están trabajando y tú estás aparentemente en reposo. Robin debería haber dicho algo como: «Estaba calculando con cuánta antelación tenemos que enviar la solicitud de la licencia para que el plan de negocio establecido continúe siendo viable.» Pero el daño estaba hecho y, sin ceremonias, Robin pasó a formar parte de la lista de criaturas en peligro de extinción de las instalaciones.

Pero por el momento no importaba. Estaba acostumbrado a la oposición. Era mi estado natural. Robin resultó tener, entre otras cosas, unas dotes de delineante que hasta hoy nos han ahorrado miles de libras, así como un conocimiento irreemplazable del parque y de algunos de los animales que lo habitan. Ahora está cómodamente instalado en un lugar que él mismo ha elegido, una buhardilla adyacente a la sala de mantenimiento, a la que ahora llamamos el Nido de Robin. Allí fabrica pequeños objetos, como carteles y jaulas para los animales más pequeños, dibuja planos arquitectónicos estándares para nuevos recintos y todos los días responde varias dudas que de otra forma serían irresolubles a través del sistema de radio bidireccional. Parece ser feliz, y nosotros lo estamos con él.

Aferrarnos al pasado al mismo tiempo que saludamos al

futuro es un delicado equilibrio que debemos realizar constantemente. Ahora nuestro pequeño ecosistema forma parte de una red global de instalaciones y programas dedicados a la conservación y, a largo plazo, depende de nosotros la importancia del papel que desempeñemos en ella. Al haber empezado casi desde cero, como lo hemos hecho nosotros, con la perspectiva de unos principiantes entusiastas, nos hallamos en una buena posición para innovar. Y sobre el terreno, las recompensas de compartir este entorno con decenas de miles de personas al año son alentadoras.

Muchos de mis amigos londinenses son urbanitas irredentos que se compran jerséis de lana de diseño para visitarnos y que sólo se los volverán a poner para ir al WOMAD o al festival de Glastonbury. Pero durante su visita, todos ellos experimentan una mejoría de su estado de ánimo que trasciende la simple emoción de ver que un proyecto tan grande sale adelante. Son los animales y los árboles los que entran en contacto con una parte de ellos que no puede estimularse en el Soho.

Woody Allen dijo: «La Naturaleza y yo somos dos.» Divertido, pero incorrecto. Esos arquetípicos diálogos urbanitas se producen, en la mayor parte de las ocasiones, durante paseos por Central Park, un parque que ha sido diseñado, consciente o inconscientemente, para simular el entorno evolutivo típico de nuestra especie. Yo sentía, y continúo sintiendo, un fervor misional en lo que se refiere a exponer esta experiencia a la mayor cantidad de personas que me sea posible.

7. Los animales se apoderan del zoo

Cuando te ruge un león enfadado a menos de medio metro de distancia, es imposible permanecer impasible. Una noche, ya tarde, estaba tomando notas y realizando bosquejos para la nueva casa de los jaguares −que está situada cerca del recinto de los leones−. Estaba tranquilamente sentado contra un poste y trabajaba a la luz de una linterna. Al cabo de veinte minutos, ya había terminado; cuando me puse en pie, me encontré a los tres leones −dos hembras y un macho con una magnífica melena que respondía al nombre de *Solomon*− justo al lado de la verja junto a la que yo había estado sentado. El hecho de que tres animales tan grandes y peligrosos como aquéllos puedan acercarse tanto a ti sin que lo notes es impresionante, pero también estremecedor. Al observar aquellos rostros tan próximos a mí, me di cuenta de que *Solomon* estaba a punto de rugirme, algo que había presenciado desde lejos y cuyo impacto había visto en otras personas (normalmente, un espasmo corporal totalmente involuntario y retirada), pero que nunca había experimentado de forma directa. «De acuerdo −pensé−, sé que va a rugir, pero nos separa una valla a prueba de leones. Me mantendré firme en mi posición, permaneceré tranquilo y fijaré la mirada en él con la ayuda de la luz de mi casco.» Mi plan funcionó bien durante unos cuantos segundos de intercambio de miradas, hasta que de repente él rugió y se lanzó contra la alambrada. Yo, de inmediato, retrocedí un metro de un salto y me interné en la oscuridad, entre unas zarzas que no había visto. Es imposible permanecer impasible ante un león que ataca. Hay algo en nuestro cerebro primitivo medio que te dice que no está bien permanecer tan cerca de algo que puede comerte; la cantidad de adrenalina que inunda tu sistema en ocasiones así es verdaderamente primigenia.

Como nuevo director de un zoológico, tengo el privilegio de exponerme a dichas experiencias con bastante regularidad. Eso también ayuda a explicar por qué los zoos, con sus programas de cría en cautividad, sus medidas de conservación obligatoria y sus programas educativos, desempeñan un papel tan importante en la promoción de la biodiversidad en el siglo XXI. David Attenborough (alabado sea su nombre) puede educar y promocionar a un nivel más amplio, pero ni siquiera él es capaz de recrear esa experiencia visceral y directa de la cercanía física a estas magníficas criaturas.

No estoy diciendo que todos los visitantes vayan a llevarse un rugido —aunque puede que unos cuantos sí, si *Solomon* se está pavoneando (a veces lo provoca el mero hecho de que alguien se interponga en su línea de visión)—. Pero ahora que hemos acompañado en paseos por el parque a mucha gente, desde topógrafos, abogados y banqueros hasta amigos y vecinos, la euforia que les ha generado el panorama me convence de que ver animales exóticos en peligro de extinción en directo es uno de los mejores incentivos para que la gente se involucre en su conservación.

Estoy descubriendo que hay muchos y muy complicados argumentos a favor y en contra de los zoos, desde los extremistas que piensan que todos los animales en cautividad deberían ser o bien puestos en libertad, o bien asesinados, hasta los que no ven ningún daño en ningún tipo de cautividad con fines de ocio. A mí me parece que el argumento de la conservación es incontestable, puesto que los zoológicos cuentan con un largo historial de importantes especies a las que han salvado de la extinción a lo largo de los años (el rinoceronte blanco sudafricano, el cernícalo de Mauricio, el tamarino león dorado, el ciervo del padre David, el cóndor... la lista es larga, aunque más corta de lo que debería ser).

Pero en los zoos se necesitan principios elevados —que es en lo que deberían concentrar sus esfuerzos los conservacionistas— para asegurarse de que cada animal esté en cautividad por una buena razón y en unas condiciones lo más similares posibles a las propias de su especie, y de que se maximice su potencial educativo. Entonces, si tienes suerte, podrás sentir ese instante de puro terror físico en un entorno seguro que es imposible de explicar. Hay lavabos disponibles en las inmediaciones en caso de que sean necesarios.

Había tenido un sueño. El Parque Zoológico de Dartmoor iba a ser un tremendo éxito; poseía el potencial necesario para convertirse en un zoo de primer nivel mundial y para contribuir de alguna forma, modesta pero tangible, a los esfuerzos por remediar, o ralentizar, o al menos mitigar de algún modo, el inexorable y autodestructor ataque de la humanidad contra nuestro planeta. Había muchas razones para albergar esperanzas, como mínimo para el parque. Teníamos dinero en el banco, un plan definitivo, y lo único que se interponía entre nosotros y su consecución era un montón de trabajo duro. Y eso nos situaba en una buena posición. Lanzarte de lleno a la realización de un trabajo meritorio, fructífero y en el que crees —tanto como seas capaz de asumir y todavía más— es un tipo de lujo que no todo el mundo llega a experimentar. También es agotador.

Mis días eran increíblemente variados. Siempre comenzaba preparando a los niños para ir al colegio entre las ocho y las nueve, una hora en la que también era frecuente verme en pijama y batín celebrando de manera simultánea una rápida reunión en la cocina con Tony Tourette (que siempre hacía gala de sus mejores modales delante de los niños) o Steve, o Adam, o una combinación de los anteriores; mientras tanto, cepillaba pelo (nunca el mío) y repartía cereales de trigo y zumo de naranja.

Una nota garabateada en aquella época dice:

Redistribuir el espacio del despacho para Robin, Rob, Sarah y Steve. Despejar mi escritorio e instalar ordenador. Hablar con Katy, encargada de educación que trabaja como cuidadora hasta que lleguen las instalaciones, para tranquilizarla. Reorganizar la lista de turnos, inviable debido a los ausentes. El representante del consejo viene para la auditoría preliminar de salud y seguridad. Sacar de sus puestos de trabajo a las personas necesarias para el paseo de dos horas y media (más que ligeramente irritante y desmoralizador). Mantener tres entrevistas con los medios, ambivalente, dependiendo de las opiniones de los activistas extremistas de los dere-

chos de los animales sobre el «equilibrio». Investigar y después enviar por fax a los abogados el último y definitivo documento referente al establecimiento de la empresa. Hablar de nuevo con BT acerca de la tardanza en el suministro de nuevas líneas. Reenviar la solicitud de nuevas frecuencias a la empresa de radio bidireccional. Ir a buscar a los niños, cambiarlos, dejárselos a la abuela. Resolver la discusión sobre las nuevas barreras de seguridad para el tapir. Ayudar a instalar los postes para vallas. Escuchar las preocupaciones de los cuidadores al final del turno. Cortar madera para el fuego. Hacer papeleo del colegio y deberes. Comer. Responder a las llamadas telefónicas. Acostar a los niños. Responder más llamadas. Cama.

Algunos días eran más emocionantes, y otros menos. Pero siempre me resultaba agradable recibir una llamada de un amigo de la ciudad justo cuando acababa de hacer algo decididamente inusual. Una vez recibí una llamada de una persona del mundo de las revistas que fue como sigue:

—¿Qué estás haciendo?

—Pues acabamos de dispararle un dardo tranquilizante al jaguar y ya le ha hecho efecto, así que estoy a punto de entrar en su recinto para sacarlo en camilla.

Pequeña pausa.

—Entonces estás teniendo un día muy parecido al mío.

Siempre que era posible, aprovechaba la oportunidad de entrar en los recintos para ver cómo eran las cosas desde el otro lado de la alambrada e investigar qué mejoras podían hacerse. Uno de los primeros recintos en los que trabajé aquella primavera fue la guarida del león. Mi misión: entregar una colección de horribles cabezas cortadas mientras permanecía sentado en el extremo de una rama a cuatro metros y medio del suelo. Las cabezas provenían de los novillos que habían sacrificado los granjeros. Normalmente, se cuelgan de los árboles o se esconden entre las ramas para que los leones tengan que resolver un rompecabezas para conseguir su recompensa: crujiente por fuera, correoso por dentro. Estar dentro del recinto de los leones es inquietante: un error del cuidador o un fallo en la cerradura podrían dejar en libertad a tres felinos hambrientos a la espera de su comida y que nos encuentran a nosotros como una bonificación viva. Y yo sabía que los leones no se andarían por las ramas. En Navidad les habíamos hecho una cebra de cartón a tamaño real rellena de trozos de carne. La dejamos en su recinto y cuatro segundos después de que les permitieran salir, una de las leonas ya se había subido a los lomos de la cebra para tirarla al suelo, mientras que la otra le cerraba el paso por el frente. Criadas en cautividad, pero con los instintos intactos.

Mientras Kelly y Hannah retiraban los huesos viejos y los trozos de piel que los leones no se habían comido durante su último almuerzo, yo eché un vistazo a mi alrededor intentando encontrar escondites imaginativos que supusieran un reto para los leones y les dieran algo sobre lo que pensar. A las chicas, dado que siempre estaban muy ocupadas –y que eran chicas–, no les entusiasmaba tanto como a mí trepar a los árboles, así que decidí pavonearme un poco y colocar las cabezas en un punto un poco más alto del que ellas solían alcanzar. Trepé a un árbol que me pareció apropiado y me arrastré por una rama situada a unos cuatro metros y medio por encima del suelo. Por lo que se ve, una de las leonas había cazado una garza que volaba a una altura similar, así que sabía que les era posible llegar a aquella rama. Cuando conseguí situarme en una buena posición, junto a una sólida bifurcación de la rama, llamé a Kelly y ésta elevó la primera cabeza al mismo tiempo que yo me estiraba hacia abajo para cogerla. Aquélla fue ciertamente la primera cabeza de mi vida. Kelly las manejaba con toda la tranquilidad del mundo, como herramientas de su oficio, y yo era consciente de que no debía mostrarme aprensivo o nunca conseguiría superar la vergüenza. La cuidadora la sujetó por el pescuezo, de manera que los ojos vidriosos del animal quedaron torcidos y su escurridiza lengua morada apuntando hacia arriba. Era lo único que podía alcanzar, pero no quería agarrar la lengua por si se me resbalaba (no porque me diera asco, ya me entendéis), así que le pedí a Kelly que me la pasara por una oreja. Me las arreglé para asir aquel apéndice empapado de sangre, igual que cuero mojado, subí la cabeza hasta donde me encontraba yo y la incrusté en el hueco que se formaba en la bifurcación de la rama. Bajé del árbol y coloqué unas cuantas cabezas más, una colgando de una cuerda –cosa que implicó agujerearle la oreja con un cuchillo para ensartarla–, y luego ayudé a recoger los últimos restos y a cargarlos en la carretilla.

    Me las había ingeniado para plantarle cara a la guarida del león y esconder mi miedo ante la mirada de mis asombrados hijos. Pero lo mejor fue que a la leona le costó tres días conseguir bajar aquella cabeza. A lo largo de aquel tiempo, no se relajó ni dejó de pensar en ella durante un solo segundo. Caminaba nerviosamente de un lado a otro debajo del árbol, trepaba un poco y después saltaba, y merodeaba irritada por el recinto mientras trataba de solucionar la cuestión. Aquello era verdaderamente enriquecedor para ella, puesto que le planteaba un problema peliagudo como los que habría tenido que resolver si viviera en libertad —como por ejemplo, encontrarse con una presa que un leopardo hubiera almacenado en un árbol—. Cada vez que me acercaba a su recinto, allí estaba ella, dándole vueltas al asunto. No sé cómo consiguió bajarla al final, pero apuesto a que aquella cabeza de novillo fue una de las que mejor le ha sabido en su vida.

A pesar de aquellos entretenimientos tan intensos, era frecuente que me asaltaran vívidos recuerdos de Katherine que solían proceder de las fuentes más inverosímiles o banales. Durante una reunión que estábamos celebrando en la casa, entré un segundo en el baño de la planta baja y me di cuenta de que era la primera vez que visitaba aquella estancia desde que tenía que acompañar a mi esposa cuando entraba en ella, puesto que su base tambaleante era un peligro extra para alguien que no podía mantener el equilibrio sin ayuda. Me supuso un duro golpe, pero tenía que salir del lavabo y regresar rápidamente a la reunión con aspecto de estar concentrado y atento.

Entre las nimiedades de la vida diaria que actuaban como disparadores, se contaban cosas como abrir un armario y encontrarme una caja a medias de su té favorito. Una visita al Tesco estaba también plagada de peligros. Después de pasar por delante de las sillas de ruedas en las que tanto le había gustado que la paseáramos, me encontraba con pasillo tras pasillo de recuerdos de nuestros años juntos, cuando solía buscarle algún capricho mientras hacíamos la compra. El chocolate Côte d'Or; el sushi; las naranjas navel; las revistas como *Elle*, *Vogue*, *Red* o *Eve*, para la que ella había empezado a trabajar; el pasillo del maquillaje, que ahora podía evitar con facilidad, pero que antes era una manera segura de ganar puntos con la última crema antiarrugas milagrosa; la comida india; los anacardos; los tés... La lista era interminable. Y no se detenía en el supermercado. También incluía estar en cualquier lugar de Londres; los taxis negros; las Converse All Star; los Jimmy Choo; los zapatos y bolsos de Prada, codiciados e inasequibles; la gente que llevaba sandalias Birkenstock viejas; las tiendas de bisutería, en las que ella era capaz de escoger una piedra y hacer que pareciera verdadera; las tiendas de Muji; las de John Lewis; las salas de exposición y venta de cocinas y baños; las de azulejos; las tiendas de telas llenas de rollos de seda tornasolada; las mercerías; los Mac de Apple; las esterillas de yoga; las novelas de Ian McEwan; los puestos de flores; los herbolarios; los pasaportes; cualquier música triste; los buenos diseños gráficos; las papelerías; las imprentas; hablar francés; ver a los niños, nuestra cama y el sillón en que murió.

Frente a eso, había muy pocas cosas en el propio zoo que me recordaran a Katherine, ya que ella apenas había pasado tiempo allí. Los nuevos postes de señalización que se iban a colocar en el parque, a pesar de proporcionar la información necesaria y de estar capazmente diseñados por nuestra encargada de educación, eran un batiburrillo según los estándares de Katherine y un vívido ejemplo de su ausencia. Pero yo no sabía qué hacer para solucionarlo, y cada vez que me planteaba afrontar el problema me sentía como si estuviera atravesando el Sáhara a la carrera con zapatos de plomo y una bolsa de plástico cubriéndome la cabeza. Pero colocar cabezas en los árboles, conducir el volquete, romper hormigón con un martillo neumático, enfrentarme a las necesidades de los cuidadores y reunirme con representantes comerciales no tenían esas connotaciones, así que era consciente de la suerte que tenía al poder perderme en aquellas tareas que no provocaban asociaciones.

También me ayudó mucho que el equipo de rodaje estuviera por allí. Que se subieran al carro durante los primeros días de las negociaciones para la compra del parque había sido lo que había terminado de decidirme, ya que aquélla era una de las pocas cosas que yo conocía un poco, y era consciente del enorme beneficio que nos supondría. Los lectores atentos se habrán percatado de que hubo varias cosas que terminaron por convencerme: el apoyo de Nick Lindsay/ZSL hacia el parque; hablar con las otras aproximadamente treinta grandes atracciones de Devon que hablaron maravillas del lugar y nos ofrecieron su respaldo; la existencia del Tesco que me persuadió de que estábamos dentro de los límites de la civilización... Todos fueron minipuntos de inflexión en la reacción en cadena. Pero, como periodista, veía que aquel acontecimiento no era tan sólo una oportunidad de emitir una gran historia sobre animales, sino que también, cínicamente, iba a tener un impacto muy positivo sobre nuestro plan de negocio.

Resultaba frustrante que, aunque para nosotros supusiera un golpe maestro, ninguna de las potenciales entidades crediticias con las que contactamos al principio se fijara siquiera en ello. Los que decidían apenas levantaron la vista de sus calculadoras; al fin y al cabo, como resultado de aquello no se ingresaría ningún dinero tangible, así que para ellos no implicaba cambio alguno en nuestra tambaleante situación económica. Se necesitaba un pequeño impulso imaginativo para comprenderlo, y los impulsos imaginativos no eran precisamente una de las razones por las que habían llegado a convertirse en mandamases. La serie de televisión era una de esas cosas que dependían de que antes consiguiéramos el parque, así que no supondría ningún beneficio si no lo habíamos logrado con anterioridad. Por lo tanto, de acuerdo con su extraña pero inmutable lógica, no había ningún beneficio.

Dejé todo aquello a un lado y me concentré en lo positivo, y de repente allí estábamos, en medio de una miríada de crisis (que podíamos resolver), con una gran historia en primicia, y todo grabándose para la BBC2. El equipo de rodaje de la Tigress Productions, especialistas en historia natural con los que yo había trabajado con anterioridad, era estimulante. Un operador de cámara/director, Aidan, que nos había seguido como una sombra a mi madre y a mí desde antes de la compra, acababa de volver de una estancia de siete meses en las selvas de Camerún; allí había grabado a los gorilas huérfanos a causa del comercio de carne, así que no le afectaba mucho nada de lo relacionado con nuestros apuros. Max, un réprobo carismático de ojos azules, contaba con una gran experiencia en rodajes relacionados con la historia natural y conocía las infinitas anécdotas que los acompañaban.

Otro miembro tremendamente sabio de Tigress Productions era el doctor Jeremy Bradshaw, con quien yo había trabajado durante un breve período de tiempo en el pasado. Una vez, cuando aún vivía en Francia, pasé unos cuantos días haciendo un piloto con Tigress, y durante mi único encuentro con Jeremy, que duró diez minutos, le endosé mi libro de columnas de bricolaje sacadas del *Guardian*, acompañado por un breve discurso acerca de la maravillosa serie que podría sacarse de él. Él, muy educadamente, se había llevado el libro e incluso lo había leído; cada pocos meses intercambiábamos correos electrónicos sobre cómo desarrollar el proyecto —más o menos, cada vez que yo me desesperaba o me desanimaba por algún obstáculo que hubiera surgido en mi trabajo—. Para un *freelance*, esos discursos para vender su labor son rutinarios, al igual que el que sean rechazados o simplemente ignorados por completo. Pero Jeremy era muy cortés y siempre respondía a mi correo electrónico al cabo de tres semanas aproximadamente. Procedentes de alguien de su posición y destinados a alguien en la mía, eran una clara forma de infundirme ánimos, aunque casi siempre eran correos de una sola línea para decirme que lo sentía mucho pero que aún no había sido capaz de pensar en un enfoque que le gustara y que, si alguna vez tenía otras ideas, que se las hiciera saber. Para un *freelance*, cualquier tipo de respuesta que no sea una negativa rotunda es oro en polvo, y aquella endeble línea directa con Jeremy me había perecido un activo importantísimo, aunque siempre había sido consciente de que se evaporaría bastante rápido si no era capaz de presentarle algo interesante a lo largo del siguiente par de años.

Pero hasta que apareció el zoo, yo había sido feliz escribiendo mi libro y redactando mis columnas. Casualmente, le mencioné aquel suceso a Jeremy en un correo electrónico en una etapa bastante temprana de la negociación; su reacción me dejó asombrado. Aquel mismo día me envió una efusiva respuesta en la que me decía que había oído hablar de aquel zoo (es socio de la Sociedad Zoológica de Londres y había leído bastante al respecto, mientras que yo acababa de recibir por medio de mi hermana los detalles del agente inmobiliario), me deseó suerte, me dijo que era una actividad envidiable a la que dedicar la vida y me instó a que lo mantuviera informado.

Empezó a contactar conmigo más o menos una vez a la semana. De pronto tenía su número de móvil y me llamaba los domingos por la tarde. Era consciente de que estaba interesado y de que aquello podría ser muy bueno para el zoo, si conseguíamos comprarlo. Siempre había albergado la esperanza de que, como periodista, sería capaz de apoyar y publicitar el zoo escribiendo sobre él —poseía una habilidad que podía explotarse en el mercado moderno y que, en aquel caso, era para una buena causa—. Aspiraba a cambiar mi columna de la página familiar del *Guardian* —a la que había migrado desde la revista— para empezar a escribir sobre el zoo. Conocía el mercado de lectores del *Guardian* y sabía que su nivel de ignorancia «y aprensión» sobre los asuntos relacionados con los animales era aproximadamente equivalente a su postura en cuanto al bricolaje; al fin y al cabo, la mayor parte de mis amigos lee el *Guardian*.

Pero Jeremy hablaba de un nivel muy diferente de propaganda. «Creo que es una historia típicamente inglesa —comentó con su suave acento de Cambridge, que objetivamente está sólo un par de puntos por debajo del del príncipe Carlos—: una locura y una excentricidad, pero con un gran atractivo. No me sorprendería que lográramos que la BBC2 hiciera una serie. Mantenme informado.» «Sigue soñando», pensé; pero me mantuve en contacto con Jeremy añadiéndolo al bucle de llamadas telefónicas que realizaba desde Francia, y él siempre me escuchó, me ofreció su respaldo y me dio ánimos.

Así, resultó que un día me encontré enseñándole a Jeremy el parque que nosotros acabábamos de comprar y debatiendo con él el calendario de la serie que la BBC2 acababa de encargarle sobre el zoo. Jeremy tenía un basto conocimiento del mundo natural, puesto que llevaba toda su vida dedicado a él, así que la mayor parte de nuestros animales pertenecía a especies que él había grabado en libertad, a menudo en compañía de un presentador célebre. Los tigres le recordaron las experiencias vividas mientras rodaba un documental con Bob Hoskins; los leones, a Anthony Hopkins; y mis deseos de tener orangutanes (a Julia Roberts) y chimpancés sacaron a la luz que él había grabado en dos ocasiones a Jane Goodall en su centro de investigación y conservación de los chimpancés de Gombe, uno de los mejores del mundo. Pero mi comentario favorito fue el que hizo cuando pasamos por delante de *Basil*, el coatí, el mapache trepador sudamericano del que yo apenas había oído hablar antes de llegar al parque: «Vaya, ¡tenéis un coatí! —exclamó con una sonrisa radiante—. Maravillosas criaturas. En Ecuador las ves a todas horas en la parte alta de los árboles.»

Los conocimientos y la profesionalidad de todo el equipo de rodaje me dieron una lección de humildad, y su entusiasmo por aquel proyecto —nuestro proyecto, que consistía simplemente en grabarnos mientras íbamos aprendiendo en qué nos habíamos metido con exactitud— me levantaba el ánimo. Pero me aliviaba volver a ocupar el papel de experto relativo de vez en cuando, como por ejemplo cuando el *Guardian* envió a un fotógrafo para que cubriera un artículo sobre el zoológico que yo mismo había escrito en la revista.

Como periodista y articulista, durante aproximadamente diez años había pasado mucho tiempo trabajando con fotógrafos. Me enviaban a cubrir temas alocados pero maravillosos (como montar a caballo en España, nadar con delfines en los Cayos de Florida, hacer *snowboard* en California) y mandaban conmigo a un fotógrafo para que documentara con pelos y señales cómo la fastidiaba. Era una forma estupenda de ganarse la vida, pero gran parte del placer derivaba del hecho de trabajar junto con otro profesional que tenía los mismos objetivos que yo mientras ambos estábamos completamente solos en el extranjero. Los fotógrafos son personas prácticas. Sacan lo mejor de cada situación, improvisan, y siempre llevan cinta americana. Son otro par de ojos y orejas, así que resultan útiles a la hora de detectar a buenos candidatos para las entrevistas; yo, por mi parte, ayudaba rompiendo el hielo con la gente y distrayéndola mientras le hacían las fotos. Trabajar como un dúo que se complementa resulta enormemente satisfactorio, y era una de las cosas que más echaba de menos cuando hui a Francia para escribir mi libro.

Así que, para mí, cuando los periódicos se engancharon a la historia (después de que *Sovereign* y *Parker* aparecieran en los medios nacionales era difícil que no lo hicieran) y empezaron a mandar a fotógrafos desparejados para seguir los acontecimientos, supuso un gran alivio a la gran cantidad de extrañas presiones que había sobre el zoo. Se trataba de algo a lo que estaba acostumbrado y que conocía muy bien, desde las necesidades del editor de imágenes al fondo y la iluminación; pero era mucho más que eso, era una oportunidad de volver a zambullirme en el mundo del periodismo, en el que había pasado muchos años agradables. Durante el tiempo que trabajé en Londres, siempre fui la persona que mencionaba los animales o que sugería una historia de animales (que normalmente rechazaban) con mayor frecuencia; también era el que más se indignaba con la obsesión de la industria por la moda y otros asuntos superficiales sin ninguna trascendencia. En el zoo, entre los muchos profesionales devotos que han dedicado su vida a las criaturas exóticas, yo soy prácticamente un analfabeto en lo que a animales se refiere, puesto que soy incapaz de sexar una serpiente, de diferenciar un búho de Bengala de un búho real y de desmembrar un caballo para que se lo coman los tigres.

Así que el hecho de que algún adicto al Soho, yonqui de los capuchinos, vestido a la moda y con un calzado totalmente inadecuado llegara al parque y formulara preguntas estúpidas me resultaba tremendamente reconfortante. Julian, del *Guardian*, llegó con unos mocasines italianos de piel de becerro y unos vaqueros de diseño que le arrastraban; tanto los unos como los otros se le empaparon en cuanto pisó la hierba del recinto de acceso público, donde quería hacerme unas cuantas fotos junto a *Ronnie*, el tapir. Cuando le advertimos de los peligros de *Ronnie*, que está clasificado como animal peligroso de clase 1, puesto que es fácilmente capaz de matar a un hombre con truculenta eficiencia, su reacción fue preguntarle al impávido cuidador que nos supervisaba: «Vaya. Y entonces ¿quién ganaría en una pelea entre un tapir y una anaconda?» En cuanto pude, lo aparté de los demás para que no molestara a nadie y me lo llevé para disfrutar en soledad de aquellos comentarios tan irremediablemente fuera de lugar.

A la hora de intentar que un pavo real se subiera a una mesa del merendero para hacerle una foto, Julian abordó el problema de manera pragmática, como suelen hacer los fotógrafos: colocó un rastro de pan que acababa sobre el tablero de la mesa, pero no tuvo en cuenta el factor de lo minúsculo que es el cerebro de esas aves. Al cabo de veinte minutos, cuando se estaba quedando sin luz, estalló: «Vamos, puñetero imbécil, tú no eres un pavo, eres un gilipollas.» Cuando conoció a *Ben*, el oso pardo, que con sus trescientos kilos es más grande que *Vlad*, nuestro tigre siberiano macho, su reacción inmediata fue: «Y entonces ¿quién ganaría una pelea entre un oso y un tigre?» Su tema de «matemáticas animales» continuó todo el día y culminó en la pregunta: «¿Qué pasaría entre cuatro ratas y un cisne?» Lamenté verle regresar, como él mismo admitía, al mundo de las trivialidades y las intrascendencias, pero probablemente era lo mejor.

Entretanto, había mucho trabajo que sacar adelante. Y una vez más, para variar, parte de aquellas tareas eran cosas a las que estaba acostumbrado. Como las demoliciones. Es maravillosamente catártico empuñar un pico o un mazo en momentos de estrés, aunque descubrí que visualizar a un abogado o banquero en concreto o cualquier otra fuente de frustración solía derivar en un ritmo de trabajo demasiado entusiasta, en daños innecesarios en la infraestructura cercana y en lesiones personales ocasionales. Como cuando me arranqué la uña del pulgar con mi nueva y resistente palanca mientras pensaba en cierto banco de alto nivel. Las demoliciones no consisten en destruir las cosas de cualquier manera —aunque a veces también puede hacerse—; en realidad, se trata de un desmantelamiento sistemático pero brutal, llevado a cabo de la forma más eficiente posible. El proyecto con el que más disfruté fue con el de desmontar la sala veterinaria en la que nos íbamos a gastar miles de libras. Se trataba de convertir un antiguo establo maloliente en un moderno quirófano para animales. Sobre el papel, aquello ya era oficialmente la sala veterinaria, y en el pasado se había metido allí a los animales cuando surgía la necesidad urgente de aislarlos. Pero en realidad era un conjunto de cuatro cámaras frías y húmedas separadas por unos tabiques muy finos, con una instalación eléctrica letal y un continuo goteo de agua que procedía de las tuberías defectuosas que atravesaban el techo. Destrozar todo aquello, separar el plomo y el cobre que pudieran reutilizarse y amontonar los escombros carretilla a carretilla para usarlos debajo de la base de hormigón del recinto de los jaguares, fueron lujos que me permití durante dos o tres horas al día mientras duró la demolición.

El mejor descubrimiento fue una habitación que llevaba quince años cerrada. Antiguamente había sido un taller, pero la puerta que lo comunicaba con la sala veterinaria se había ido bloqueando con una década y media de cachivaches, así que la forma más sencilla de entrar fue arrancar el marco de la ventana, que estaba podrido. Dentro encontramos un pequeño museo de artefactos de otros tiempos. Había una miniestufa destartalada, igual que la de la cocina enlosada, y las paredes estaban engalanadas con enormes sierras manuales de leñador y otras herramientas agrícolas del siglo XIX —más, claro está, los obligatorios montones de elementos variados y mugrientos (entre los que en aquel caso se contaban muchas ratas en descomposición), que cubrían el suelo para que ni un solo centímetro cuadrado del mismo quedara a la vista—. Hurgar entre todo aquello en busca de chatarra y artefactos interesantes fue una gran distracción, sobre todo cuando llegué a la parte de arrancar el viejo y podrido revestimiento de paneles machihembrados con la palanca que ya he mencionado más arriba. Aislado del mundo por una mascarilla y unas gafas de protección, cubierto de sudor y polvo, empuñaba instrumentos pesados y evitaba las llamadas telefónicas y las visitas durante un par de horas al día, al mismo tiempo que realizaba un trabajo útil. Además, ahorraba dinero en la cuota del gimnasio. Pero era inevitable que se formara una cola en el exterior de la habitación, así que tenía que atenderla. Los jóvenes comerciales bien vestidos –las mujeres con tacones de aguja sobre la sucia e inestable superficie del patio, los hombres con trajes grises– esperaban de pie aferrados a carpetas con papeles que yo debía firmar; siempre se sorprendían (situación muy divertida para mí) de que el hombre al que habían ido a ver fuera la misma persona que cargaba con la carretilla, a quien habían tomado por un peón y le habían girado la cara antes de que se lo presentaran.

A regañadientes, una vez estuvo todo hecho pedazos, tuve que ceder la rehabilitación de la sala veterinaria a un equipo de albañiles externo que demostró ser notablemente diestro a la hora de transformar aquella estructura en una instalación médica con azulejos blancos. Trabajaron bien, aunque el gasto era preocupante para tratarse de una zona no expuesta al público. El dinero que tanto nos había costado conseguir desaparecía a borbotones en todas direcciones, pero había cuestiones de primera línea, como los caminos, los recintos y los kilómetros de barreras de seguridad que debían sustituirse, que tenían, como mínimo, la misma importancia. No obstante, invertir tanto en una instalación como aquélla, que no estaba expuesta al público, beneficiaría a los animales, que no tendrían que sufrir traslados tan largos para someterse a procedimientos veterinarios; además, demostraría a las autoridades que éramos serios. La nueva cuadrilla de albañiles tomó el control y parecía que sabía lo que estaba haciendo, así que yo trasladé mi centro de recreo a otras áreas de demolición, como extraer del hormigón los postes de las alambradas de los recintos con un martillo neumático, picar cemento suelto donde quiera que lo encontrara y trasladar escombros en el volquete. Aquella etapa de la operación acabó demasiado rápido –aunque no lo suficientemente pronto–, así que los únicos trabajos que se encontraban eran de construcción. Una vez más, siempre y cuando no fueran demasiado complicados y permitieran que yo pudiera dejarlos y retomarlos cada poco tiempo para atender al resto de miles de necesidades de mi nuevo puesto, yo me involucraba en ellos de buen grado. A falta de presupuesto para el asfalto que tanto necesitábamos para el aparcamiento y los caminos, Adam había organizado entregas de costras asfálticas. Se trata de los fragmentos que retiran de la parte superior de las carreteras antes de volver a pavimentarlas con esa enorme máquina que parece una maquinilla de afeitar eléctrica de tamaño gigante, una rueda zumbante con cuchillas que mastica y escupe los trozos de lo que era asfalto al interior de una cinta transportadora que lleva detrás. Esa cinta transportadora los deposita en camiones, y los camiones, si eres lo suficientemente rápido y sabes dónde están trabajando, te los entregan por un precio simbólico de diez libras la tonelada. Nos hicimos con unas cien toneladas, y nos las dejaron en enormes montones en el aparcamiento de abajo. Debíamos transportarlos por el camino de entrada (en torno a trescientos metros) y depositarlos en los caminos para que Tony pudiera rastrillarlos con la excavadora y después alguien los aplanara con la apisonadora.

Llevábamos varias semanas intentando comprar maquinaria fiable, pero aquello significaba hojear publicaciones como *Farmers Weekly* y otras revistas dedicadas a la venta de maquinaria pesada. Pronto se habían convertido en algo absorbente para mí, y muchas veces había abandonado de buen grado lo que estuviera haciendo cuando Tony o John entraban dando zancadas con un catálogo enrollado en las manos y diciendo: «Ben, acabo de encontrar un maravilloso volquete/excavadora/tractor para ti.» Incluso me dediqué a hojear números atrasados para enterarme de lo que había en el mercado. Pronto aprendí a diferenciar entre una Massey Ferguson y una John Deere de un solo vistazo y a identificar con facilidad si una miniexcavadora era de una tonelada, una y media, dos o tres. Pero lo que no parecía ser capaz de hacer era comprar una a un precio razonable. Las buenas tendían a estar encerradas en algún lugar como Dundee, desde el que los costes de transporte podían doblar el precio de la máquina, y estaba aquella delicada solución de compromiso entre conseguir algo barato, dentro de los límites de nuestro relativamente raquítico presupuesto, y conseguir algo que funcionara. Aquello implicó visitar las más cercanas en compañía de Tony, apartándolo de lo que quiera que estuviese haciendo, para descubrir una y otra vez que lo que se suponía que era una oferta o no era lo suficientemente bueno o era demasiado caro. Todo lo decente, en una zona tan agrícola como aquélla, desaparecía a gran velocidad. Los astutos granjeros llegaban siempre antes que tú, pujaban en tu contra y sabían con exactitud lo que estaban haciendo. (Yo aún suspiro por una John Deere que contaba con un cargador frontal y que un vecino del vendedor nos robó delante de nuestras propias narices justo antes de que llegáramos. Habría sido perfecta para nosotros, pero, ¡ay!, no estuvo de Dios.) Así que terminamos por alquilar el equipo necesario pero demasiado cerca de la fecha de la inspección para el gusto de Tony, que a aquellas alturas estaba bastante preocupado por la climatología, puesto que comenzaba el verano inglés y con él, claro está, la lluvia.

Pero al final, a tan sólo unas cuantas semanas de que llegara la fecha de la inspección, llegaron dos excavadoras (una de una tonelada y media y otra de tres) y una estruendosa apisonadora. Todos los trabajadores del parque se pusieron manos a la obra como si fueran uno. Las pequeñas diferencias y los grandes egos se olvidaron mientras la plantilla de cuidadores, la de mantenimiento, la de dirección, y todos los demás empleados trabajaban como una cinta transportadora humana, puesto que se convertían en lo que quiera que se necesitara en ese momento con la presteza de una tropa temeraria que se presentara voluntaria para misiones peligrosas. Y a veces aquello era potencialmente peligroso. En una ocasión, me había tomado un rato libre para enseñarle el parque a un periodista local; me di cuenta de que la apisonadora iba marcha atrás por el camino, acercándose lentamente hacia nosotros y dejando ante ella una alfombra lisa de costra asfáltica. También me percaté de que el conductor estaba tomando las debidas precauciones para no acercarse demasiado a la pared que tenía a la derecha, lo cual estaba muy bien, porque un solo movimiento en falso de una máquina de aquel tamaño podría hacer que el muro se hiciera pedazos... y eso sería terrible, porque era una de las paredes del recinto de los tigres. Hasta aquí, todo bien. Pero entonces me di cuenta de que el conductor era Duncan, que acababa de aprender a conducir aquel monstruo el día anterior, así que saqué al periodista apresuradamente de su trayectoria. Pero no hubo accidentes con aquellas máquinas letales en potencia. Los encargados de salud y seguridad, Rob y Adam, se tomaron su trabajo muy en serio. El primer suceso registrado en nuestro libro de accidentes fue un dedo con un corte, percance sufrido meses más tarde durante un incidente en el que hubo folios implicados.

En medio de aquel ataque de trabajo manual que afectó a todo el parque, Steve tenía que pensar en cuestiones urgentes relacionadas con el bienestar de los animales. Como por ejemplo, en dónde íbamos a meter a *Sovereign*, el jaguar escapista, mientras renovábamos su recinto. Era necesario sustituir doce de los postes que lo formaban, así como los listones de madera de la casa que estaban podridos. También debían realizarse otros cuantos ajustes en la zona donde vivía el jaguar que éste no toleraría si estaba por allí. Teníamos que trasladarlo, y se decidió que la mejor idea era restablecer la antigua área de cuarentena, que en tiempos había sido un foso para osos, y, antes de aquello, una cabaña que, según me contaron, las Brownies (un grupo de Girl Scouts júnior) habían utilizado como lugar de encuentro durante la guerra. Por desgracia, nadie le había explicado a Búho Marrón (la líder) los rudimentos de la ingeniería de estructuras, así que habían cortado las molestas vigas en forma de V que sujetaban el tejado para agrandar el espacio del desván y poder meter en él una mesa de pimpón. Mientras los astilleros militares de Plymouth sucumbían a la Luftwaffe, aquella organización paramilitar de niñas de la quinta columna consiguió sus insignias por haber tirado abajo el tejado de lo que por entonces era un cobertizo de una granja a once kilómetros de distancia. Pero dejaron en pie las paredes y las tejas, cosa que nos proporcionaba un recinto apropiado para alojar animales peligrosos de forma temporal.

Con *Sovereign*, sin embargo, nadie iba a jugársela. En cuanto el especialista en vallas electrificadas terminó con su larga (y costosa) reparación del recinto de los lobos –que ahora contaba con un nuevo sistema y un suministro de seguridad por si se producía un fallo eléctrico–, se le encomendó aquel proyecto. Nunca era demasiado para *Sovereign*, que tenía asustado a todo el mundo, a mí especialmente, con su propensión a la planificación por anticipado y a la acción oportuna y decisiva. Se colocó un enrejado con carga eléctrica como elemento disuasorio para que no trepara por las paredes, arañara la puerta o utilizara los alféizares internos de las ventanas como plataformas desde las que saltar hacia el puentecillo de hierro que atravesaba la construcción de un lado a otro (y que presumiblemente se había instalado para ver desde allí a los osos que vivían en el cobertizo). Cuando las medidas de seguridad fueron rodeándola, aquella casucha, con su puente de observación electrificado, se convirtió en un lugar inquietante. Mientras le dábamos vueltas en la cabeza a los potenciales puntos de agarre –una vigueta de acero que sobresale por aquí, una chimenea de ladrillo que asoma por allá– que un felino testarudo podría utilizar para trepar, éstos se fueron bloqueando uno a uno. Pero también estábamos creando una cámara de contención de la que ni siquiera un humano con conocimiento previo e inventiva podía escapar. Era inevitable que aquello suscitara imágenes de las prisiones de máxima seguridad y, aún peor, de esas atrocidades humanas en las que se retiene a los prisioneros para frustrar sus deseos de libertad y controlarlos en todo momento. Esto, a su vez, hace que te plantees cuestiones relacionadas con los derechos de los animales y con el hecho de que mantuviéramos cautivo a un animal que ansiaba escapar. La respuesta, sinceramente, resultó ser incuestionable.

La IUCN dice que los jaguares en libertad están «casi amenazados»; las buenas noticias son que en la década de 1990 descendieron en la Lista Roja desde la categoría de «vulnerables» gracias a que las medidas de conservación comenzaron a hacer efecto. No obstante, la destrucción de su hábitat los ha empujado a concentrarse en bolsas de bosque cada vez más aisladas. Eso ha hecho que entren en conflicto con los ganaderos, puesto que se comen su ganado, y con los cazadores, para quienes representan una importante competencia en la consecución de alimento y un peligro mortal si los atacan. A pesar de estar protegidos, se suele disparar a los jaguares cuando se los divisa, así que ya están extinguidos en El Salvador y Uruguay. Se espera que en la siguiente auditoría vuelvan a ascender en la lista hasta «vulnerables». Nosotros heredamos a *Sovereign*; no es posible reintroducirlo en su hábitat nativo en retirada, pero es un gran macho para la cría y sus excelentes genes apenas están representados entre los ejemplares en cautividad. En cuanto podamos, intentaremos que se reproduzca.

Finalmente, llegó el momento en el que las alambradas del nuevo recinto estuvieron a punto; todos los ojos disponibles del parque habían comprobado el cerrojo de la puerta al menos cuatro veces, así que era hora de presentarle nuestra nueva pistola de dardos a *Sovereign*. Esa herramienta tan tremendamente cara (tres mil libras) es capaz de disparar una dosis de anestesia a cualquier distancia comprendida entre uno y cincuenta metros. El proveedor austriaco que nos la había vendido nos impartió un seminario bastante estricto de un día de duración durante el que disparamos a un objetivo situado en el interior del restaurante (que aún no estaba acabado). Se trataba de una Dan-Inject, la preferida por la industria, un modelo de primerísima calidad que a menudo aparece saliendo por los laterales de los Land Rovers en los documentales de naturaleza cuando intentan sedar a rinocerontes y leones. Cuenta con visión láser, cosa que te permite disparar desde la cadera, porque muchos animales parecen reconocer como signo de peligro el movimiento de elevación de un arma. Incluso yo fui capaz de acertar en el blanco a treinta metros de distancia disparando desde la cadera.

Pero aquellos pequeños engaños no sirvieron de nada con *Sovereign*. En cuanto vio a Steve con la pistola, comenzó a moverse de un lado a otro con nerviosismo dentro de su casa, pero con cuidado de no ofrecer el costado, puesto que ya lo habían sedado con anterioridad y sabía que aquél era el objetivo. Al final, su nerviosismo lo superó, se volvió ligeramente y Steve le disparó en el muslo, un blanco perfecto. Tal y como estaba planeado, todos nos retiramos durante quince minutos mientras el veterinario monitorizaba el progreso de la anestesia y *Sovereign* iba cediendo poco a poco. Aquellas operaciones se planeaban cuidadosamente por adelantado y contando sólo con las personas que estaban involucradas en ellas de forma directa. Todo el mundo tenía un papel que cumplir, y se ensayaba en las reuniones —como si fuera un atraco a un banco, pero sin malas intenciones— una y otra vez hasta que todo quedaba claro. El cajón estaba a punto, la furgoneta en posición en el exterior de la casa de los jaguares y la ruta exacta hacia la nueva ubicación del animal establecida. Pero aun así, siempre hay muchísima tensión en el momento en el que se abre la puerta de la jaula donde duerme el felino.

Incluso cuando duerme, un animal como *Sovereign* —y, en efecto, él en concreto— da miedo. Tu cerebro te dice que te mantengas apartado. Puede que sea una trampa (uno casi llegaba a sospechar que aquel felino se había escondido un antídoto en la boca, como si fuera un agente secreto). ¿Y si ahora se levantaba de un salto? En todas esas ocasiones, experimento la sensación de que se supone que yo no debería estar tan cerca de un animal de ese tipo. Pero *Sovereign* estaba inconsciente de verdad y lo único que debíamos recordar era que se trataba de una dosis baja por razones de seguridad —de la suya, no de la nuestra—, así que los movimientos repentinos y los ruidos altos podrían provocar en él una reacción adrenalínica que, posiblemente, tendría capacidad para contrarrestar la anestesia. Y eso era algo que no queríamos. Así pues, el ambiente de total silencio —radios y teléfonos apagados, sólo órdenes fundamentales pronunciadas en un susurro— aumentaba significativamente la tensión del momento. Cuando logramos colocarlo sobre una manta y cargarlo a pulso hasta el exterior de su casa, me di cuenta de que en nuestro esfuerzo por no mover con brusquedad a nuestro letal paciente yo había terminado de algún modo cargando con la parte de la cabeza, mientras que los otros tres porteadores cargaban con las patas traseras. Mi parte no era sólo mucho más pesada, sino que también daba mucho más miedo. Su cabeza es tan grande como una calabaza de Halloween mediana, pero adornada con dientes de verdad. De entre ellos, los más prominentes eran los dos colmillos de cinco centímetros cada uno, diseñados para agujerear cráneos. Acababa de percatarme de lo cerca que estaba mi muñeca –de aspecto delicado en comparación con el animal– de sus enormes mandíbulas (recordad que el jaguar posee las mandíbulas más poderosas de todos los grandes felinos), cuando el teléfono del veterinario comenzó a sonar. Cuando la música (incongruentemente una canción de Kylie Minogue) retumbó y resonó en el estrecho pasadizo de hormigón, el veterinario se apartó horrorizado para apagar el teléfono y me dijo entre dientes: «Tápale la cabeza con la manta.» Yo lo hice encantado, pero confiaba bastante poco en que aquel tejido tan fino hiciera algo por reducir el ruido o proteger mi muñeca, especialmente con Kylie cantando a pleno pulmón para intentar despertar al animal.

Pero no se despertó, y lo metimos en el cajón, y en la furgoneta, y en su nuevo recinto, sin más complicaciones. Fue un gran momento. Nuestro nuevo equipamiento funcionaba a la perfección, el nuevo equipo desempeñaba sus labores de forma impecable y habíamos conseguido trasladar con éxito a un animal muy peligroso sin incidentes. Ya podíamos ponernos a renovar su recinto –que era uno de los requisitos para la obtención de la licencia– y a recubrir de nuevo su foso, que perdía agua. Aquello quería decir que habría más trabajos de demolición para mí y más trabajos de soldadura, colocación de vallas y enlucido para personas más hábiles que yo.

Por desgracia, el siguiente movimiento no fue tan bien. En aquel caso se trató de la tan esperada reubicación de *Tammy*, la tigresa, que como quizá recordaréis llevaba cinco años peleándose con su hermana, de la que habían tenido que separarla debido a que ambas habían recibido unas inyecciones contraceptivas que les habían provocado cambios hormonales. Después de los incansables esfuerzos por parte de todos los cuidadores, al final se le encontró un hogar en Francia y se fijó una fecha para el traslado. Se repasaron los procedimientos, tal y como se había hecho en el caso anterior, y se realizaron pequeños ajustes en el plan que derivaban de las lecciones que habíamos aprendido con *Sovereign*. Los franchutes llegaron la noche anterior, dispuestos a comenzar temprano al día siguiente, y pasamos una velada muy agradable en el pub del pueblo conociéndonos mutuamente. Yo tenía muchas ganas de hablar un poco de francés, quizá para traducir algún detalle fundamental en un momento crítico, pero aquellas arrogantes esperanzas se desvanecieron a toda prisa cuando salió a la luz que ambos hablaban inglés tan bien como yo.

Ya en la mañana del traslado, el primer detalle que salió mal fue que la furgoneta no podía acercarse tanto como nos habría gustado a la casa de los tigres. Ésta estaba situada mucho más arriba que la de los jaguares, en una pendiente larga y pronunciada, y aquella cuesta estaba cubierta de costra asfáltica en aquel momento. Aquello no proporcionaba mucho agarre para una furgoneta vacía que intentaba subir marcha atrás. Sin problema, el veterinario estaba seguro de que *Tammy* estaría dormida el tiempo suficiente para que la cargáramos los cincuenta metros de más que supondría depositarla a salvo en el interior de la furgoneta, así que seguimos adelante. *Tammy* fue menos astuta que *Sovereign* y más fácil de sedar, pero emitió unos sonidos verdaderamente aterradores después de que le dispararan. Una vez transcurrido el tiempo requerido, una delegación entró para echar un vistazo y se estimó que la tigresa necesitaba otra dosis, así que volvimos a esperar. Luego el veterinario jugueteó un poco con las orejas del animal y decidió que ya estaba dormida por completo, así que colocamos a aquel imponente animal en otra manta (todavía no habíamos podido permitirnos una camilla). Seis de nosotros cargamos con *Tammy* —una vez más, bajo voto de silencio— mientras John nos observaba con la pistola grande en la mano. Aquella arma podría matarla de un solo disparo en caso de que las cosas fueran mal. Y entonces comenzaron a ir mal.

A mitad del camino, que mide unos tres metros de ancho y tiene leones a un lado y tigres a otro, *Tammy* se despertó. La primera señal fue su cola, que comenzó a moverse y después se enroscó con fuerza alrededor de la pierna de alguien. Después se puso en pie sin más, allí, en medio de una zona abierta, e hizo que la gente se desperdigara igual que si hubiera un tiroteo en un centro comercial... o un gran felino entre una multitud de personas. Estaba totalmente grogui y apenas podía mantenerse recta, pero seguía siendo una chica grande que se encontraba en el lado equivocado de la alambrada. La gente se evaporó del escenario saltando por encima de las barreras de seguridad, aunque sin llegar demasiado cerca de los leones, porque de repente éstos habían decidido expresar de forma muy ruidosa sus objeciones en contra de tener a *Tammy* tan cerca (la política de Duncan relativa a encerrar al resto de los felinos mientras durara el procedimiento se había pasado por alto, lo cual tendría consecuencias potencialmente imprevisibles). Me percaté de que varias personas se las habían ingeniado de algún modo para trepar a la torre de observación, a pesar de que se habían quitado los seis travesaños más bajos de la escalera para hacerla inaccesible. Pero, sobre todo, me di cuenta de que *Tammy* estaba a menos de tres metros de distancia de mí, de pie, y de que se iba dando la vuelta lentamente para encararme. Decidí quedarme quieto. La tigresa tenía los ojos vidriosos, pero yo sabía que eran hipersensibles al movimiento y que los indicios de que hubiera una presa (es decir, yo) delante de ella intentando escapar podrían hacerla reaccionar. No necesitaba mirar a mi derecha para saber que John ya había levantado el rifle para disparar, así que me empleé a fondo en permanecer absolutamente inmóvil. Hay gente que asegura que es capaz de guardar su aura en su interior y de tornarse casi invisible, como mínimo menos perceptible, una idea que a mí, hasta aquel momento, siempre me había parecido ridícula. Pero en aquellas circunstancias, estaba dispuesto a darle una oportunidad a dicha teoría. De hecho, mi cerebro lo hizo por mí, porque no estaba asustado. Estaba más allá del miedo, en un estado de calma absoluta, como si se hubiera activado algo aún más primario que la reacción de lucha o huida y mi cuerpo supiera que no podría fiarse de mí si liberaba tal cantidad de adrenalina; quizá aquello provocara que me moviera, o tal vez la tigresa contara con algún tipo de mecanismo de percepción que detectara el aumento de la actividad electromagnética desde una posición tan cercana. Me concentré en parecer una parte más de la barrera de seguridad contra la que estaba apoyado, o quizá un árbol, o cualquier otro estímulo inerte y rutinario. Pareció funcionar, porque la mirada vidriosa de *Tammy* pasó por encima de mí sin detectarme y el animal bajó tambaleándose por el camino en dirección a la furgoneta.

John, como encargado de armas, era el responsable de la seguridad de todo el mundo y habría estado en su derecho de matar a *Tammy* en cuanto la hubiera tenido a tiro. Yo medio me esperaba que aquello ocurriera en cualquier momento, aunque mi percepción de la situación, segundo a segundo, era que hasta entonces no había habido necesidad de hacerlo. Así que no lo hizo. John controló los nervios, tal y como yo sabía que haría, y se mantuvo en contacto visual con Steve, el conservador, y con el veterinario, que le hacían gestos de que debía aguantar. Todo el mundo mantuvo el control. *Tammy* dio otros cuantos pasos titubeantes y luego se tumbó, por desgracia justo al lado de la pistola de dardos, que era el único método de administrarle más anestesia. Se vivieron unos momentos muy tensos mientras el veterinario preparaba un dardo y Steve reptaba hacia *Tammy* —cubierto por John— para recuperar la pistola de dardos. Con sigilo animal —no hay nada más animal que eso— se acercó a casi un metro de distancia de ella, consciente de que a medida que avanzaban los segundos iban desapareciendo los efectos de la anestesia. Sin la pistola de dardos, no tendríamos más opción que disparar a matar cuando la tigresa recobrara las fuerzas. Steve alcanzó el arma, se acercó de puntillas al veterinario y le disparó a *Tammy* otra dosis.

Entonces había que volver a esperar a que le hiciera efecto, esta vez al aire libre, un rato muy duro que podría haber durado desde un minuto a veinte, pero que probablemente rondó los cinco. Para cuando se consideró que *Tammy* estaba dormida (de nuevo), me había dado el subidón de adrenalina. Pero era absolutamente necesario meterla en el cajón y en la furgoneta, y no había ataque de miedo que pudiera impedirlo. Recuerdo haberme sentido muy incómodo mientras transportábamos hacia el cajón a aquella criatura tan increíblemente peligrosa —el origen de un montón de miedos instintivos—, que ya había demostrado que podía despertarse en cualquier instante. Una vez más, me había quedado con el extremo de la cabeza —aunque no solo en aquella ocasión— y eso no me gustaba. La cabeza de *Tammy* es más grande que una sandía realmente grande, y aunque el traslado tan sólo nos llevó unos treinta segundos, yo estaba a la expectativa de que de nuevo comenzara a mostrar signos de vida, lo cual conllevaría desastrosas consecuencias. En cuanto la cabeza de *Tammy* hubo superado el umbral de la puerta del cajón —que cerramos con pestillo para ponerla ya a salvo—, sentí que me invadía la ira. Ira porque yo, y toda la plantilla, nos hubiéramos visto expuestos a aquello.

Las lecciones que aprendimos de inmediato fueron que un traslado no puede seguir adelante si el vehículo no está justo al lado de la casa del animal y que se debería encerrar siempre a los demás animales de la zona. Entonces, Anna, nuestra directora de la colección del zoo, y Steve comenzaron a investigar la cuestión más destacada: ¿por qué *Tammy* había sido capaz de ponerse en pie? Se realizaron consultas exhaustivas a unos treinta veterinarios zoológicos y a otros profesionales que revelaron un acuerdo general sobre la anestesia más adecuada para sedar a los grandes felinos durante ese tipo de procedimientos. Desafortunadamente, no era la que había utilizado el veterinario. Había elegido un tranquilizante para caballos, que puede funcionar, pero que se cree que resulta menos fiable. Y así se había demostrado. Anna y Steve ejercieron mucha presión —aunque en realidad no era necesaria— para que en el futuro todos los traslados e intervenciones médicas de importancia fueran gestionados por una organización externa especializada en el tema, el IZVG (Grupo Internacional de Veterinaria Zoológica en sus siglas en inglés), una organización *freelance* que tan sólo trabaja con animales exóticos. Lo que ellos no sepan sobre los animales de los zoos, no lo sabe nadie. Es evidente que sus servicios eran mucho más caros, pero aquél no era un factor que debiera tenerse en cuenta y yo me mostré completamente de acuerdo. El siguiente movimiento que íbamos a intentar, cuando la sala veterinaria estuviera a punto, era trasladar a tres enormes depredadores en un día para realizarles revisiones dentales a las que hacía tiempo que deberían haberse sometido, de modo que no podíamos permitirnos que nada saliera mal. Costara lo que costase, utilizaríamos los servicios del IZVG.

Entretanto, por encima de todos los demás incidentes inquietantes que habíamos sufrido, aquél fue probablemente el que tuvo un mayor efecto formativo. Duncan y yo descubrimos que ya no éramos capaces de estar completamente relajados al aire libre, especialmente en el parque. Una vez, estábamos en el punto más alto del zoo, en el depósito de agua —un nombre poco apropiado, ya que en realidad no es más que una tapa de alcantarilla grande colocada sobre el agujero perforado que suministra agua a un ritmo de casi cuatro mil litros al día—. Por desgracia, pierde agua, lo cual quiere decir que entre cada diez días y tres semanas baja la presión y las reservas de agua de las nutrias se secan, uno de los estanques artificiales comienza a vaciarse (a través de otra fuga todavía sin identificar) y la presión en el restaurante desciende por debajo del nivel necesario para mantenerlo en funcionamiento. Pero algo mucho más importante para mí es que a las ocho de la mañana, cuando sueles darte cuenta de que ha vuelto a ocurrir, la ducha no funciona. La ducha, como ya se ha explicado antes, no es un paraíso del lujo ni siquiera cuando funciona. Consiste en un ataúd vertical de plástico amarillento instalado en una habitación del tamaño de una ducha y justo delante de la única ventana de la misma. El mecanismo está bien (aunque la decoración situada inmediatamente por debajo de él está hecha con cables eléctricos) y, una vez que te metes en ella, cuando funciona, puede ser el mejor momento del día –un corto período de tiempo en contacto con nuestras raíces acuáticas que casi garantizaba que no te interrumpirían–. Casi. Milo y Ella siguen considerándote un blanco legítimo de sus burlas cuando estás en la ducha, y también me han sacado de ella en unas cuantas ocasiones para que asistiera a varias reuniones de urgencia, pero por lo general aquel refugio imperfecto es lo mejor que hay. Hasta que deja de funcionar. Cuando no hay agua caliente, o no hay agua de ningún tipo, la venda se te cae de los ojos y la ves tal cual es: una mierda que aún no podemos permitirnos cambiar. Como un televisor o un portátil que de pronto dejan de funcionar y ya no son un puente al centro del universo, sino poco más que una chapucera caja de plástico.

Lo que hay que hacer cuando nos quedamos sin agua es entrar en el bosque por detrás de los lobos y por encima de los osos y llegar hasta el depósito armados con dos llaves inglesas de un metro de largo y ajustar unas cuantas válvulas para purgar el sistema. A primera hora de la mañana, antes del colegio, eso tan sólo puede describirse como un coñazo, así que intentamos prevenirlo. Y así fue como Duncan y yo nos encontramos allí arriba un domingo por la tarde, charlando sobre los acontecimientos del día, relajados, mientras intentábamos recordar el orden exacto de cosas que debíamos ajustar y las tuberías que debíamos interconectar. De pronto, oímos los crujidos que provoca un animal grande cuando merodea a menos de cinco metros de ti y los dos nos dimos la vuelta de inmediato empuñando nuestras llaves inglesas y preparados para un combate a vida o muerte. Los dos manteníamos las piernas separadas y flexionadas, listos para luchar o huir, y durante los nanosegundos de los que dispusimos antes de comprobar a qué nos enfrentábamos, lanzamos miradas escrutinadoras a nuestro alrededor buscando árboles a los que pudiéramos trepar. Era una vaca, al otro lado de la valla. Solemos olvidarnos de que en los límites del parque hay otras personas que también tienen animales grandes, como vacas, caballos y ovejas, que no están listos para arrancarte los miembros y comérselos. Pero nunca se tiene demasiado cuidado, y nos costó unos minutos relajarnos y volver al trabajo que teníamos entre manos.

En otra ocasión, yo estaba fuera, cruzando un campo que pertenecía a un vecino —después de haberme asegurado de que estaba vacío–, cuando una bolsa de plástico se elevó por encima de la hierba y me dio un susto similar. Pero los momentos más terroríficos se dan por la noche. El primero se produjo mientras recogía madera para el fuego en lo que vagamente recuerdo como un recinto casi vacío que contenía unas cuantas aves terrestres. La más grande de ellas era un pavo que en ocasiones era agresivo, pero no invencible. Levanté la mirada de lo que estaba haciendo y me encontré con varios pares de ojos de animales mamíferos reflejados en la luz de mi casco; todos eran pequeños y estaban muy juntos, lo cual quería decir que sus dueños no eran muy grandes. Pero si eran pequeños felinos, me había metido en un buen lío. Entonces recordé que no tenemos ningún felino pequeño a excepción de *Jilly*, el viejo serval, cuyo recinto estaba bastante lejos. En realidad, aquellos animales eran los inofensivos y minúsculos muntíacos, que estaban mucho más asustados de mí de lo que yo debería estarlo de ellos. Aun así, me decía mi agitado razonamiento, poseen unos cuernecillos afilados... así que tuve cuidado de no molestarles mientras concluía mi misión de búsqueda de madera desperdigada.

La última vez que padecí uno de esos miedos nocturnos fue mientras paseaba a nuestro perro, *Leon*, (más información sobre él luego). En una de las esquinas del campo de las jirafas (vale, de los pequeños felinos), cuya parte de atrás da al recinto de los pumas, una noche clara pero sin luna oí que algo grande se acercaba muy lentamente hacia mí. El perro estaba un poco alejado. Mi miedo se basaba en que los pumas hembra estaban en celo y no paraban de emitir su estruendoso y estrangulado «miau», del que se piensa que, junto con el estímulo de sus feromonas, atrae a los jóvenes machos de puma que habitan el páramo. Y aquel animal venía justo de esa dirección. Titubeé, con la esperanza de que aquel perro tonto lo percibiera e, idealmente, lo atacara; mejor que el puma se lo comiera a él que a mí. Pero *Leon* continuó ajeno al peligro, husmeando egoístamente los muchos rastros animales que se escondían entre la hierba a cien metros de distancia en lugar de correr a sacrificar su vida voluntariamente por la de su amo. Soplaba una brisa fuerte a mi favor, así que el animal sabía exactamente dónde estaba yo y qué era yo; aun así, seguía acercándose entre la maleza. Finalmente, perdí los nervios y encendí de golpe la luz de mi casco, en parte esperando ver un puma a la fuga y en parte temiendo la otra alternativa: que no se diera a la fuga. Los ojos a los que me enfrenté estaban muy separados entre sí y no salieron corriendo. No hicieron absolutamente nada, lo cual me consoló, puesto que los depredadores tienden a tomar decisiones impulsivas. Tomándome mi tiempo y consiguiendo al fin reclutar a *Leon* como apoyo moral –y potencialmente sacrificial–, me fui acercando hacia el animal. A medida que me aproximaba, se fue haciendo obvio que se trataba de otra vaca inofensiva y estúpida. Supuse que debían de acabar de meterla en aquel prado, que normalmente estaba vacío, y que me acechaba porque creía que yo era el granjero y que había decidido romper la costumbre de toda una vida llevándole la comida a las tres de la madrugada.

Ese tipo de incidentes, aunque en verdad son muy emocionantes, sirven para reforzar la sensación de que vivir aquí es hacerlo en un estado perpetuo de emergencia inminente. Hasta entonces, sin embargo, la mayor parte de las emergencias habían sido falsas alarmas, o al menos manejables. Desde luego, la entrada de dinero procedente de la NFU las había hecho más llevaderas. La sensación había pasado a ser parecida a la de navegar por los rápidos de camino hacia una catarata, puesto que el dinero desaparecía a toda prisa y la fecha de la inspección para la licencia se acercaba inexorablemente.

Como había mucho que hacer, trabajábamos a un ritmo frenético. Parecía que todos y cada uno de los problemas que surgían requerirían una solución cara. La furgoneta, un viejo vehículo que había hecho unos más que notables cuatrocientos mil kilómetros, de pronto dejó que funcionar cuando se partió una punta del chasis que perforó los bajos de la parte trasera; no hay solución para eso, así que compramos un nuevo y flamante (bueno, con sólo ciento treinta mil kilómetros) vehículo de repuesto. El volquete, un enorme monstruo amarillo con un motor horrible y una caja de cambios que parecía sacada de la prehistoria, estalló un día de repente, lo cual nos supuso un nuevo desembolso. Esos dos vehículos son la columna vertebral de las actividades diarias que tienen lugar en un zoo, ya que se usan para ir a buscar y distribuir por todo el parque la comida de los animales y todo tipo de materiales.

El nuevo volquete, de alquiler, era tremendamente popular, sobre todo porque funcionaba de verdad, y desempeñó un papel importante no sólo a la hora de mejorar el ritmo de trabajo, sino también los ánimos. Pero el coste de todo aquello me cayó encima como una losa y, una vez más, me hizo echar de menos a Katherine, porque sabía que su habilidad para gestionar un presupuesto nos habría ahorrado dinero, pero también que habría aportado una sensación de control que, en su ausencia, parecía estar desvaneciéndose. Sin embargo, estábamos metidos en un viaje sin retorno, y la mayor parte de los problemas a los que nos enfrentábamos, por una vez, podían resolverse con dinero. Simplemente era consciente de que, una vez que nos lo gastáramos, no habría más. Y si no lográbamos abrir el parque con aquello, el nivel del desastre sería inimaginable. Lo más probable era que muchos animales murieran y muchas personas (incluyendo las que habían dejado buenos empleos para trabajar para nosotros) se quedaran en el paro. Y los activos de la familia, esos por los que mis padres habían trabajado tan duro a lo largo de toda su vida, quedarían hechos jirones.

«Al menos no nos está disparando nadie», solía decir mi madre. Había crecido en Sheffield durante la guerra y, de niña, había tenido que soportar los bombardeos nocturnos, que culminaron en uno en el que salió del sótano para descubrir que la casa familiar, en realidad toda la calle, había sido destruida. La familia se limitó a caminar hasta la casa de sus parientes más cercanos, la de una tía que vivía a unos doce kilómetros de distancia, pasando por delante de las filas de cadáveres tendidos en las carreteras hasta que alguien pudiera hacerse cargo de ellos. Ese tipo de experiencias les proporcionaron a las personas de la generación de mi madre un contacto con la realidad muy profundo y, aunque ella había pasado los últimos treinta años en una relativa opulencia aburguesada y no le entusiasmaban nuestras deprimentes condiciones de vida ni el constante estrés de habérnoslo jugado todo a una sola carta que no nos garantizaba absolutamente nada, mi madre sabía de primera mano que las cosas podían ser mucho peores.

La fuerza y el sentido de la aventura de mi madre fueron absolutamente vitales a la hora de luchar por el zoo y a la hora de continuar bregando por él una vez que estuvimos allí. Siempre fuimos conscientes del sacrificio que ella había hecho al comprar el zoo, así que hicimos cuanto estuvo en nuestras manos para que estuviera cómoda y para tranquilizarla. Pero no necesitaba que la consintieran. En principio, el plan era que ella continuara con su vida de alfarería y pintura y que el zoológico constituyera una especie de emocionante telón de fondo. Pero cuando murió Katherine, si Duncan no estaba, ella era quien dirigía el lugar. No se trataba de un paso trivial para una señora que acababa de quedarse viuda y cuyo marido había controlado de forma impecable los asuntos de la familia durante los cincuenta y tres años anteriores. Mi padre solía maravillarse ante la falta de destreza numérica de mi madre.

Él leía libros como *Maths Made Difficult*[8] y se pasaba los treinta minutos que duraban sus trayectos de ida y vuelta al trabajo haciendo complicadas operaciones aritméticas mentales. Pero mi madre no estaba totalmente sola ante aquello. Adam nos había puesto en contacto con Jo, una contable de ojos claros, perspicaz y corpulenta, que poco a poco logró controlar las cuentas, que manejaba con habilidad a los acreedores y que nos facilitaba informes diarios sobre nuestra salud financiera.

Con tantos gastos inesperados —sobre todo en el restaurante, donde todo, desde la vajilla a los fogones, tenía que reemplazarse—, muchos proyectos pasaron a ser demasiado caros y tuvieron que aplazarse. Como el de volver a levantar la casa de los jaguares que ya habíamos tirado abajo. Aquella operación se había presupuestado en veintisiete mil libras. Si no la llevábamos a cabo, podríamos permitirnos muchas otras cosas, como una nueva cortadora de césped, un bosque de postes para vallas nuevos y los salarios de los empleados durante un mes más. La determinación de mi madre por enfrentarse al meollo del negocio lo salvó, sin lugar a dudas, durante una época difícil, y además hizo que se ganara el respeto y la admiración de la plantilla y de muchas más personas. Cuando salí de mi exilio autoimpuesto, descubrí que mi madre estaba en medio de la mayor parte de las cosas que ocurrían, a pesar de que hacía poco que los médicos, tras un pequeño problema de corazón, le habían recomendado que evitara el estrés. Uno de los pocos lugares de la casa en el que nos habíamos gastado

---

8. Libro de Carl E. Linderholm que emplea métodos matemáticos avanzados para llegar a resultados que normalmente se alcanzan por medio de operaciones sencillas. *(N. de la t.)*

dinero era la vieja cocina. Le habíamos puesto un suelo nuevo a aquella habitación que antes apestaba y la habíamos convertido en un taller de cerámica. Una vez estuvo terminado, intentamos que mi madre se interesara en volver a su *hobby* de toda la vida —en el que es buenísima— proponiéndole muy seriamente que sus creaciones se vendieran en la tienda. Pero no hubo manera —y todavía no la ha habido— de convencerla. Mientras haya trabajo por hacer, mi madre lo hará. Y tratar de sacarla del bucle de decisiones estresantes no funciona. Simple y llanamente. Tiene espías por todas partes. Si cree que desde la dirección o desde la jefatura de los diferentes departamentos se le están dando largas, se limita a sacarle información a otro nivel de la plantilla hasta enterarse de qué está pasando en realidad. A pesar de que la serie de televisión se llamó «El zoo de Ben», por más de una razón debería haberse llamado «El zoo de Amelia».

8. Gastar el dinero

Qué gran diferencia supone el sol. Tengo la teoría de que un número desproporcionado de los expatriados que dejan este país en busca de un lugar soleado padecen algún tipo de trastorno afectivo estacional. Yo estoy seguro de que ése es, hasta cierto punto, mi caso, puesto que me muero porque empiece la primavera desde el primer momento en el que las hojas de los árboles se tornan marrones en otoño. Cuando al fin comenzó a salir el sol, a finales de abril y principios de mayo, todo parecía ser cien veces mejor. Las abundantes salpicaduras de las campanillas de invierno dieron paso a una multitud de narcisos. El optimismo podía palparse en el aire, y ya no sólo emanaba de mí.

Del taller salían como churros los nuevos postes de metal recién soldados para los recintos, había unas enormes máquinas que creaban caminos nuevos ante nuestras propias narices y el restaurante era un hervidero de actividad. Definitivamente, la primavera estaba en el aire, y con ella llegó la necesidad de realizar unas cuantas vasectomías reversibles, puesto que aún no contábamos ni con el papeleo ni con las instalaciones necesarias para que muchos de nuestros animales criaran. El primero de la lista era *Zak*, el anciano lobo alfa, cuyo problema parecía ser, en realidad, más serio. Uno de sus testículos se había hinchado hasta alcanzar el tamaño de un aguacate, y aunque eso es algo que puede ocurrirles a los lobos durante breves períodos de tiempo, el de *Zak* llevaba varias semanas congestionado y el veterinario opinaba que había que abrirlo. Todavía estábamos trabajando en la sala veterinaria, así que esterilizamos el pequeño taller que había junto al restaurante y en él juntamos varias mesas. El día fijado, le disparamos un dardo a *Zak* y el lobo cayó con facilidad. A pesar de que teníamos la furgoneta preparada para el traslado, el veterinario y Steve decidieron que sería más sencillo cargarlo a lo largo de los aproximadamente cien metros que nos separaban del improvisado quirófano. Lo cierto es que si *Zak* se las hubiera ingeniado para ponerse en pie y hacer un *Tammy*, nadie se habría asustado demasiado. A sus diecinueve años de edad, incluso en su mejor día era bastante probable que cualquier persona pudiera caminar más rápido de lo que él corría; de hecho, ya no mantenía el control sobre su manada por medio de la fuerza bruta, sino por puro carisma y experiencia.

Llegaron ligeramente jadeantes; tumbamos a *Zak* sobre su espalda entre dos grandes bloques de plástico a los que se les había cortado un semicírculo, algo así como el tajo de un verdugo, y que estaban específicamente diseñados para mantener estabilizados a los animales con la columna vertebral arqueada cuando se tumban sobre el lomo. Los bloques estaban bastante usados y aquel procedimiento era rutinario, pero aun así le pregunté al veterinario a cuántos lobos había intervenido.

«Oh, a muchos. No te preocupes. No se diferencian mucho de los pastores alemanes.» Como todo el que está a punto de someterse a una operación, *Zak* tenía un aspecto dolorosamente vulnerable y frágil. Mientras le afeitaban y lavaban allí donde convenía, los hombres comenzaron a sentir oleadas de empatía hacia el pobre animal. A las mujeres presentes nuestra incomodidad les resultó enormemente divertida.

Una vez que se realizó la incisión, se diagnosticó de inmediato que el testículo del tamaño de un aguacate era cancerígeno; las estriaciones negras y moradas indicaban con claridad la presencia de ese maligno enemigo de tantos animales y personas. Por suerte, incluso cuando está muy desarrollado, los perros y los lobos casi nunca padecen tumores secundarios provenientes de la región testicular, al contrario de lo que ocurre con los humanos. Pero oír como cortan un conducto deferente —el pequeño filamento de tejido conjuntivo que une el testículo con los órganos del aparato genital— no es agradable en absoluto. Hay demasiado crujido de cartílago y mucha mueca de dolor y cruzamiento de piernas entre el público. Su otro testículo, de color blanco rosado y un tamaño normal —más parecido a una castaña grande con forma de habichuela— también se consideró un riesgo potencial para la salud de *Zak*, puesto que su vecino podría haberlo contagiado. La segunda tanda de crujidos y cortes fue mucho peor, puesto que se aplicó a tejidos sanos. Cuando aquel segundo testículo, ostensiblemente sano, cayó sobre la bandeja provocando un sonido metálico, se produjo un momento de angustia y todos y cada uno de los hombres presentes sintieron algo, aunque es difícil concretar qué con exactitud. Probablemente, que nunca debes dejar que un profesional de la medicina se acerque a tus gónadas. Pese a que habíamos salvado a *Zak* para que pudiera continuar con su vida y liderar su manada un tiempo más, no se podía decir que aquél hubiera sido un buen día para él. Pero se recuperó sin problemas y demostró que las preocupaciones acerca de que su escroto vacío pudiera afectar a sus capacidades de macho alfa eran infundadas, ya que siguió guiando y dirigiendo a su manada —y a su ligeramente patético sucesor, *Parker*— durante varios meses.

El siguiente en la lista de espera era *Solomon*, el rey de la selva, nuestro tremendamente impresionante macho de león africano. Aquélla sí que era una vasectomía reversible de rutina, ya que lo más seguro era que algún día pudiéramos intentar que se reprodujera. Sin embargo, en aquel momento, el mundo del zoo habría considerado irresponsable que tuviéramos un cachorro de león. A pesar de que es un poco más pequeño que *Vlad*, *Solomon* es, sin lugar a dudas, el felino más impresionante que tenemos. Con sus alrededor de doscientos treinta kilos de peso, él, su melena y su rugido son realmente épicos. Los tigres no rugen, pero ese asombroso sonido ocupa un puesto destacado en la lista de armas del terror de *Solomon*. Creo que merece la pena reiterar que, en el entorno natural, no se suele conseguir oír esos rugidos desde tan cerca. Cuando *Solomon*, desde los confines de su casa, arremetió contra Steve con su «Rugido de la Muerte», nos mostró sus dientes en forma de daga; representaba un estímulo tanto visual como auditivo muy alarmante. Observé que Steve se mantenía firme y que se esforzaba por resistir a la tentación de retroceder hasta la pared más lejana del estrecho pasillo. El conservador esperó su oportunidad y en seguida logró clavar el dardo en el flanco de *Solomon*. Cuando volví a visitar la escena, *Solomon* estaba totalmente fuera de juego, la puerta abierta y el veterinario suturándole el trasero al león, sin inmutarse lo más mínimo por la gran magnitud de su paciente. Yo, sin embargo, sí que me sentí impresionado. Los ijares de *Solomon* eran enormes, y estaba seguro de que para el animal la sangrienta intervención que se le estaba realizando en sus partes más íntimas sería una fuente de disgusto en caso de que se despertara. John estaba presente como encargado de armas de fuego, pero, por lo demás, tan sólo una puerta abierta separaba a *Solomon* del parque. Cuando Kelly, que estaba en un punto del recinto desde el que podía verle la cabeza al león, comenzó a informarnos de que *Solomon* parpadeaba —es decir, de que estaba empezando a pasársele el efecto de la anestesia—, intenté detectar indicios de histeria, o al menos de un aumento del ritmo de trabajo del veterinario. Al fin y al cabo, teniendo en cuenta lo que estaba haciendo, lo más seguro es que él fuera el primer objetivo de *Solomon* si el animal recuperaba la conciencia. Pero el veterinario continuó imperturbable y siguió cosiéndole los puntos de manera metódica, como si estuviera operando a un gato doméstico en la comodidad de su consultorio. Al cabo de unos cuantos minutos, todo había acabado y el veterinario y varias personas más le colocaron a *Solomon* su microchip y lo movieron para alejarlo de la puerta. Aquellas acciones también se llevaron a cabo con tranquilidad, aunque puede que en algún momento detectara un ligero dejo de urgencia. Entonces, con su misión cumplida, todo el mundo salió del recinto, cerramos la puerta y retomamos los niveles de seguridad normales. Y *Solomon* se recobró felizmente de aquel mal trago y se dedicó a disparar por donde pudo sus balas de fogueo, en concordancia con nuestros requisitos para la licencia.

La última vasectomía, una operación que yo no presencié y que me hacía sentir un tanto incómodo, fue la de *Vlad*, que también se llevó a cabo en su propia casa. Venía decretada desde arriba, por si preñaba a sus dos hermanas, las absurdamente llamadas *Blotch* y *Stripe*.[9] Los tres tigres nacieron sin que hubiera permiso legal para ello y, después, fueron criados con biberón pese a que existía un defecto genético obvio en la rama y un exceso de representación de esa variedad de tigres siberianos en el acervo génico. Aquélla era una de las razones por las que Ellis, el antiguo propietario, había entrado en conflicto con las autoridades y por las que los tres tigres estaban clasificados como «Sólo exhibición», lo cual quería decir que no podían reproducirse. Aquello no me importaba, pero lo que sí me importaba es que los tigres son bastante susceptibles a morir a causa de la anestesia. El hermano de *Vlad*, *Ivan*, había muerto durante una operación rutinaria hacía unos cuantos años, y a *Tasmin* se le había parado el corazón unos cuantos meses antes, mientras se la examinaba a causa de un problema renal. En aquella ocasión, tan sólo la salvó la rápida reacción de Duncan al avisar al veterinario, que para entonces ya caminaba de vuelta a su coche. Rápidamente, se le administró el antídoto que le devolvió la conciencia. Dado que hasta entonces los esfuerzos amorosos de *Vlad* para con sus hermanas, a lo largo de siete años, no habían generado ninguna cría ilegal, yo era reacio a intervenirlo y a poner su vida en peligro. Me encantaba *Vlad* —es un «chico» agradable y simpático— y me daba la sensación de que la maquinaria de la intervención estatal, junto con un ligero esnobismo respecto a su falta de valor

---

9. «Mancha» y «Raya» respectivamente. *(N. de la t.)*

zoológico estricto, lo exponía a riesgos innecesarios. Pero para entonces yo ya estaba un poco cansado de tanta batalla y, con mi plante en el asunto de los lobos, el de los monos, y en unas cuantas cuestiones más, pensé que probablemente era un buen momento para dejar pasar alguna cosa. La intervención fue un éxito y *Vlad* volvió a su puesto al día siguiente.

El dinero estaba desapareciendo a marchas forzadas, pero al menos teníamos una fecha para la inspección, el 4 de junio, cosa que nos proporcionaba un límite a todo o nada por el que trabajar. Todo el mundo colaboró, aunque a veces nos excedimos tirando de los recursos, puesto que encargábamos herramientas o equipamiento nuevo con cierto abandono. Los miembros de la plantilla que habíamos heredado demostraron ser grandes improvisadores —habían tenido que ingeniárselas así durante muchos años, a medida que la fortuna del parque iba declinando—. En lugar de comprar barras de metal nuevas, por ejemplo, propuse recuperar las que teníamos generosamente repartidas por todo el zoológico. Había en torno a un acre de chatarra detrás del restaurante, por citar un caso, y allí podían encontrarse cosas como coches viejos e incluso camiones y la hacía tiempo olvidada carrocería de un volquete, así como unos veinte frigoríficos, innumerables ruedas y neumáticos, trozos de madera y unos cuantos miles de cosas más «almacenadas» para utilizarlas en algún punto indefinido de un futuro que nunca llegó. Hicimos un trato con el chatarrero local, que vino al parque con un enorme camión de plataforma y una miniexcavadora que, con gran amabilidad, nos prestaba cuando no la estaba utilizando. El trato consistía en que él podía quedarse con todo a excepción de con los trozos de metal que pudiéramos reciclar a cambio de que despejara la zona. «Sin problema –comentó encantado–. Tardaré unos cinco días.» Nueve semanas más tarde, todavía seguía cargando el camión todos los días con los objetos metálicos que levantaba del suelo. Aunque el noventa y cinco por ciento de aquello era pura y auténtica basura, también habíamos rescatado todo tipo de cosas útiles, entre las que se contaban piezas de cristal doble que milagrosamente no se habían roto, algunos postes para vallas que podían utilizarse sin problema y suficientes perfiles de hierro como para fabricar un recinto pequeño. El primer objeto fabricado exclusivamente a partir de la chatarra que habíamos recuperado fue un remolque para las nuevas motos *quad* de los cuidadores. John empleó para ello las ruedas de un viejo cortacésped con asiento y lo acabó en menos de una semana. Todavía lo utilizamos hoy en día.

Sin embargo, no se puede decir lo mismo de las motos *quad*. Más bien, no se puede decir de ninguna excepto de una. Duncan tuvo la idea de comprar unas motos *quad* baratas para motivar a la plantilla, pero su propuesta fracasó desde el principio, puesto que terminaron por utilizarlas las personas menos indicadas y por las razones menos indicadas. En lugar de servir para aligerar la carga de trabajo de Hannah y Kelly, las cuidadoras seguían empujando pesadas carretillas llenas de carne y remontando empinados caminos a veces sin asfaltar, mientras que los júniores de mantenimiento y los empleados temporales daban vueltas por el parque subidos en el *quad* desempeñando tareas menores. Los vehículos se deterioraron a gran velocidad y cada vez estaban más tiempo parados, bien porque los estaban reparando, bien porque estaban a la espera de piezas. Aquello creó bastantes rencillas y tuvimos que convocar varias reuniones en las que se establecieron protocolos estrictos en cuanto al uso de los *quads*. La persona a quien menos le gustaba aquello era probablemente Rob, cuidador jefe y sufrido nieto de Ellis. «¿Qué hay de malo en caminar? –preguntaba–. Es parte de lo que conlleva trabajar en un sitio como éste.» A pesar de que aquellos vehículos se habían comprado con buena intención, las consecuencias nos enseñaron una importante lección acerca de lo que ocurría si alterábamos el ecosistema que habíamos heredado.

Yo también les hice un regalo a los cuidadores, aunque de menor calibre. Mi obsequio provocó menos controversias. Aquellos diez cascos con luz, distribuidos entre toda la plantilla, hicieron que trabajar en las oscuras tardes de invierno fuera más seguro y más soportable (ya que no había alumbrado exterior y ni siquiera contábamos con iluminación en algunas de las casas de los grandes felinos). «No he oído ni una sola queja en contra de los cascos», me dijo Rob. Sin embargo, antes de que llegara la primavera, se habían perdido o roto todos y cada uno de ellos. Pero no nos pongamos tan serios: en las tardes que había luz no los necesitábamos.

Los pavos reales fueron otro agradable detalle de aquella primavera, ya que no paraban de acicalarse y de mostrar su increíble y exagerado plumaje como si les fuera la vida en ello. Da la sensación de que los diseñó un loco extravagante, probablemente un nativo americano, dada la gran cantidad de detalles, aunque un poco demasiado inclinado hacia los gustos de Liberace.[10] Son magníficos incluso cuando están en re-

---

10. Se refiere a Wladziu Valentino Liberace, artista y pianista norteamericano que en la década de 1950 se hizo famoso por sus rapidísimas interpretaciones de piezas clásicas en televisión. Solía vestir trajes de plumas, pieles y lentejuelas y se adornaba con enormes joyas y diamantes falsos. *(N. de la t.)*

poso: sus cabezas y cuellos imposiblemente azules dan paso a unas plumas verdes y doradas −igual de improbables− dispuestas como escamas a partir de la mitad de su espalda. Éstas, a su vez, se convierten en las famosas largas plumas de sus colas, muchas de las cuales miden alrededor de un metro y con facilidad llegan a triplicar la longitud de los cuerpos de los machos. Por si eso fuera poco, como si de una idea de último momento se tratara, sus cabezas se embellecen con más plumas, éstas acabadas en una punta azul sobre un tallo estrecho, que constituyen una parodia animal del casco de un centurión romano. «¿Y por qué no, demonios?», piensas. Han llegado hasta aquí. Parece que la única frontera a su opulencia son los casi ilimitados confines de la imaginación de su diseñador indio Liberace.

Ver aquellos extraños pájaros bajo la luz del sol me animaba muchísimo. Su tremenda belleza física me resultaba inspiradora, era un símbolo de que, incluso caminando de un lado a otro con nerviosismo y con el teléfono móvil pegado a la oreja, estaba en un lugar poco común, valioso y con un toque de exotismo. Y, además, también eran muy divertidos. Aquellos cabeza de chorlito le mostraban su resplandeciente abanico a todo lo que se moviera, y a unas cuantas cosas que ni siquiera lo hacían. Los machos más viejos, con sus magníficas colas, brillaban a la luz del sol cuando le mostraban su mercancía a los patos, los gallos y a las pollas de agua, que los ignoraban aplicadamente o se alejaban avergonzados. Pero también escogían como objetivo los bancos del merendero, los balones de fútbol, las macetas e incluso los gatos (cosa que disgustaba sin medida a aquellos felinos ligeramente inquietos). Por lo que se ve, en verdad sólo de vez en cuando les muestran sus encantos a los sujetos correctos, las hembras de pavo real, que se supone que deben quedar tan impresionadas con el despliegue que no se conformarán con menos. Pero tampoco parecían quedar muy sobrecogidas, así que era habitual que se marcharan y dejaran al desafortunado macho resplandeciendo ante nadie, abandonado como si lo hubieran dejado tirado en mitad de una prometedora primera cita. Creo que tan sólo presencié una cópula exitosa a lo largo de toda la temporada de apareamiento; lo que sí es seguro es que al final de la misma tan sólo había una hembra preñada.

También me encantaban los pavos reales debido al lugar que ocupan en la evolución, o, mejor dicho, en su explicación. De vez en cuando escribo sobre psicología evolutiva, concretamente sobre el comportamiento masculino, y a menudo utilizo la cola de los pavos reales como un claro ejemplo de ciertas demostraciones masculinas muy elaboradas y caras diseñadas para atraer a las hembras. Existen argumentos contundentes a favor de la idea de que toda la corteza cerebral humana —nuestro órgano más costoso desde el punto de vista metabólico— evolucionó teniendo como único objetivo atraer a una pareja. De igual forma, el humor, la caza, el correr riesgos y los Porsches 911 pueden identificarse como fenómenos del tipo «cola de pavo real». Se pueden buscar otros ejemplos, como los de las aves del paraíso, pero sus elaborados despliegues y su excepcional plumaje de táctica de choque no tienen nada que hacer frente al gran peso de la extravagancia con la que el pavo real se ha cargado a sí mismo. Lo interesante de dicha cola es que cuesta mucho generarla y mantenerla —como el Porsche o la corteza cerebral—, de modo que tenerla supone, sin lugar a dudas, una sangría para los recursos del animal. La corteza nueva del cerebro de un humano consume el cuarenta por ciento de sus calorías, comprar un Porsche es muy caro y, además —sujeto a acciones judiciales pendientes de resolución en el momento en que escribo—, podría tornarse casi igual de caro conducirlo por el centro de Londres, donde estoy seguro que se encuentran la mayor parte de ellos. Pero la cola de los pavos reales realmente los entorpece, llama muchísimo la atención de los depredadores y les dificulta sobremanera la huida. Su peso impide que puedan levantarse del suelo y rara vez se les ve intentar algo más que un breve salto con ayuda de las alas cuando la tienen desplegada. Hacía unos cuantos años que ese argumento se había ilustrado de forma gráfica cuando, de acuerdo con Robin, los osos fueron trasladados a su nuevo recinto boscoso, una zona que solían visitar los pavos reales. «Sí, les costó un poco acostumbrarse al cambio —cuenta de modo eufemístico Robin—. Durante la primera semana, los osos se alimentaron sobre todo de pavos reales.» Una vez aterrizados, los pavos reales se llevaban un buen susto al ver a los osos y, además, estaban poco dotados para escapar de aquellos depredadores voraces que se movían con rapidez; es una lección sobre la selección natural que me resulta fascinante. Los veo hacer gala de ese despliegue tan increíblemente costoso con tan poco acierto y ante unos objetos tan inadecuados mientras los niños juegan al fútbol a su alrededor y pienso que haberse tomado todas esas molestias para desperdiciar su exhibición ante la funda de una cámara o el tocón de un árbol es maravilloso por lo que tiene de despilfarro. Realmente me indica, por tomar prestada la frase de Dawkins que da título a su famoso libro sobre la teoría darwiniana, que el relojero estaba ciego.[11] Podría pensarse que un solo gramo más de tejido neuronal sería una mejor inversión, pero las cosas no funcionan así cuando el mercado —que ha evolucionado por medio de una rigurosa selección sexual— tiene que ver con las colas costosas. Sentía debilidad por los pavos reales. Así que me inquietó saber que Owen, nuestro cuidador estrella de aves, había decidido por su cuenta y riesgo sacrificar a cuatro de ellos con el pretexto de la superpoblación. En seguida sospeché que había algún motivo más, ya que Owen, al igual que Sarah, me había dicho que no entendía el zoológico como un lugar en el que debieran tenerse animales no exóticos o, más en concreto, «animales sin relevancia zoológica». La mayor parte de las aproximadamente cien aves que había en aquel momento en el recinto de acceso público —sobre todo pollos, gansos y patos— habían ido desapareciendo poco a poco, en apariencia mermados por una infección parasítica sistémica que estaba demasiado avanzada como para tratarla y que constituía un riesgo para la salud de las aves poco comunes y más significativas desde el punto de vista zoológico que planeábamos adquirir en el futuro. Pero contactamos con varios vecinos y granjeros y les ofrecimos que se llevaran a las aves —de cuya salud tendrían que hacerse cargo ellos—, de manera que muchas se salvaron y generaron gran cantidad de huevos para otras personas. Adam, sobre todo, solía burlarse de mí diciéndome que le encantaba comerse un buen huevo de pato para desayunar. Aquel sacrificio, considerado necesario, disgustó en especial a mi madre, que había disfrutado de que aquella

---

11. *The Blind Watchmaker* (traducida al castellano como *El relojero ciego*) es una obra que el divulgador científico británico Richard Dawkins publicó en 1986. *(N. de la t.)*

extraña prole la siguiera de un lado a otro mientras les daba de comer. Aquella experiencia, en su propio parque, actuaba como recordatorio del largo camino que había recorrido desde su infancia. A mí también me afectaron aquellas muertes, que además ponían de manifiesto un alto nivel de desacuerdo con los nuevos miembros de la plantilla de cuidadores. El conflicto culminó en una apasionada reunión acerca de la dirección del parque que se celebró unas cuantas semanas más tarde. Más información sobre esto luego.

Mientras tanto, yo acepté esa y otras medidas, para mí, bastante radicales simplemente porque no había tiempo para protestar por todo y porque tampoco habría sido muy inteligente desafiar a la ortodoxia en referencia a todo aquello sobre lo que yo tenía dudas. Los cuidadores de zoológico son parecidos a los miembros de una organización paramilitar. Se ponen botas grandes y pantalones de combate, se comunican a través de *walkie-talkies* y desempeñan labores peligrosas que conllevan el uso de armas de fuego. Ascender entre sus filas requiere mucha disciplina y dedicación, así como conformidad con la ortodoxia establecida. No podía hacerlo. Podría decirse que cuento con un mínimo de autodisciplina (aunque puedo imaginarme perfectamente la carcajada que soltaría mi padre ante tal afirmación), pero la disciplina externa suele irritarme bastante. Duncan intentó en una ocasión ser cuidador de zoo, durante alrededor de seis meses en la sala de los reptiles del Zoo de Londres, pero aquello tampoco era para él. «Recuerdo mi primer día –cuenta mi hermano–. Mi responsable me mostró una escoba, me explicó lo que era y luego me enseñó cómo debía utilizarla: poniendo el extremo con cerdas en el suelo y después empujándolo por delante de mí una y otra vez. Me llevó un rato asumir que estaba allí de pie mientras un hombre de cierta edad me explicaba cómo tenía que barrer el suelo.» Una vez que Duncan pensó que ya estaba lo suficientemente formado en las esotéricas artes de la limpieza, al cabo de unos cuantos días introdujo una innovación. «La cabeza del cepillo se caía continuamente, así que le puse un clavo y tripliqué mi efectividad. Pero aquel tipo se puso hecho una furia. "¿Quién te ha dicho que hagas eso?", me gritó, y con razón, como se vio después.» Por lo que se ve, la cabeza de la escoba se dejaba suelta porque a veces los cuidadores tenían que entrar en la zona de los caimanes para limpiar lo que ensuciaban aquellos lentos y primitivos animales y en aquellas ocasiones el cepillo constituía su principal defensa. «La idea era que si en algún momento un caimán hacía un movimiento hacia ti, le ponías delante la escoba para que mordiera la cabeza y se retirara pensando que había conseguido algo. Así, al menos, te quedabas con el palo y no te lo arrancaban de las manos para sacudirlo por todo el recinto.» Así que había un método en aquella locura aparente (aunque esa parte de la formación, que se podría considerar la más importante, no se la habían explicado), pero muchas de las cosas con las que se encontró Duncan parecían locuras absolutas, sin más.

«Las tortugas de las Galápagos tenían la enfermedad del pico y a consecuencia de ello no se reproducían, así que decidí dedicar mis horas de la comida a investigar el asunto», comenta mi hermano. El Zoo de Londres cuenta con una de las bibliotecas zoológicas más completas del mundo, pero como aprendiz de cuidador a principios de la década de 1980, Duncan no estaba autorizado a acceder a ella. «Me lo pusieron realmente difícil; era como si de verdad fueran incapaces de entender qué quería hacer allí dentro.» Al final, Duncan consiguió que le dejaran entrar y descubrió que el único zoo que había logrado que aquellos reptiles tan enormes y longevos —por aquel entonces se creía que Charles Darwin había traído con él desde Galápagos uno de los que había en Londres— se reprodujeran con éxito era el de San Diego. Leyó sus estudios y se puso en contacto con su plantilla, y así fue como descubrió que lo que les provocaba la enfermedad del pico era comer plátanos, ya que se les quedaban pegados en la parte baja de la mandíbula. Cuando están en su hábitat natural, las largas hierbas entre las que caminan las tortugas arrastran esa materia, pero en Londres no existían tales hierbas, de ahí que padecieran la enfermedad. Duncan le llevó sus descubrimientos al cuidador sénior que estaba a cargo de los reptiles. Esperaba que se pudieran implementar los cambios necesarios, e incluso que le dieran las gracias por sus esfuerzos. En realidad, el anciano le dijo: «Llevo veinte años haciendo este trabajo. ¿Quién eres tú para decirme cómo tengo que hacerlo? Que te jodan.» Dicen que la ciencia avanza funeral tras funeral. Duncan no es el tipo de persona que se sienta a esperar, así que dejó aquel trabajo para convertirse en su propio jefe en un negocio de importación de peces marinos de los trópicos.

De repente los dos nos encontrábamos dirigiendo un zoológico —o al menos intentándolo— y, mientras que sabíamos que debíamos escuchar y seguir de cerca lo que nos decían nuestros consejeros, desde los cuidadores al conservador pasando por el consejo, también éramos conscientes de que habría ocasiones en las que tendríamos la capacidad de innovar.

Los directivos de empresas saben que a menudo las personas que más innovan no son los expertos en el negocio. Nuestro problema era que en realidad tampoco éramos directivos de empresa. Pero al menos sí que éramos ajenos al mundo del zoo.

Asimismo, sabíamos que, de momento, todos nosotros teníamos que trabajar juntos y que, por utilizar una frase de Peter Wearden, el agente de salud medioambiental, «Marcar todas las casillas» era lo que más contaba en vísperas de la inspección. A veces, dichas casillas podían rellenarse por medio de una concatenación de eventos distintos a los prescritos o recomendados, como ocurrió en el caso de la disputa sobre los lobos o en el de los monos; pero siempre llevaba tiempo e, invariablemente, durante el intervalo que precedía a la resolución del asunto, nuestra frágil credibilidad resultaba mermada. Hasta que al final se rellenaba la casilla, momento en el que toda la cuestión se tornaba invisible y todo avanzaba hasta la siguiente casilla. Apenas nos quedaba tiempo y teníamos que marcar todas las casillas que pudiéramos antes de la inspección, que ya estaba firmemente fijada para el día 4 de junio. Teníamos que entrar en un delirio de marcar casillas, porque si no los banqueros y los abogados sacarían alegremente sus propias carpetas, cosa que nos permitiría un margen de maniobra mucho menor y que nos obligaría a trabajar con casillas bastante menos agradables.

Reinaba un estimulante espíritu de trabajo en equipo –un equipo verdaderamente flexible, diestro y abnegado que trabajaba unido para conseguir un objetivo común–. Sobre el papel, aquélla era nuestra empresa y todos los demás eran empleados que estaban allí, a largo plazo, para intentar generar beneficios para nosotros. En realidad, no creo que ninguno lo viera así, y nosotros menos que nadie. Un día tras otro, daba la impresión de que todos estuviéramos luchando por salvar para el futuro un atribulado recurso público y, aun más importante, una colección de atribulados animales. Y si fracasábamos, las consecuencias serían impensables. Tony Tourette hizo un excelente trabajo, puesto que se abrió camino –sin parar de soltar tacos– entre innumerables contratiempos, manejó su excavadora con maniobras ridículamente hábiles y eficientes e hizo que su equipo, como él, trabajara tan duro como era posible para un humano. Anna y Steve resultaron absolutamente inestimables. Ella se encargó de todo el complicado papeleo y nos iba informando con exactitud de qué casillas teníamos que marcar y de cómo debíamos hacerlo, mientras que Steve desempeñó funciones de albañil, cuidador, supervisor, conductor de apisonadora... de cualquier cosa que se necesitara, fuera lo que fuera. Hannah, Kelly, Paul, John y Rob alternaban las tareas de cuidado de los animales con las de mantenimiento, y una cuadrilla de trabajadores temporales se encargó de las labores más desagradables, como dragar fosos llenos de fango, barrer acres de hojas húmedas y tensar cientos de metros de tela metálica nueva –que te araña las manos, cosa que resulta aún más dolorosa con el viento frío–. Owen y Sarah guiaban a su tropa de cuidadores júniores dando ejemplo, trabajando increíblemente duro, liderando, formándoles e inculcándoles las prácticas modernas apropiadas, aunque a veces me daba la sensación de que lo hacían con demasiada severidad –Owen me dijo una vez que para formar a novatos tienes que «romperlos por completo y rehacerlos de nuevo, en ocasiones»–. Aquello no armonizaba con mi técnica de dirección preferida (aunque, debo admitir, que la iba improvisando a medida que se sucedían los acontecimientos), pero al fin y al cabo yo no pertenecía a aquella cultura. De manera inevitable, durante aquel proceso se produjeron peleas ocasionales y amenazas de abandono, pero la atmósfera general era de cooperación, todo el mundo se aplicaba a fondo y hacía lo que fuera necesario. Las cosas iban tan bien como podían ir. Y entonces llegó la lluvia.

Tras un mes de mayo excepcionalmente optimista y boyante, entramos en el mes de junio con el nivel de precipitaciones más alto de los últimos cien años en el Reino Unido. El suroeste recibió más del doble de la media de lluvias desde que en 1914 comenzaron a registrarse los datos. Regresaron las persistentes dudas acerca de si seríamos capaces de completar nuestra labor en el tiempo del que disponíamos. Vestidos con impermeables, había tareas, como instalar vallas y sustituir barreras, que aún podían llevarse a cabo. Pero otras, como soldar en el exterior, hormigonar, cortar con las sierras mecánicas y, con frecuencia, utilizar la excavadora, resultaban imposibles.

Los pavos reales, que hacía tan poco habían constituido un símbolo de esperanza, pasaron a estar sucios y desaliñados. Una de las hembras se pasó semanas sentada en la franja de hierba que había delante de los servicios y, cuando le pregunté a los cuidadores si se encontraba bien, resultó que es que estaba empollando sus huevos. Bajo la lluvia. A tan sólo unos cuantos metros de ella había un arbusto perfectamente apropiado para el efecto que al menos le habría proporcionado un poco de cobijo frente a los elementos e, igual de importante, frente a los zorros. Pero aquella ave tarada —que por lo que se ve era la única que había sucumbido al elaborado y evolutivamente costoso despliegue primaveral del macho– se empeñó en intentar criar a su delicada prole expuesta por completo a los elementos y a los depredadores. Al final se abrieron tres huevos y la madre, con gran inteligencia, cambiaba a sus pequeños de sitio todas las noches. Pero, a medida que fueron creciendo y que la pava real se fue alejando cada vez más –seguida por su pequeño trío de polluelos, que en realidad eran bastante bonitos e intentaban desesperadamente seguir el ritmo de su madre–, fuimos perdiéndoles la pista y sinceramente no puedo decir si alguno de ellos sobrevivió o no.

Aunque lloviera, había mucho que hacer, tanto dentro como fuera, y yo me lancé de cabeza al trabajo. Para entonces, menos de tres meses después de la muerte de Katherine, yo percibía cambios fisiológicos significativos en mi respuesta. Sobre todo, no me sentía tan pesado, como si con su fallecimiento me hubieran drenado la vida –a pesar de que mi dieta de Stella Artois, ya muy reducida pero todavía una parte importante de mi rutina para conseguir dormirme después de acostar a los niños, me estaba ensanchando bastante la cintura, así que en realidad mi pesadez física estaba aumentando–. Pero comenzaba a recuperar la energía interior. Los muchos disparadores diarios se iban haciendo más reconocibles y más soportables; ya era mucho menos probable que algo inesperado me pillara con el pie cambiado y además la cantidad de veces que necesitaba llorar se fue reduciendo de manera paulatina. De vez en cuando me sentía abrumado al sumergirme en la inmensidad de lo que habíamos perdido. Un par de breves viajes a Londres, cuyos rincones parecía haber visitado con Katherine uno por uno, que tuve que realizar en aquella época fueron particularmente horribles. Pero por lo general notaba que estaba mejorando. Y daba la sensación de que los niños estaban cada día mejor en su nuevo colegio y de que se adaptaban a la pérdida de su madre con la maleable resistencia de los que son tan jóvenes.

Está claro que aún estaban muy afectados, así que me aseguraba de seguir hablando con ellos cada vez que querían que lo hiciera. Sin embargo, la sensación de que eran ellos los que me protegían a mí —y a ellos mismos— de mi dolor era cada vez mayor. Supongo que debió de resultarles alarmante, pero era imposible (y desaconsejable, creía yo) ocultarlo durante las primeras etapas. A veces se confiaban a amigos y vecinos, y a Amelia, que entonces me informaban a mí de sus secretos. Un día a los dos se les ocurrió la idea de ponerse uno de los jerséis de Katherine para irse a la cama, y mientras hurgaba entre sus cajones llenos de prendas perfectamente dobladas —como durante aquellas memorables semanas de vestirla y desvestirla— sentí que me iba disgustando poco a poco. Milo, que me observaba de cerca, sonrió y me hizo un gesto de advertencia con el dedo mientras decía con cariño: «Eh, eh, eh, papá. No abras el grifo de las lágrimas.» Aquel comentario me animó muchísimo; le prometí que no lo haría y le volví a asegurar que cuando quisiera hablar de su mamá yo no lloraría. Y ése es el punto en el que nos encontramos ahora.

La fecha de la inspección se cernía sobre el parque, pero a menudo la lluvia hacía que fuera imposible ver más allá de unos cuantos metros. Aun así perseveramos e incluso varias semanas antes de la inspección los ánimos comenzaron a levantarse; la opinión general parecía ser que «habíamos marcado suficientes casillas» como para mostrar nuestra buena voluntad. Apenas se conoce ningún zoológico que haya perdido la licencia y que haya conseguido apartarse del abismo, pero teníamos la sensación de que era probable que nosotros lo consiguiéramos... aunque no podíamos permitirnos holgazanear ni siquiera un instante. Nuestro corto currículum tenía buen aspecto. Contábamos con la gente adecuada, las intenciones apropiadas y, si no con la cantidad de dinero oportuna, al menos sí que nos lo estábamos gastando de manera correcta. Una de las partes más importantes de los requisitos para la licencia era la relativa a las medidas de conservación que íbamos a implementar. Steve y Anna tienen buenos contactos con un programa de especies en peligro de extinción de Sri Lanka, y el catálogo de fondo de los éxitos de Owen y Sarah estaba haciendo que nos llegaran promesas de programas de cría para el futuro, lo cual también nos daba puntos. Al igual que criaturas como *Ronnie*, el tapir oficialmente declarado «vulnerable», y *Sovereign*, nuestro preciado jaguar de registro genealógico. Pero, cada vez más, las medidas de conservación relacionadas con la zona en la que está asentado el zoológico se consideran como mínimo igual de importantes que las otras. Por suerte, nosotros estábamos en posición de implementar muchas. Situados en los límites de Dartmoor, que ya es de por sí el próspero hábitat de muchas especies que están en declive a nivel nacional, contábamos con la localización perfecta para ayudar a animales en peligro de extinción de la variedad menos glamurosa, como los lirones, los murciélagos de herradura, las vulnerables aves que anidan en el suelo, los tritones, los caracoles, e incluso ciertas clases de musgos y líquenes. Una especie de la que yo ya sabía algo era un tipo de mariposa de la que se cree que tiene uno de sus últimos puntos de apoyo en el país aquí, en Dartmoor. Daba la casualidad de que yo había escrito muy brevemente sobre ella para el *Guardian*. Llamé a la Sociedad de Conservación de las Mariposas («Conservación de las mariposas, ¿en qué podemos ayudarle?», me susurraron), que me informó de que podíamos trabajar en la creación de hábitats que resultaran apropiados para las mariposas. Ya teníamos un par de acres dedicados a un bosque de conservación, pero era necesario que introdujéramos plantas que podrían resultar perjudiciales para las que ya había allí. Agradecerían una donación. Eh... quizá algún día.

Otro esfuerzo fallido fue el del poni de Dartmoor, del que quedan menos de novecientas hembras de cría (lo que significa que es aún más escaso que esa destacada figura de la conservación, el panda gigante). En aquel momento era objeto de una campaña local conjunta que pretendía protegerlos de los implacables terratenientes que en ocasiones los mataban o los vendían como alimento con tal de no pagar la recién implantada tasa de veinte libras requerida para obtener el pasaporte del caballo, un documento necesario de acuerdo con la ley europea. La idea es llevar un registro de los animales que podrían introducirse en la cadena alimentaria humana para controlar cualquier tipo de medicina veterinaria que hayan consumido. La realidad es que un poni de Dartmoor puede venderse a cambio de tan sólo un litro de leche y que muchos granjeros que están pasando fuertes apuros económicos simplemente no pueden permitirse cumplir con la ley del pasaporte. Algunas organizaciones benéficas están buscando granjeros que puedan ofrecer prados para pequeñas manadas de ponis a las que periódicamente se llevan de vuelta a ciertas áreas del páramo para que pasten y las trabajen como sólo esos resistentes bichos indígenas son capaces de hacer. Mi hermana Melissa se encargó de investigar y promover el plan, puesto que, hacía tiempo, ella había tenido un poni de Dartmoor –*Aphrodite*– de carácter testarudo pero agradable. Yo recuerdo a *Aphrodite* con cariño; me acuerdo de verla fuera –sosegada, en la nieve, con carámbanos de hielo colgándole de las crines– intentando tranquilizar a un remilgado semipurasangre que llevaba un grueso abrigo para caballos, estaba guardado en un establo con calefacción y aun así se había resfriado. Aquel proyecto local parecía perfecto, así que hice planes para dedicarle ocho acres –suficiente para albergar a entre ocho y doce pequeños ponis– a ese admirable fin. Pero choqué contra un muro: aquello no marcaba ninguna casilla. Puede que los ponis de Dartmoor estén en peligro de extinción, pero la especie a la que pertenecen, el Caballo *(Caballus)*, tan sólo puede ser descrita como «pujante». Los ponis de Dartmoor fueron creados artificialmente por los humanos hace unos cuantos siglos, probablemente para que trabajaran en las minas de estaño de la zona, así que se consideran una raza y no una especie en peligro de extinción. Era como intentar salvar al gato siamés o al staffordshire bull terrier. Tal vez de interés para los criadores locales, pero insignificante desde el punto de vista zoológico. Para mí aquello fue una píldora amarga (y muy irritante) de tragar, pero, de nuevo, el tiempo no jugaba a nuestro favor y, más que lo que nos gustara, teníamos que hacer lo que fuera necesario para conseguir nuestra licencia.

Un proyecto local que sí que conseguí incluir como pilar fundamental de nuestra estrategia de conservación fue la reintegración de los setos vivos. Se calcula que hay en torno a un par de kilómetros de seto vivo que rodea y atraviesa nuestros treinta acres de terreno. La mayor parte de ellos está en mal estado, así que no ofrecen a la fauna local el rico hábitat que una vez fueron. Algunos setos vivos (aunque debo decir que no los nuestros) tienen más de setecientos años de antigüedad. Si se los mantiene debidamente, se convierten en un ecosistema gigante y alargado por derecho propio, en auténticos pasillos por los que circula la fauna y que además protegen muchas flores silvestres, plantas, insectos, aves y mamíferos que experimentan dificultades cuando están en campo abierto. Además, contábamos con bolsas de diferentes tipos de espino que podían trasplantarse desde distintos puntos del parque y, por suerte, ese proyecto sí que recibió una entusiasta aprobación por parte de las autoridades. Asimismo, marcó mi propia casilla personal de una intervención lenta y a largo plazo, de una mejora gradual del más amplio ecosistema del parque —ese que seguramente no nos daría sustos, pero que sí nos proporcionaría beneficios a largo plazo y bastantes oportunidades educativas... y seguridad, ya que los setos vivos, cuando son gruesos, constituyen una buena barrera tanto contra los intrusos como contra ciertos animales exóticos descarriados—. Y, sobre todo, al trasladar los espinos liberamos espacio para otros usos, por ejemplo, para zonas panorámicas. Aquello entró en nuestro plan, así que nos pusimos a buscar gente que entendiera de setos para que nos formara y aconsejara. Por fortuna, en la zona de Devon se continúa con todo ese tipo de viejas prácticas campestres, así que me moría de ganas de que llegara el momento en que pudiera perderme durante unas cuantas horas al día en el antiguo arte de la poda.

Entretanto, allá por el restaurante, el maestro de ceremonias, Adam, estaba consiguiendo unificarlo todo poco a poco, pese a que se requería una mirada experta para discernir que, de aquel caos, iba surgiendo cierta coherencia. La cocina todavía era un desbarajuste, al igual que la zona de comedor y la tienda —cubiertas de serrín y herramientas de trabajo—, que de alguna manera tenían que convertirse en un espacio de acceso público y en una zona comercial respectivamente. Pero había señales que indicaban que todo estaba cambiando para mejor. Habían cubierto el infame techo con pladur nuevo y fresco y luego tres hombres lo habían enrasado con yeso hasta conseguir una lisura casi etérea en menos de una semana —que, para una superficie de cuatrocientos metros cuadrados, era un ritmo bastante elevado—. Bueno, tenía que serlo. Tenía que secarse y después había que pintarlo e instalar los nuevos y preciosos plafones halógenos de acero cromado (a Katherine le habrían gustado).

Se había hablado mucho de utilizar colores crudos, incluso colores intensos, en las paredes, pero mi madre y yo nos mantuvimos en nuestras trece: todo sería blanco. Con el suelo de roble, el mostrador y la barra de roble, y los detalles de acero inoxidable, aquella enorme sala iba a ponérselo muy difícil a los restaurantes pijos de Londres.

¿Os acordáis de aquella reunión con una empresa de diseño en la que estaba cuando se escapó el lobo? Al final no contratamos a aquella gente para que nos hiciera los folletos, porque sus propuestas eran demasiado recargadas. (En su lugar, un amigo de Londres se ofreció voluntario para acabar lo que Katherine había comenzado ciñéndose mucho más al estilo de mi esposa; gracias, Paul.) Pero de aquella reunión sí que salió algo bueno. Cuando esbocé mis ideas para la estética global del restaurante —y, en última instancia, del parque— y mencioné como principio rector a Terence Conran, uno de los diseñadores aportó una descripción excelente. «Conran se topa con *Memorias de África*.» Me apoderé de ella de inmediato. (¿Pretencioso? *Moi?*) Por muy pomposo que pueda sonar tal modelo, si éramos capaces de llevarlo a cabo, estaba seguro de que funcionaría en el mercado al que nos dirigíamos. Los buenos diseños se están haciendo cada vez más populares, así que en los zoológicos están brotando los edificios modernos a la misma velocidad que en cualquier otro contexto. Hace poco el Zoo de Bristol se gastó un millón de libras en una nueva casa para monos que podría aparecer en un programa de «Grand Designs» sobre Suecia. Las personas que comen en McDonald's de manera habitual no se sentirán intimidadas por el buen gusto de la sencillez (bueno, «buen gusto» según mi modesta opinión personal, en cualquier caso), y tampoco por la buena comida siempre y cuando ésta tenga un precio razonable. Además, mi interpretación más optimista de nuestro plan de negocios era que tanto nosotros como las carreteras que rodean el parque podríamos asumir una afluencia máxima de entre doscientos y doscientos veinte mil visitantes al año, así que quizá un día tuviéramos que subir los precios para limitar la cifra. ¿Por qué no prepararse ya para ese mercado? Es fácil adelantarse a los acontecimientos (mucha gente pensaba que nuestra aspiración más urgente, tan sólo para salvar gastos, de empezar con sesenta mil visitantes anuales era ya optimista) en la animada atmósfera del restaurante, sobre todo con Adam en modo «se puede», aún haciendo malabares con los presupuestos y los materiales y haciéndose cargo de entrevistar a la plantilla de restauración con unos plazos verdaderamente ajustados. Viendo el progreso, y viendo a Adam, yo estaba convencido de que aquel joven entusiasta iba a conseguirlo. Y aquello era fundamental, puesto que el restaurante constituiría el motor financiero del parque... y con suerte un lugar en el que yo podría comer sin tener que preocuparme por limpiar después durante los siguientes veinticinco años.

Otra parte vital del plan de negocio era que teníamos que tener al menos un buen quiosco – idealmente dos– o, si se debía tener en cuenta para algo el tremendo éxito del cercano Zoo de Paignton, uno cada cincuenta metros. Adam rechazó la idea de utilizar para ello una construcción prefabricada junto a la futura granja infantil interactiva, una configuración de instalaciones gracias a la que, desde que soy padre, me han sacado té, pasteles y helados en multitud de ocasiones. Owen se abalanzó sobre aquel edificio para incubar en él los huevos de los pájaros a la vista del público. Adam defendía con uñas y dientes que colocáramos un quiosco de obra en la parte alta de la zona del merendero. Era obvio que allí habría que situar un quiosco algún día, pero me decepcionaba que descartara una construcción ya existente e intenté convencerlo de que en un principio deberíamos quedarnos con lo que parecía un cobertizo bastante caro en lugar de esperar e instalar un modelo moderno y curvilíneo que acababa de ganar el premio a la mejor instalación de ocio en la categoría de quioscos en Dinamarca (tantos premios, tan poco tiempo). Pero Adam se mantuvo inflexible; el desembolso de dos mil libras se recuperaría en un solo buen día de verano, ya que la tiendecita ayudaría a mantener a la gente en la mejor zona del parque, donde podrían maravillarse ante la proximidad de los tigres en La Montaña del Tigre, disfrutar de vez en cuando de los rugidos de los leones y los aullidos de los lobos, y comprar té, pasteles, helados y –dado que estamos en el suroeste– empanadas[12] como si el mañana no existiera.

Un pequeño excurso: desde que llegué aquí he aprendido dos cosas sobre las empanadas o pasteles de carne. La primera es que el grueso borde exterior de corteza, que en una empanada auténtica se te pega a la boca como todo un paquete de galletas saladas, en realidad no está hecho para comerse, puesto que estaba pensado para servir de «asa» a las sucias manos de los mineros que las comían en su pausa para el almuerzo. Me disculpo si ya lo sabíais, pero a mí me encantó descubrirlo, porque me hace sentir menos culpable por dejar o tirar para que se lo coman las hormigas ese deshidratante arco de carbohidratos. Actualmente, deberíamos estar pensando en asuntos como las asas y los envoltorios de comida orgánicos y biodegradables, pero en una época tan temprana como 1510 ya se estaban ocupando de ello. Lo que me lleva a la segunda cosa que he aprendido. La «Empanada de Cornwall» se inventó en Devon. Sí, donde yo vivo. Hace poco se descubrió que la primera mención conocida a ese tipo de empanadas data de 1510 y se encuentra entre los documentos del ayuntamiento de la ciudad de Plymouth, que está en Devon. Al otro lado del río Tamar, *hic sunt dracones*, tal y como demuestra la siguiente mención de la empanada, en 1746, cuando supuestamente unos piratas robaron la receta de Devon y la introdujeron en Cornualles. ¿Qué tipo de piratas eran aquéllos? ¿La avanza-

---

12. Se refiere a las Cornish Pasties, una especie de empanadillas típicas de Cornualles y Devon. La más tradicional es la que se rellena con ternera, patata, cebolla, colinabo, sal y pimienta, aunque las hay de muchos tipos. Hoy en día, cuentan con el sello de Indicación Geográfica Protegida según los estándares de la Unión Europea. *(N. de la t.)*

dilla de una despótica y temprana Martha Stewart?[13] De momento, continúa siendo un hecho irrefutable que la empanada procede de Devon. Así que asúmelo, Cornualles. Y sí, todo el mundo sabe ya que las empanadas originalmente tenían dos cámaras, una de relleno salado y otra con relleno de fruta, así que fueron la primera comida precocinada de dos platos del mundo. Hasta yo lo sabía.

Por lo que se ve, el «Gran Debate de la Empanada» continúa despertando enconadas disputas entre ambos condados, aunque debo admitir que, a lo largo de los dieciocho meses que llevo aquí, jamás he oído pronunciar una sola palabra relativa al asunto. Y, para ser sincero, estoy comenzando a hartarme un poco de tanta empanada.

De modo que Adam me convenció de que la nueva estructura le vendría muy bien a nuestros fondos, que se estaban evaporando a gran velocidad, y me llamó por radio para que la viera llegar. Bajo la torrencial lluvia de junio, yo seguía teniendo mis reservas. Continuaba pareciéndome una opción demasiado cara en comparación con la de renovar la construcción que ya teníamos a unos cien metros y, además, desde mi punto de vista, era demasiado cuadrada. El equipo de gente que vino a instalar la estructura fue muy profesional. Trabajaron con gran eficiencia a pesar de la lluvia en un pequeño terreno que habíamos medido y aplanado para ajustarlo a las necesidades del quiosco. Una vez más, dispuse de una breve oportunidad de involucrarme en los trabajos de construcción dando un

---

13. Empresaria y figura mediática norteamericana. Presenta un programa televisivo llamado «Martha», es editora jefe de la revista *Martha Stewart Living* y ha escrito gran cantidad de libros sobre cocina y estilo de vida saludable. *(N. de la t.)*

martillazo aquí y levantando un par de tablas o tres allá, así que lo disfruté a tope. Pero una vez que la estructura estuvo en pie, el equipo se arremolinó en torno a ella para acondicionarla con paneles internos y clavar el fieltro asfáltico del tejado, así que ya no podía hacer nada más, aparte de colocarme en el centro de la zona del merendero y maravillarme de lo bien que quedaba. Cuadrado o no, parecía que el quiosco hubiera estado allí siempre, como si aquél fuera sin lugar a dudas su sitio, así que era fácil emocionarse con la posibilidad de que frente a él se formaran largas colas de clientes esperando para pagar sus consumiciones. Aunque con aquel clima...

El quiosco era una parte muy importante del plan general y, desde el punto de vista empresarial, tenía que funcionar como fuera. Evidentemente, los animales eran lo primero, pero sin clientes satisfechos –y muchos– se enfrentaban a un futuro incierto. Tan sólo quedaban unos cuantos días para la inspección y, pese a que se centraría en el bienestar de los animales, también se prestaría cierta atención a las instalaciones para el público. El número de lavabos, el estado de los caminos, los accesos para discapacitados, que las barreras de seguridad fueran adecuadas para evitar que los carnívoros gigantes le arrancaran los miembros a los visitantes, ese tipo de cosas. Lo que el inspector no haría –no podía hacer– era decirnos si el zoológico iba a funcionar como negocio. Eso dependía de nosotros, del clima, del factor suerte y de si la reputación local del parque estaba ya irreparablemente grabada en la opinión pública. Y aquello daba un poco de miedo.

El día de la inspección amaneció extrañamente soleado; aquello parecía un buen augurio, pero aun así los nervios «preexamen» nos afectaron a todos. Cuando me reuní con los cuidadores antes de que llegara el inspector, apenas pude reconocerlos. Iban vestidos con elegancia... ¡y limpios! Siempre salpicados de barro y empapados en sudor, aquella cuadrilla de curtidos trabajadores que no se lo pensaba dos veces antes de lanzarse a un cenagal para rescatar a un animal herido, recoger con las palas carretillas y carretillas de excrementos o llenarse de sangre mientras descuartizaban un esqueleto de caballo, de pronto parecían personas normales, de esas que cualquiera podría encontrarse por la calle. Ni siquiera sabía que Steve tuviera una chaqueta elegante, pero allí estaba, con aspecto de estar un tanto incómodo con ella puesta, fumando cigarrillos de liar uno detrás de otro mientras esperábamos a que llegara el examinador. Yo estaba especialmente nervioso, lo cual me pilló por sorpresa, porque había hecho una encuesta entre todos los implicados y me había convencido de que «casi con seguridad» habíamos hecho suficiente como para aprobar. Era el «casi» lo que de pronto era incapaz de quitarme de la cabeza.

El inspector designado por el Gobierno llegó en compañía de Peter Wearden, que sería quien expidiera la licencia en caso de que así se recomendara. Peter me guiñó un ojo, gesto que me resultó ligeramente tranquilizador, pero el asunto no estaba en sus manos. El inspector, Nick Jackson, dirigía un pequeño zoo de su propiedad en Gales, un negocio que había heredado de sus padres y que tenía fama internacional. De manera que sabía cómo gestionar un buen zoo. Nosotros albergábamos la esperanza de que fuera capaz de discernir las semillas de otro buen zoo en lo que habíamos hecho. El paseo —que por lo general constituía un gran placer, porque al mostrarle a la gente lo que habíamos logrado y lo que pretendíamos hacer los veíamos pasar de escépticos con los ojos abiertos de par en par a enérgicos entusiastas cuando terminábamos– de pronto se transformó en un asunto mortalmente serio. Al señor Jackson le pagaban para que hiciera preguntas difíciles en calidad de gran experto en la materia, así que nada escapaba a sus competencias. Entró en todas y cada una de las casas de los animales, señaló todas y cada una de las áreas que sufrían carencias e hizo las preguntas más difíciles posibles. Mientras tanto, Peter, en su papel de agente de salud medioambiental del distrito de South Hams, también realizó algunas críticas de su propia cosecha. El Nido de Robin, por ejemplo, el lugar al que Robin se había retirado para desarrollar su trabajo de diseño de recintos y de construcción de carteles, era un desván que, pese a que nadie parecía haberse dado cuenta o haberlo considerado extraño, acababa con una abrupta caída, junto a su escritorio, a unos seis metros sobre el suelo de cemento del taller que había debajo. Como es obvio, Robin era consciente de ello y sabía mantenerse lejos del borde, pero resultaba igual de obvio que no se trataba de un lugar seguro. «Quiero que esto se solucione de inmediato –ladró Peter inusitadamente–. Y quiero decir HOY.» Otros descuidos evidentes estaban relacionados con la ausencia de carteles en las puertas de las casas de los animales que avisaran de que había personas trabajando en el interior. «Si yo estuviera trabajando ahí, me gustaría saber que hay un cartel en la puerta que les dice a los cuidadores que no suelten a los felinos, por si acaso se produce una avería en las comunicaciones», comentó el señor Jackson. A pesar de que nuestro parque era lo suficientemente pequeño y lo suficientemente limitado como para que todo el mundo supiera lo que estaban haciendo los demás en cada momento, el inspector tenía bastante razón, así que Duncan se lo comunicó por radio a Robin quien, con su peligroso nido ya en proceso de desaparición, comenzó a trabajar en aquella recomendación de inmediato. Yo no fui de mucha ayuda; como no se me ocurría nada que decir mientras esperábamos a que llegaran las llaves de la casa de los tigres, señalé que había sangre en el candado de la puerta exterior. El inspector me miró con severidad y luego sonrió. «No me había dado cuenta –dijo–. Prácticas laborales deficientes.» Y tomó nota. Mierda.

En torno a las cinco de la tarde, terminó la inquisición; pocas veces me he sentido tan aliviado. Pero el día no había terminado todavía. Nos trasladamos al despacho, donde todo el mundo tomó asiento y aguantó una reunión de dos horas de duración en la que se trataron todas las cuestiones que habían surgido durante la visita y se nos dieron ciertas indicaciones sobre la puntuación que habíamos obtenido en cada una de ellas. Fue casi tan agotadora como la propia visita y, a pesar de que se nos hicieron comentarios positivos en el sentido de que habíamos obtenido una puntuación bastante buena, no era concluyente, ya que el informe final incluiría material extra. Me alivió saber que mi observación sobre el candado, aunque había llamado la atención sobre nuestros déficits, en realidad había jugado a nuestro favor, puesto que el inspector la destacó como parte de «una cultura de transparencia» que por lo que se ve había brillado por su ausencia en las otras inspecciones que había ido realizando a lo largo de los años. También había solicitado entrevistas personales y privadas –para que no sintieran el aliento de su jefe en la nuca– con los cuidadores y otros miembros del personal, y había quedado impresionado con lo que había oído de boca de los empleados acerca de la interpretación de lo que estábamos haciendo y de hacia dónde nos dirigíamos. Así que no hubo necesidad de despedir a nadie, en aquel momento (es broma). A no ser que, claro está, el resultado de la inspección fuera «Solicitud rechazada», en cuyo caso todo el mundo tendría que buscarse un nuevo empleo.

Recuerdo con viveza el día siguiente. Me sentía inesperada y estúpidamente exhausto. Estaba sentado en un banco de delante de la casa con los niños cuando Rob se me acercó. «No puedo seguir trabajando con Steve», me dijo. Rob era el jefe de los cuidadores y Steve era el conservador, de manera que su relación era fundamental para que el zoológico funcionara sin problemas. Aquello debería haberme caído como una bomba. Debería haberme puesto histérico, o al menos tendría que haberme alarmado. Sin embargo, algo muy dentro de mí me dijo: «Pues vale.» Sabía que le debíamos mucho a Rob. Se había aferrado al parque, lo había mantenido fuera del alcance de las manos del promotor haciéndose cargo de la colección bajo la legislación de la DWA cuando a su abuelo le retiraron la licencia para la exhibición de animales. Durante la época de negociación, cuando yo todavía estaba en Francia, había hablado mucho con él y habíamos intercambiado gran cantidad de correos electrónicos. Rob había desempeñado un importante papel en nuestra adquisición del zoo. No quería perderlo, en parte porque se lo debíamos, pero también porque era polivalente y poseía un profundo conocimiento del parque que sería imposible de repetir.

Esperé. Me propuso pasar a trabajar en los jardines, lo cual, tras meditarlo brevemente, me pareció una muy buena idea. Con treinta acres de los que ocuparse, necesitábamos un jardinero entregado (pero en realidad no nos lo podíamos permitir), y Rob era un cirujano de árboles cualificado que conocía el parque mejor que nadie. Necesitaba un trabajo menos estresante debido a un cambio en sus circunstancias personales, ya que en aquel momento estaba cuidando sin ningún tipo de ayuda de una hija a la que llevaba cuatro años sin ver. Trasladarse a los jardines haría que dejara de estar bajo el control directo de Steve, con quien mantenía una relación tormentosa que parecía alcanzar su límite cada dos semanas. A las órdenes de Tony, con quien tenía una relación menos tensa, podría trabajar al aire libre sin preocuparse por los turnos de los demás ni por los cambios que el nuevo régimen estaba implementando en los procedimientos con los que él había crecido. También sabía bastante acerca de las muchas plantas exóticas que crecen por todo el parque; la mayor parte las había cultivado Ellis, a quien se le daba muy bien la jardinería. (A mí se me da fatal; cualquier planta bajo mi cuidado se marchita y muere de forma automática, aunque Rob nos contó que una planta rara, un tipo de trepadora, había conseguido tener a Ellis frustrado durante cuarenta años, pero que, en cuanto llegamos nosotros, había comenzado a echar hojas. Se trataba de una historia extraña, fabulosa, que, sin embargo, era agradable de escuchar.) La vida sería más sencilla para Rob, y casi le envidié.

Steve también se mostró encantado y propuso que él mismo pasaría más tiempo fuera, con la plantilla, para abarcar también el papel de cuidador jefe. Para ello, le pasaría una mayor carga de la parte administrativa de su puesto a su sumamente capaz esposa, Anna. Todo el mundo parecía estar satisfecho con aquella nueva configuración, y yo me sentí como un entrenador de fútbol que hubiera encontrado una nueva alineación para sus jugadores: en lugar de un 4 - 4 - 2, íbamos a utilizar un radical 1 - 1 - 8. O algo así. Debo reconocer que no tengo mucha idea de fútbol, pero así fue más o menos como me sentí. Es probable.

Así, extrañamente hartos pero rejuvenecidos, todos nos pusimos a rellenar el tiempo que quedaba hasta que nos comunicaran nuestro destino. Teníamos que asumir que pasaríamos la inspección y que abriríamos pronto, pero no podíamos predecir cuándo con exactitud. Era un asunto delicado, porque necesitábamos imprimir las fechas y las horas de apertura en el material publicitario y distribuirlo por todo el condado. Cuando los impresores, ya superados con creces sus plazos más ajustados, nos metieron prisas para que les pasáramos la información, nosotros seguíamos sin conocerla. Al final nos decidimos por «Apertura en verano de 2007». Más nos valía.

Por fin llegó el día en que Peter Wearden me citó para que compareciera en las oficinas del ayuntamiento en Totnes para oír el resultado. Fui hasta allí en coche con Steve y con mi madre (quizá Peter fuera más indulgente con una ancianita presente). La última vez que había estado allí fue cuando registré el fallecimiento de Katherine, hacía tres meses, con mi hija Ella. Después, jugué un rato con ella en el pequeño laberinto del patio. Pero intenté apartar aquello de mi mente, porque, tal y como dice en *Los caballeros de la mesa cuadrada* de los Monty Python el rey del Castillo del Pantano respecto a la boda que el exuberante Lancelot acaba de desbaratar masacrando a gran parte de los invitados: «¡Por favor! Hoy todos debemos ser felices.» Peter sonrió, yo sonreí, todo el mundo sonrió. Tenía buena pinta. Me pasó el informe, que era largo pero por suerte iba precedido por una carta de presentación. «Recomiendo que al Parque Zoológico de Dartmoor se le conceda la licencia para operar como zoo...» Vaya. Por fin. Lo habíamos conseguido. Le dimos las gracias a Peter y regresamos al parque eufóricos. Dimos la noticia a la plantilla y algunos hasta derramaron lágrimas. Fijamos una fecha definitiva para nuestra apertura, al cabo de dos semanas, el 7 de julio –el 07/07/07–, un día que a todo el mundo le pareció de buen auspicio por alguna razón.

Y aún más importante, la apertura llegaría justo antes de que comenzaran las vacaciones escolares, al comienzo de la época de mayor movimiento, aunque aquello implicaba que tendríamos que hacer funcionar el zoo a toda máquina desde el primer día. Habría sido bueno tener una apertura más tranquila, en junio, para poder coger algo de práctica en el trato con el público antes de exponer nuestras estructuras renovadas a las hordas que nos invadirían (deseablemente) en julio. Si dichas hordas encontraban algún agujero en nuestro plan, caerían en él de lleno, empujados por las fuerzas del mercado, y reventarían todo el puñetero globo. Pero la fecha del 07/07/07 era inamovible. Íbamos a abrir ese día, pasara lo que pasase. Si el restaurante no estaba listo, habría bocadillos; si el quiosco no estaba conectado a la red eléctrica, utilizaríamos un alargador; si la zona de recreo aún no estaba instalada, teníamos los castillos hinchables que nos había prestado Castillos Hinchables Adam, que provenían de una época secreta de la anterior vida de nuestro director de servicios de atención al cliente, Adam. *Aquello iba a ocurrir de verdad.*

Pero nos habíamos quedado sin dinero. Habíamos intentado –en vano, como se vio– controlar nuestras reservas. Pero para cuando Joanne, nuestra contable, se puso al día con la situación, fue para decirnos que nos quedaban unas sesenta mil libras y aproximadamente un mes hasta el día de la inauguración. Los zoológicos en peligro se tragan el dinero como si fueran una máquina especialmente diseñada para tragar dinero, y para el valeroso ejército del Parque Zoológico de Dartmoor sesenta mil libras eran una miseria. Una trituradora de papel industrial adaptada a propósito para billetes no podría acabar con mayor rapidez con el dinero. Además de ser bocas hambrientas que alimentar —leones, tigres, monos y nutrias, por no nombrar más que unas cuantas—, todos esos animales requieren carísimos reconocimientos dentales veterinarios, programas de revisiones fecales, vacunas rutinarias, microchips, y todo un espectro de servicios diferentes que, para una persona encargada de custodiar animales exóticos, constituyen la prioridad más importante.

Pero son una parte inextricable de la esencia del zoo, así que no suponen ningún dilema. El «Día del dentista» fue una toma de contacto memorable (y memorablemente cara, también) de lo mínimo que se necesita para mantener a tantos animales exóticos. *Fudge*, la osa, además de necesitar que se le cortaran las garras (puesto que le habían crecido en semicírculo e impedían que pudiera caminar), tenía aspecto de que le dolieran las muelas. A sus veintinueve años, se podía esperar que, estando en cautividad, viviera otros siete, más o menos (sin embargo, llevaría bastante tiempo muerta en su hábitat salvaje, dado que su especie se ha visto reducida a unos cinco ejemplares en los Pirineos, por ejemplo, a pesar de lo cual siguen cazándose por diversión en el este de Europa). Sus garras eran un problema, pero además *Fudge* parecía estar apagada y lenta; los ocasionales vistazos de su boca que nos ofrecía revelaban un horrible conjunto de lápidas rotas, rajadas y cubiertas de mugre marrón, así como algo que parecía un absceso. Suficiente como para bajarle el ritmo a cualquiera, cuando más a una venerable ancianita.

Una hembra de puma también estaba achacosa y babeaba a causa de lo que a lo largo de los últimos años se le había diagnosticado periódicamente y tratado una y otra vez como una gingivitis. El problema era que la gingivitis suele ser una enfermedad grave —crónica en pocos casos—, pero aquel puma apenas solía mostrar los dientes a los cuidadores y, de hecho, hacía poco que se había descubierto que era un puma hembra totalmente diferente al que pensábamos que era. Unos cuantos meses antes se le había hecho una radiografía que mostró que tenía una placa de metal en una pata, algo que se suponía que no debía tener y que significaba que era otro animal distinto. Teníamos que averiguar quién era y qué le ocurría.

El tercer cliente, y podría decirse que el más importante, era *Sovereign*, el jaguar *ninja* escapista y el animal perteneciente a una especie en mayor peligro de extinción de las tres. De algún modo se había resquebrajado los dos caninos superiores, y uno de ellos se había quedado plano en el extremo inferior. Se había sugerido que quizá fuera necesario extraerle los dos dientes, lo cual me preocupaba, porque *Sovereign* aún era un joven adulto y esos dientes eran las herramientas de su oficio. Resultaba obvio que no los necesitaba para cazar en el parque —si resultaba necesario, podíamos darle de comer carne picada— pero me inquietaba su bienestar psicológico si perdía los colmillos. Sentiría la pérdida. Y también me preocupaba que la obsesión por prevenir futuros abscesos no incluyera ese asunto en los cálculos. Quería estar allí cuando se tomaran esas decisiones.

Así pues, se fijó la fecha del «Día del dentista» y nosotros lo preparamos todo. ¿Cómo nos preparamos? Peter Kertesz es el especialista más importante del Reino Unido en odontología de animales exóticos, así como, y sobre todo, un facultativo de humanos con consulta en la calle Harley.[14] Da la casualidad de que le interesa la odontología animal y se ha convertido en uno de los expertos más destacados del mundo en la cuestión. Nick Masters, de la IZVG, iba a ocuparse de la anestesia y a llevar a cabo los reconocimientos generales de cada uno de los animales mientras éstos estaban dormidos. Habíamos concertado cita con ambos especialistas, así que teníamos que estar listos.

El equipo comenzó a reunirse en el parque envuelto en la oscuridad de las seis de la mañana; comenzaron la mayor parte de los procedimientos de rutina y se dio de comer a los animales. Antes de las ocho, Steve ya había soportado su cada vez más habitual baile con *Sovereign* y había conseguido clavarle el dardo sin problemas para que se lo llevaran a la nueva y brillante sala veterinaria del parque. *Sovereign* constituyó un primer paciente espectacular para aquella sala; sus preciosas manchas contrastaban con el ambiente blanco y esterilizado y con el verde de las batas de los médicos. Al examinarlos, se vio que los dos caninos superiores que *Sovereign* se había astillado dejaban al descubierto parte de la encía, así que realmente existía la posibilidad de que los perdiera. Pero Peter no se in-

---

14. Calle situada en la zona de Westminster, en Londres, famosa por la gran cantidad de consultas médicas privadas que se encuentran en ella. (*N. de la t.*)

mutó y se limitó a limárselos utilizando para ello una pequeña amoladora muy eficiente que hacía todos esos ruidos que nadie quiere oír cuando se están llevando a cabo operaciones dentales en humanos. Tras haber estabilizado la estructura externa de los dientes, Peter comenzó a trabajar con los nervios. Para nosotros, una endodoncia implica que se use un tubo de limpieza especial que mide en torno a cinco centímetros; se inserta en un agujero en el centro del diente, donde una vez estuvo la dentina, y se mueve adelante y atrás para sacar de la cavidad todo el tejido residual incrustado en el hueso. Gracias a Dios que existe la anestesia. Para *Sovereign*, las tientas de limpieza tenían que medir al menos doce centímetros y medio para penetrar con la suficiente profundidad en sus enormes raíces —pero también para recorrer los centímetros extra que añadía la longitud de sus propios dientes— y para que Peter pudiera extraer toda la carne. Afortunadamente, para ser un paciente tan peligroso, *Sovereign* se portó como un angelito. Nick Masters lo controló todo muy de cerca y se aseguró de que el efecto de la anestesia general no desapareciera. *Sovereign* tenía tubos en la boca, monitores en el corazón y máquinas que pitaban por todas partes. Después de mucho escariar y rellenar, se completó la endodoncia del felino y lo devolvimos a una cama de paja que habíamos preparado en el interior de su recinto.

Entonces fue el turno de la hembra de puma que pensábamos que probablemente fuera *Holly* y que llevaba un tiempo babeando de manera extraña. Trasladamos a la postrada felina sobre una camilla que otro zoo nos había prestado para la ocasión. Era un trayecto corto con un animal relativamente pequeño y la anestesia era la que se recomendaba a nivel internacional, así que no sentía excesiva aprensión. El traslado fue bien y, una vez que el puma estuvo sobre la mesa de operaciones, Peter detectó de inmediato que el problema eran un par de premolares de la mandíbula inferior que no tenían nada contra lo que morder en la parte de arriba. A lo largo de los últimos años, la felina había estado masticando contra sus encías, y éstas le sangraban y provocaban el exceso de saliva. La única opción era extraerle aquellas piezas. Se trataba de un procedimiento rutinario para Peter, así que cuarenta y cinco minutos y dos extracciones más tarde todo había terminado y *Holly* iba de vuelta a su recinto para recuperarse en su cama de paja calentita.

Todo el mundo se dispersó para tomar un almuerzo tardío. Después, el revitalizado equipo volvió para enfrentarse a lo que esperaban que fuera la simple tarea de recortarle las garras al mamífero más viejo del parque, *Fudge*, la osa parda europea de veintinueve años. Costó sedar a *Fudge*. Desconocíamos su peso (que, cuando la pesamos en la balanza de la sala veterinaria, resultó ser de 147 kilos... es una osa pequeña), así que era complicado acertar con la dosis exacta. Y además era una chica dura. Al final seis personas consiguieron trasladarla mientras dormía hasta la mesa de operaciones, donde la movimos a pulso hasta colocarla en la posición más conveniente para las intervenciones de Peter y Nick. Nick, como anestesista, tenía prioridad, ya que debía estabilizarla, de modo que su despliegue de máquinas con pitidos se aseguró de que *Fudge* estaba a salvo e inconsciente mediante la monitorización de todas sus constantes vitales. En cuanto se llegó a dicha conclusión, Peter tomó el relevo. Ni Nick ni Peter son hombres altos, pero los dos están en forma y realizan movimientos extremadamente precisos —profesionales médicos arquetípicos—, así que fue un verdadero privilegio observar cómo trabajaban. Además, iban vestidos para la ocasión: los dos llevaban monos azules de estilo paramilitar con bolsillos en las perneras. Los bolsillos de Peter servían para llevar un paquete de pilas recargables para el complicado casco con luz que llevó puesto durante todo el día y que en ocasiones completaba con dispositivos ópticos extra, como si fuera una especie de joyero-cirujano; una descripción que, supongo, se le puede aplicar a un dentista de animales exóticos. Peter debe de tener unos veinte años más que Nick y, aunque desempeñaba el glamuroso papel de especialista, siempre defería al anestesista cuando éste necesitaba comprobar los tubos que iban a entrar en la boca de *Fudge* o le hacía recomendaciones en cuanto al tiempo que podía tardar. Daba un paso atrás, y con las herramientas en el aire y toda la calma del mundo, decía: «Haz lo que tengas que hacer, yo sólo soy el mecánico dental.» Pero a pesar de que Peter era encantador, también nos suministraba continuamente un monólogo sin fin acerca del maravilloso trabajo que estaba realizando. «Mirad eso —decía mientras hacía una incisión en la encía, extraía con destreza un pequeño diente cariado y después suturaba la carne con una sola mano—. Es probable que sea la única persona del mundo que pueda hacer algo así. Del diagnóstico a la extracción en menos de veinte minutos. Qué buen trabajo.» Habían circulado rumores acerca de que Peter aparecería con una nueva ayudante femenina muy atractiva; y así lo hizo (siempre lo hace). Por desgracia, aunque extremadamente competente, no era capaz de mantener el ritmo que Peter le exigía, así que éste le echó varias broncas despiadadas. Pero, claro está, aquél era un asunto serio. El animal sólo podía estar dormido durante un tiempo determinado y todas las personas involucradas en la intervención llevaban muchas horas trabajando —y aún les quedaban unas cuantas más—, durante las cuales nadie podía permitirse cometer errores.

Cuanto más buscaba Peter, más problemas descubría. Al final, a *Fudge* se le realizaron cinco extracciones. Los molares, y sobre todo el canino superior que le quedaba, no fueron precisamente pan comido. «Los dientes de los osos están preparados para durar», comentaba Peter mientras se peleaba con las profundas raíces de la dentadura de *Fudge*, proceso que conllevó la utilización de un martillo y un cincel de acero inoxidable. Todos tuvimos que echar una mano: la enfermera de odontología, Anna, Steve, Duncan y yo sujetamos con fuerza a *Fudge* mientras Peter tiraba hasta lograr sacar los dientes y luego cosía las sangrantes encías de la osa. En el caso de *Sovereign*, al que yo ya había conocido con anterioridad bajo los efectos de la anestesia, la languidez de su musculatura no me había sorprendido; *Holly*, la puma hembra, ya no era ninguna jovencita, así que mientras estuvo sedada su aspecto fue bastante similar al de una gata doméstica grande —aunque una con la que no querrías pelearte—. Pero *Fudge* daba la sensación de ser increíblemente sólida, quizá tanto como el jabalí que *Leon* tan sabiamente había declinado perseguir en Francia. Parecía que *Fudge* fuera capaz de soportar cualquier cosa, y Nick se mostró impresionado por la fuerza de sus constantes vitales a lo largo de toda la intervención. Yo me quedé anonadado con aquel animal. Era una verdadera bestia. Y durante aquellas operaciones quedó claro por qué *Fudge* llevaba tanto tiempo moviéndose con lentitud.

Peter descubrió y drenó un absceso del tamaño de una pelota de golf en la mandíbula inferior de la osa. Si no se hubiera tratado, le habría ido debilitando poco a poco el sistema inmunológico y habría resultado fatal. Uno de los ejemplos más tempranos de un esqueleto humano se encontró cerca de un lago en África; se diagnosticó que aquel hombre había fallecido a causa de un absceso dental que le había carcomido la mandíbula y le había provocado la muerte, de una forma probablemente muy dolorosa, cuando estaba en la flor de la vida. En libertad, *Fudge* jamás habría vivido tanto tiempo, puesto que aquel absceso la habría matado.

Tres horas y media más tarde, concluyó la operación y *Fudge* regresó a su recinto atravesando un parque de nuevo envuelto en la penumbra, como cuando habíamos comenzado. Había sido una jornada muy larga y bastante truculenta, y aunque resultaba imposible no reflexionar, al menos durante un instante, sobre su coste (una factura del veterinario de ocho mil libras, más la sala veterinaria, el personal, etcétera), resultaba muy agradable haber desviado unos cuantos fondos del mundo en general y haberlos canalizado hacia una causa tan enormemente valiosa. Al menos, si en algún momento teníamos que dispersar a los animales, aquellos tres estarían más sanos y constituirían una propuesta de realojo más atractiva. Pero era mucho más que eso. Al optimista que habita en mí le pareció muy satisfactorio ser capaz de proporcionar a aquellos magníficos animales un cuidado experto tan cualificado allí mismo, en nuestras propias instalaciones, sobre el terreno. No había duda de que Nick y Peter eran, literalmente, profesionales de categoría mundial. Y nosotros nos las habíamos ingeniado para emplearlos en la solución de los problemas de salud de larga duración de tres de los animales a nuestro cargo, que no habían recibido tratamiento con anterioridad.

Le eché un vistazo a la página web de Peter, y allí estaba él, con una gran variedad de animales y en localizaciones mucho más exóticas que las nuestras, la fotografía más impresionante era la de un elefante tumbado boca arriba con, conté, veintinueve personas manipulándolo para ponerlo en la posición óptima para que Peter le realizara una extracción, seguramente de un diente del tamaño de un balón de rugby. En comparación con aquello, seis personas de guardia durante catorce horas y un hombre con una pistola grande apostado en la puerta eran una minucia. Fue un honor que Peter nos pidiera permiso para colgar en su página web, junto a las demás, algunas de las fotos que se habían hecho durante las intervenciones. En cualquier caso, para nosotros había sido una experiencia emocionante.

Los tres animales se recuperaron estupendamente y, lejos de parecer intimidados por su día de visita al dentista, todos ellos dieron la impresión de adquirir una pizca de velocidad extra en sus movimientos después de que, al fin, se les solucionaran las dolorosas enfermedades que padecían desde hacía tiempo. Al día siguiente, *Sovereign* desgarró con ansia un enorme trozo de carne con sus nuevos dientes empastados; *Holly*, la hembra de puma, comió un poco de pollo en dados; y *Fudge* se zampó alegremente un cubo de manzanas a pesar de los muchos puntos que tenía en las encías.

Las facturas del veterinario tan sólo llenaban una columna de la hoja de cálculo. Dentro del panorama general, son poco más que un gasto necesario de la gestión del negocio. El problema era que todavía no había negocio. Varias entidades crediticias potenciales nos habían señalado aquel detalle al principio, y algunas incluso lo habían mencionado como una de las razones para no prestarnos dinero. Qué poco razonable, había pensado yo en aquel momento. Pero estaba empezando a comprender sus motivos.

Ya habíamos superado la inspección para la licencia y pronto podríamos abrir al público y comenzar con la actividad. Pero, por desgracia, la fecha para que aquello ocurriera se había ido retrasando cada vez más en el calendario —abril, luego Semana Santa, después junio— hasta situarse en el muy preocupante mes de julio. El sesenta y cinco por ciento de la actividad anual de una atracción de temporada como la nuestra se genera entre julio y agosto. Si perdíamos parte de julio en nuestras cifras, nos meteríamos en un buen lío. Y, además, aún no había llegado el momento. Teníamos suficiente dinero como para pagar los sueldos y a los acreedores más importantes hasta octubre; después, se acabó. Tenía que venir gente en julio y agosto. Y en cantidades significativas. Si no ocurría así, podríamos tener que cerrar al final de nuestra primera temporada. Aquello daba que pensar, pero seguimos adelante utilizando cosas que ya teníamos almacenadas, reciclando materiales preexistentes y apagando las luces con entusiasmo al final del día, aunque no creo que aquello tuviera un gran impacto en la asombrosa factura de la luz de seis mil libras al mes.

La licencia se nos había concedido con unas cuantas condiciones; la mayor parte de ellas eran cosas que podíamos solucionar a lo largo de los siguiente doce meses, pero una o dos —como el restaurante— debían alcanzar los niveles establecidos antes de que abriéramos. Nos estábamos ocupando de ello y creo que aproximadamente el día 1 de julio, Adam nos informó con alegría de que el bar ya funcionaba a pleno rendimiento y podía servir vino, licores, sidra de barril y *bitter*, nuestra cerveza amarga. Y Stella Artois. Cuando los pilotos traseros del coche de Adam desaparecieron por el camino de entrada aquella noche, Duncan, yo y Max, un cámara con el que nos llevábamos especialmente bien, abrimos el bar y comenzamos a probar aquella materia prima tan importante; por cuestiones de control de calidad, claro está. El bar se convirtió en un lugar muy cómodo en el que reunirse al final de la jornada para informarnos los unos a los otros de nuestras actividades y para debatir con Max los temas que necesitaban un seguimiento. Por supuesto, reuniones estrictamente de negocios. Diez días más tarde, el barril de ochenta y cuatro pintas estaba vacío y Adam había vendido al público en torno a seis. «Veo que para poder sacar algún tipo de beneficio de la Stella voy a tener que cobrar a unas doce libras y media la pinta», se lamentó, puede que un poco mosqueado. Cuando se marchó, nosotros nos reímos por lo bajo como escolares traviesos, pese a que yo tengo seis años más que Adam y Duncan y Max bastantes más. Como es evidente, nos dimos cuenta de que aquélla no era la forma de dirigir un negocio, aunque en aquel momento nos había parecido necesario.

Un día antes de la inauguración, el restaurante estaba ya completamente a punto y la tienda llena de atractivos juguetes de peluche y de *merchandising* del PZD; las salas de la carne y las verduras de los animales estaban relucientes; los caminos nuevos increíblemente llanos, y la zona del merendero salpicada de mesas restauradas delante del nuevo quiosco (cuyos suministros eléctrico y de agua corriente estaban casi listos para las hordas que, esperábamos, pronto se arremolinarían a su alrededor). Pero casi me resultó más sorprendente ver a los miembros del personal equipados con sus nuevos y prístinos uniformes: verdes para los cuidadores, azules para los de mantenimiento, blancos para los de restauración y venta al por menor. Todas las camisas tenían estampado el logo de Katherine, con las letras PZD con estampado de tigre, lo último que diseñó en vida y que estaba destinado, por lo que parecía, a sobrevivirla durante muchos años.

Lo único que no estaba cooperando era el clima. Tras haber pasado el junio más húmedo jamás registrado, los primeros días de julio no mostraban ninguna inclinación a mejorar y transformarse en jornadas de verano. La lluvia no daba tregua e incluso padecimos períodos prolongados de una niebla que hacía imposible que se viera a más de veinte metros de distancia. Tal y como Kelly lo resumió la víspera de nuestro gran día: «Mañana abrimos y vivimos en una puñetera nube.» No se podía hacer más que ordenar por última vez, dar un último paseo, y después apagar las luces y esperar a ver qué nos traía el día siguiente.

9. El día de la inauguración

Así, al fin amaneció el día 7 de julio de 2007. Íbamos a abrir al público a las diez de la mañana. Y, sorprendentemente, por primera vez en alrededor de seis semanas, hacía sol. De hecho, hacía calor. No había ni una sola nube en el cielo, incluso sobre el propio parque, para variar, el cielo estaba despejado. Abajo, en el aparcamiento, a partir de las nueve y media comenzó a reunirse una pequeña multitud. Habíamos colgado una cinta de un extremo al otro de la entrada y todo estaba a punto para que la cortáramos cuando el zoo se reabriera oficialmente tras quince meses sin actividad.

Mi madre, Duncan, y varios miembros de la plantilla elegantemente vestidos estaban ya en la parte de abajo cuando llegué, pero la muchedumbre expectante de madres con carritos, familias y algún que otro PTE (pensionista de la tercera edad) nos superaba con creces en número. El clima del día anterior habría hecho que aquello fuera bastante improbable, pero aquel repentino hueco entre las nubes fue como si el telón se abriera de forma inesperada para descubrir al elenco de una obra que llevara mucho tiempo ensayándose a pesar de que la fecha del estreno hubiera estado constantemente amenazada por los retrasos. De pronto, estábamos en escena. Aquellos eran clientes auténticos, y todos querían visitar de verdad un zoo real. Algunos incluso querrían comprar un juguete, comer e ir al baño, así que durante las siguientes ocho horas (por primera vez en nuestras vidas), aquél era nuestro trabajo: cuidar de que aquel variado sector del público seleccionado al azar obtuviera lo que quería y se marchara satisfecho con la experiencia.

Mi madre pronunció un corto discurso en el que le dio las gracias a todo el mundo por haber ido al parque y a la plantilla por el duro trabajo realizado; entonces declaró el zoológico inaugurado y cortó la cinta. Mientras la observaba cortar su primera cinta ceremonial en setenta y seis años, pensé que mi madre quizá hubiera recordado un poco la casa en la que nació, en Sheffield, que tan sólo tenía una habitación en el piso de abajo, otra en el de arriba, un pequeño desván sobre esta última y una bañera de hojalata frente al fuego del salón/comedor/cocina/baño. Pero en realidad eso sólo lo pensaba yo, que me había puesto sentimental, mi madre se planteaba cosas mucho más prácticas, como «Gracias a Dios que por fin entra algo de dinero» y «¿Cómo me las voy a arreglar para llegar a lo alto del camino de entrada antes que toda esta gente?».

Subimos por el camino impulsados por una enorme ola de energía y optimismo. Excepto por mi preocupación acerca de los abruptos barrancos situados a un lado del camino, en los que, como muy útilmente se me había señalado una y otra vez a lo largo de los últimos meses, alguien podría romperse un tobillo con facilidad si no tenía cuidado (aunque eso jamás había ocurrido durante los cuarenta años de existencia del parque). De algún modo, todas las personas que estaban cerca de mí consiguieron recorrer el camino de entrada sin que hubiera incidentes, pero pronto llegarían a la parte alta y comenzarían a surgir las primeras quejas respecto al restaurante, luego sobre el quiosco, los caminos, los baños y las papeleras. Y después llegaría, claro está, el Código Rojo. Los activistas de los derechos de los animales cortarían una alambrada o algún cuidador nervioso cometería un error y de repente *Solomon* estaría atravesando la zona del merendero con un bebé entre las fauces. La muchedumbre se dispersaría entre gritos para no volver jamás y la venta del zoológico no cubriría las reclamaciones, porque tan sólo contábamos con un seguro de responsabilidad a terceros de cinco millones de libras.

Mirara hacia donde mirase, veía algo que podía ir mal. Jugueteaba constantemente con mi radio, comprobaba una y otra vez que pudiera escanear las dos frecuencias al mismo tiempo para que yo pudiera enterarme de todas las catástrofes relativas a los servicios de atención al cliente y de los desastres relacionados con el departamento de animales. No es que esperara con pesimismo que aquellas cosas ocurrieran, pero no me habría sorprendido lo más mínimo, a aquellas alturas, que se produjera alguna de ellas. El modo emergencia llevaba tanto tiempo encendido que era difícil alejarse y ver aquel día como lo que era: un éxito total y absoluto.

La gente llenaba —atestaba— el camino de entrada, paseaba por el parque, disfrutaba de las instalaciones. Compraba helados, tazas de té, almuerzos y juguetes en la tienda, y todo con una sonrisa. Además, tanto a nosotros como a los cuidadores, no paraban de dedicarnos elogios y comentarios amables. Qué bien estaba todo, qué cambio más estimulante le habíamos dado, qué felices parecían estar los animales, qué duro debíamos de haber trabajado. Ninguno de nosotros estaba acostumbrado a aquello. Hasta aquel momento, la mayor parte de los visitantes del mundo exterior habían sido funcionarios, banqueros, inspectores, abogados y acreedores de un tipo u otro que subrayaban la extrema gravedad de nuestra situación, la enorme cantidad de trabajo que quedaba por hacer y las desastrosas consecuencias que tendríamos que sufrir si cualquier cosa salía mal. Pero allí estábamos, por fin lo habíamos conseguido, y estábamos cosechando halagos, todo el día, de manera continua, procedentes de un público sonriente e incluso agradecido. Hacia la hora de la comida me dirigí a la zona del merendero y no se veía a *Solomon* por ninguna parte. El león seguía al otro lado de la alambrada, a salvo, y se dedicaba a hacer disfrutar más que a comerse a su público. Y la gente comía lo que compraba en el quiosco. Todas y cada una de las mesas del merendero estaban llenas; también había visitantes sentados en la hierba, relajados, sorbiendo té –té que habían comprado en el quiosco–, mientras que los más pequeños, en calcetines, quemaban energía dando saltos en los castillos hinchables. No pude resistir la tentación de hacer un recuento, que reveló, en un primer momento, que había cuarenta y dos adultos visibles desde la esquina de abajo, que, a ocho libras por entrada, hacían un total de trescientas treinta y seis libras. Justo delante de mí se hallaban los clientes con los que habíamos conseguido dinero suficiente como para pagar de sobra aquel taladro tan increíblemente caro que habíamos tenido que comprar tres meses antes. Más los cafés y los tés, más el resto de la gente que merodeaba por el zoológico y el restaurante. Tal vez aquello fuera a funcionar, al fin y al cabo.

Entonces recibí mi primera queja: «¿Por qué tienen aquí estos castillos hinchables? —me preguntó una madre ligeramente furiosa—. He traído a mi hijo a este parque para que vea los animales, pero no hay quien lo baje de los castillos. No son más que una distracción.» No supe muy bien qué decirle, así que puse a prueba mi nuevo modo de atención al cliente y me disculpé, pero le señalé que mucha gente utilizaba los castillos hinchables como una oportunidad para tomarse un respiro, de forma que sus hijos pudieran volver a ver los animales tras haber quemado un poco de sus excedentes de energía. Pareció que aquel tópico funcionaba. Pese a que me tomé la queja muy en serio, tal y como me fue presentada, y me hizo cuestionarme momentáneamente la idea básica del centro de recreo, para entonces yo ya estaba bastante seguro de que todos los zoos y casi cualquier otra atracción de ocio tiene algún tipo de zona de juegos y, al fin y al cabo, aquello era todo lo que nos podíamos permitir en aquel momento. Por lo general, suele verse como una especie de servicio público. Pero, como he ido descubriendo, es imposible satisfacer a algunas personas, aunque aquélla fue la única queja que recibí en todo el día.

La jornada seguía avanzando y no ocurrió nada malo. Los cuidadores sonreían casi con incredulidad ante la lluvia de cumplidos, elogios y comentarios positivos que estaban recibiendo. Para ellos, tanto para los nuevos como para los antiguos, también había sido un camino largo y difícil, un período que les había puesto a prueba, y con un nivel de incertidumbre respecto a su futuro que la mayor parte de ellos no había experimentado nunca con anterioridad. Sin embargo, lo que sí que habían vivido antes de aquel momento era la presencia del público. Me sorprendió la tranquilidad con la que todos ellos parecían moverse entre la muchedumbre; impartían charlas improvisadas y después seguían adelante con sus rutinas. Tenía sentido, claro está. Ninguno de ellos había trabajado en un zoológico vacío antes de llegar a éste; las multitudes eran lo normal.

No obstante, aquél era el único zoo en el que yo había trabajado, y siempre había estado vacío. Cualquier miembro del público que estuviera en las instalaciones era responsabilidad nuestra y tenía que estar protegido en todo momento. El colegio del pueblo había solicitado realizar una visita durante el lapso de tiempo que había transcurrido entre que nos concedieran la licencia y que pudiéramos abrir, menos de dos semanas. Yo había dicho que sí y, aunque técnicamente estaba permitida como visita privada, a Steve, Anna y Peter Wearden no les había parecido bien. La excursión, siempre bajo estricta supervisión, había sido tensa, puesto que había implicado guiar a veintiséis jovenzuelos vulnerables y a sus aproximadamente seis cuidadores adultos a través del peligroso campo de minas que, como yo ya sabía, era el zoológico. Ahora, de repente, había niños por todas partes, riendo y corriendo, prácticamente sin supervisión y extrañamente ilesos. Me encantó verlos, reconocer en sus rostros esa alegría que decía que estaban pasando un día especial. Aquí, en nuestro zoo. Costaba asumirlo.

El restaurante también fue un éxito espectacular: pasteles, café, té, *panini*, platos de comida preparados por Gordon —nuestro nuevo *chef*—; todo se vendía bien, todo se degustaba con alegría —incluso despreocupadamente, diría yo—. El público, satisfecho, daba por hecho que aquello debía ser así... Si hubieran visto la sala en la que estaban comiendo tan sólo una semana antes, nadie habría pensado que aquel logro fuera posible.

Entonces hubo algo que me afectó: Katherine. A lo largo del día, de entre la multitud de personas que querían felicitarme, varias se acercaron para estrecharme la mano y ofrecerme sus condolencias por la muerte de Katherine. La noticia de su fallecimiento había aparecido en el periódico local, que había enviado a un reportero un par de semanas más tarde para cubrirla. No me había importado, ya que las preguntas fueron apropiadamente comedidas y el joven reportero se había sentido apropiadamente incómodo al formulármelas. Hasta que apareció el fotógrafo. Era un charlatán, un embaucador, característica que probablemente le resultaba útil con la típica ancianita cuyo gato había tenido que ser rescatado por los bomberos o con los hoscos terratenientes en cuyos huertos crecían calabacines de tamaño gigante. No me resultó demasiado irritante... hasta que me pidió la foto de mi esposa que ya me había dicho que quería reproducir. Aquello tampoco me importó, así que le di la única foto que tenía de ella —una de mis favoritas que, para mí, podría haber ocupado la portada del *Vogue*—. Le pedí que tuviera cuidado con ella y que me la enviara por correo cuando ya no la necesitara. Pero me contestó que no necesitaba llevársela, que bastaría con hacerle una fotografía digital en primer plano con su enorme Nikon. Todavía mejor.

Pero cuando se la pasé, dijo: «Ah, genial. Es preciosa. Sí, adorable.» Y cuando tuvo la fotografía de Katherine en el visor de la cámara, algo hizo clic en su cerebro y la charlatanería volvió a empezar, como si estuviera dirigiéndose a una persona viva con su chabacano y sórdido monólogo. «Eso es, cariño. Preciosa, así –clic, clic–. Sí, eso es, mi niña. Venga, una más», clic, clic, clic. No puedo explicaros todo lo que me pasó por la cabeza; baste con decir que me di cuenta de que lo más probable era que matarlo fuera contraproducente, así que me largué de allí.

Aquel artículo y aquella foto aparecieron a página completa en el periódico local, en un lugar bastante prominente –la tercera página, creo– y, por lo que se ve, bastante gente del pueblo lo había leído. A lo largo del día de la inauguración, puede que unas cincuenta personas se acercaran a mí para darme la enhorabuena, y tal vez siete me ofrecieran sus condolencias por la muerte de mi esposa; una o dos de ellas consiguieron tocarme una fibra sensible que yo ni siquiera sabía que existía al decirme: «Estoy seguro de que su mujer habría estado orgullosa», o algo parecido. Obviamente, como con cualquier comentario procedente de cualquier persona del público, estás obligado a ponderar la validez de sus argumentos, al igual que había ocurrido con la queja sobre los castillos hinchables. Así que tuve que llegar a la conclusión de que Katherine quizá hubiera estado orgullosa hasta cierto punto (aunque habría dicho algo adecuadamente sarcástico al respecto). Pero no me había esperado tener que pensar en algo así durante aquel primer día hasta que aquellas personas lo sacaron a colación. Me esperaba un Código Rojo, pero no que proviniera de mi propia cabeza.

Para ser sincero, debo decir que había tenido un pequeño aviso, pero no muy a tiempo. El día anterior a la inauguración formal, habíamos celebrado una recepción VIP para los concejales municipales y otras personas con las que estábamos en deuda —o con las que pronto íbamos a estarlo—. Los invitamos a descubrir las instalaciones que acabábamos de renovar y a comer y a beber por nuestra cuenta en una de esas fiestas de las que yo había disfrutado tan a menudo —y casi vivido de ellas, en épocas de vacas flacas— como periodista. Una vez más, aquello no supuso ningún problema y, aunque estar al otro lado de la valla fue toda una experiencia, me encantó ser el anfitrión... hasta que la gente comenzó a dedicarme apartes en los que me repetían aquella misma frase: «Tu esposa habría estado orgullosa.»

Se me pidió que pronunciara un breve discurso y que diera las gracias por su ayuda a varias personas, así que me fui al despacho —desde el que seguía oyendo la fiesta— para preparar algo. Por desgracia, allí estaba el artículo con la foto de Katherine, desenterrado y a la vista; seguro que algún miembro bienintencionado de la plantilla lo había puesto allí para que me lo llevara a casa. Fue demasiado, y demasiado inesperado en aquel momento. Me sentí como si me hubiera estado preparando para todo lo demás y durante aquel proceso me las hubiera arreglado para esconder a Katherine en un rincón de mi mente durante la mayor parte del tiempo. Pero allí estaba, sonriéndome, radiante y con aspecto despreocupado, sin siquiera imaginarse que estaría muerta al cabo de unos pocos años, bajo la tierra de Jersey, a poco más de un kilómetro de donde se había tomado la fotografía, y que dejaría sin madre a dos niños pequeños. Era una muerte inmerecida. ¿Se habría sentido orgullosa? Lo que sí estaba claro era que le habría encantado estar allí, porque habría seguido estando viva —claro está—, pero también porque sin lugar a dudas habría sido el alma de la fiesta gracias a su encanto natural y genuino. No pude salir de la habitación durante al menos una hora. Cuando al final volví para pronunciar el discurso —que fue verdaderamente corto—, me olvidé de mencionar el nombre de uno o dos miembros de la plantilla, que se enfurruñaron de inmediato. Intenté disculparme más tarde, pero el enfado continuó y, aunque a mí no me importó, mi madre estaba que trinaba. Al final, buscó a los cabreados y les soltó una reprimenda con su sencillo vocabulario norteño, de esas que, creedme, nadie quiere recibir. Un par de días después, el enfado había desaparecido.

Pero teníamos otras cosas en las que pensar, como en el día siguiente, y en el siguiente, y así hasta donde nos alcanzara la imaginación. Mientras trataba de atravesar algunas de las puertas más estrechas del parque al volante del volquete —cosa que me había costado varias semanas aprender a hacer de forma eficiente—, se me había ocurrido que podría pasarme los próximos veinticinco años conduciendo un volquete por aquel zoológico. Me gustó la idea. En una ocasión fui redactor fijo de una revista ilustrada durante siete años y me di cuenta de que más de media década de mi vida se medía por el metro que aproximadamente ocupaban los ejemplares publicados de aquella revista que había embutido en mi estantería. ¿Qué estaba haciendo en agosto de 1996? Investigando y escribiendo artículos que se publicarían bajo mi nombre en el número de septiembre de 1996; y así sucesivamente. Tenía muchos recuerdos felices, había adquirido muchas habilidades, había viajado por casi todo el mundo y había conocido a un montón de gente interesante y encantadora, pero aun así de pronto todo me pareció demasiado rutinario, como una jaula de oro.

Vale, me habían mandado en un rompehielos al norte de Finlandia para que pasara tres días viajando en un trineo tirado por huskis; había realizado varios saltos de paracaidismo en caída libre desde catorce mil pies de altura (horror, horror); me habían pagado por ir a hacer *snowboard* en el lago Tahoe (California) durante diez días; había nadado con delfines en los Cayos de Florida (aquellos delfines tan pesados fueron los que me quitaron las ganas). Así que conducir un volquete lleno de estiércol bajo la lluvia puede parecer menos glamuroso y más rural, pero contenía las semillas de algo mucho más importante, mucho más meritorio. Tan sólo la imaginación ponía límites al gran potencial de aquel lugar para el desarrollo y la expansión interna en aras de una causa tan valiosa. No parecía una jaula en absoluto. Como me dijo una buena amiga durante los primeros días en los que nos embarcamos en la aventura del zoológico mientras yo le expresaba mi entusiasmo por teléfono: «Es como si toda tu vida hubiera sido una preparación para este momento.» Y realmente parece que así ha sido. Es una vocación.

Milo y Ella también estaban disfrutando a fondo de todas las experiencias que estaban viviendo... ¿Qué niño no lo haría? Al principio solían contarle a todo el que conocían que vivían en un zoológico (comentario que solía despertar una gran incredulidad) y que su papá trepaba a los árboles de la guarida de los leones para darles de comer. Poco a poco han ido desarrollando una comprensión más profunda de los animales y de sus necesidades, puesto que combinan su contacto diario con ellos con un apetito sin límites por los documentales de historia natural. Han visto tanto «Monkey World» en el canal Sky TV que probablemente sepan más que yo sobre las dinámicas de los grupos de chimpancés. Cuando por fin consigamos nuestros bonobos (o gorilas, u orangutanes), lo más seguro es que tenga que darles trabajo como consultores. Pero son las horas y horas que pasan en el parque viendo a los animales a escasos metros de ellos lo que de verdad les está proporcionando un conocimiento realmente sólido de cómo funciona el mundo y cuál es el lugar que ellos ocupan en él. Ella aún no se ha decidido, pero Milo quiere ser director de zoo cuando sea mayor. Este director de zoo no le recomendaría necesariamente esa opción, pese a que conlleva enormes beneficios. Se pasa la mayor parte del tiempo dedicado a preocupaciones más o menos tediosas relacionadas con dificultades en las infraestructuras, problemas entre el personal y otros asuntos inherentes a la gestión de un negocio abierto al público. Pero de vez en cuando te llaman para que pases un buen rato con los animales o para que tomes decisiones importantes relacionadas con ellos. Que es de lo que se trata, al fin y al cabo. No soy capaz de imaginarme ninguna otra causa en la que invertir tal cantidad de tiempo y energía emocional te proporcione tantísimas recompensas.

Mi madre también está encantada con su nuevo y vigorizante papel de directora de zoo. Aunque aún se está poniendo al día con la gestión diaria del parque, siempre saca tiempo para pasear por el zoológico, mimar a los animales y disfrutarlos —sobre todo, a los grandes felinos—. Tras haber acariciado a los leones en Namibia en lugar de haberse retirado a una vida de recuerdos a sus setenta y muchos años, está atesorando otras conquistas en el terreno de las caricias a animales —osos, tigres, jaguares y pumas (todos ellos anestesiados)— que hacen que se sienta realizada y que la convierten en la envidia de sus coetáneos. Cualquier día de éstos, tal y como planeamos, saldrá ahí fuera con su bloc de dibujos y retratará en vivo a sus propios tigres.

Sin los animales, no soy capaz de imaginarme nada que hubiera conseguido sacarme de mi vida en Francia... y tampoco nada que hubiera podido ayudarnos tanto a lidiar con la terrible pérdida de Katherine. Con los animales hay una misión clara que cumplir de la que todo el mundo se siente parte aquí.

Epílogo

El día después de la apertura, un domingo, también hizo muchísimo calor, así que la gente siguió acudiendo a visitar el parque. Una vez más, el zoológico se llenó de personas que no paraban de alabarlo y nada salió mal. Era asombroso. Era fin de semana, claro está, pero teniendo en cuenta que las vacaciones escolares todavía no habían comenzado, aquello tan sólo podía interpretarse como una asistencia masiva. Lo único que necesitábamos para que nuestro perfecto plan se deslizara sin esfuerzo hacia el futuro era un verano lleno de ese tipo de días.

Por desgracia, después de haber sufrido el junio más lluvioso de los últimos cien años, también padecimos el mes de julio con mayor nivel de precipitaciones. Pero los días en los que hacía bueno eran increíbles. La gente acudía al parque en masa para pasar allí el día entero, comprar regalos y divertirse. Y para aprender acerca de los animales y la conservación, y para estar tan cerca del mundo natural como la mayor parte de ellos lo hubiera estado jamás. Me provocaba un enorme e inesperado placer. Me encantaba ver a la gente revoloteando por las instalaciones, disfrutando, embelesada por los animales. Es verdaderamente contagioso rodearse de una multitud de personas que se está divirtiendo tanto, sobre todo cuando sabes que, en parte, tú mismo has sido capaz de facilitarles ese buen rato. Ver a los animales a los que me había acostumbrado —lo cual no quiere decir que hubieran empezado a dejarme indiferente— a través de otras miradas, en especial las de los niños, fue muy estimulante.

A los animales también les agradaba tener allí al público. Muchos visitantes dicen que les gusta lo íntimo que resulta este zoo, en el que puedes acercarte a los animales mucho más de lo que suele ser habitual. Ese hecho no se debe a que los recintos sean pequeños —muchos de ellos son bastante más grandes que los de otros zoológicos de mayor tamaño—. Lo que ocurre es que tenemos menos recintos que en otros sitios y que, además, algunos de ellos —como La Montaña del Tigre y los de los jaguares y los osos— están diseñados para que la alambrada no se interponga entre los visitantes y el animal. Eso crea una sensación de intimidad —y, en ocasiones, de escalofrío y pelos de punta—, que parece fluir en ambas direcciones. Durante aquel fin de semana de la apertura, los animales salieron de sus casas mucho más de lo que solían hacerlo. Los tigres y los lobos, en concreto, se dedicaron claramente a pavonearse ante su público. Como habían nacido en el parque, estaban acostumbrados a las multitudes (aunque no hubieran sido algo común en los últimos años), así que ver a la gente pululando a su alrededor los devolvió a la normalidad. Era agradable verlos husmeando el aire, absorbiéndolo y, después, instalándose en algún punto visible desde el que pudieran observar cómo los observábamos.

Agosto fue menos lluvioso, casi como un verdadero mes de verano. Estuvo plagado de días de muchísimos visitantes, y algunas jornadas rompieron los récords establecidos la semana anterior. El primer lunes de agosto, festivo en todo el país, tuvimos casi el doble de visitantes que durante el día de la inauguración. De acuerdo con Robin, que lleva en el zoo casi veinte años, fue el día con mayor afluencia que él hubiera visto jamás.

Otra buena noticia fue la llegada de un lince hembra francés. Otro zoológico había confiado en nosotros para que cuidáramos de una preciosa hembra de lince siberiano incluida en el libro genealógico y lista para la cría. Tendríamos que construirle un recinto, pero hasta entonces podría instalarse en el recinto de aislamiento que *Sovereign* había dejado libre cuando regresó a su renovada casa de la parte alta del parque. (La DEFRA había dado su aprobación al antiguo recinto de *Sovereign*.)

El lince hembra era espectacular, mucho más elegante y ágil que el viejo lince que ya teníamos, *Fin*, con el que viviría en cuanto concluyera su cuarentena. Estaba, obviamente, un tanto tensa debido a que el entorno no le resultaba familiar, pero conseguimos depositarla sin problemas en la sala de cuarentena, de donde confiábamos que no se escaparía; si *Sovereign* no había sido capaz de salir de allí, nadie podría hacerlo. Y apenas la volví a ver a lo largo de los seis meses siguientes, en parte debido a que era tímida, pero también a que era un incordio sortear las puertas y los baños desinfectantes de pies a los que había que someterse para respetar la cuarentena.

El resto del verano pasó volando. Me levantaba pronto, me acostaba tarde, en medio asistía a un montón de reuniones y tomaba miles de decisiones, pero todo avanzaba en la dirección correcta. Un detalle ligeramente triste al que tuve que adaptarme fue que, poco después del día de la inauguración, el equipo de rodaje −que ya había conseguido todo el material que necesitaba para su serie de cuatro capítulos− recogió sus cosas y se marchó. Como periodista, había entablado una buena relación con el equipo; el grupo «nuclear» −Francis (el productor), Joyce, Max, Charlie y Trevor− llevaba tanto tiempo entre nosotros que parecía parte de la plantilla, sólo que menos propenso a las riñas. A lo largo de los meses, nos habían visto evolucionar, igual que nosotros a ellos −en especial a Trevor, que el primer día llegó al parque en un reluciente coche de alquiler de cuyo maletero sacó un flamante par de botas de montaña nuevas, todavía en su caja y envueltas con sus papeles. No tenía pinta de que fuera a durar mucho, pero Trevor era un tipo calladamente duro y hacia el final de su estancia solía estar siempre salpicado de barro; sus botas resultaban irreconocibles, puesto que las había estrenado, gastado y prácticamente destrozado en un solo trabajo. Al principio yo me había relacionado con el equipo de rodaje al menos tanto como con la plantilla, porque ellos pertenecían a un mundo que yo conocía. Pero cuando pasó el tiempo, al oírles hablar con nostalgia de la Estación de Paddington, a la que llegaban tras su turno semanal en el campo, ansiosos de capuchinos caros y restaurantes del Soho, me di cuenta de que yo había cambiado. Yo no echaba de menos aquellas cosas, y las pocas veces en las que me había visto obligado a ir a Londres me había sentido impaciente por salir de allí y regresar al aire puro y a los enormes árboles del parque. Pero sí que extrañaba las bromas del equipo. Trevor siempre soltaba la misma frase cuando le gustaba una secuencia que había grabado: «Esto es oro televisivo», anunciaba con una media sonrisa y bajando la cámara si algo había ido bien, como cuando un animal entraba caminando en el plano.

Sin embargo, tras el verano, los números descendieron bruscamente. De hecho, tan bruscamente que varias personas comenzaron a pensar que la empresa iba a fracasar, e incluso una o dos dimitieron para buscar empleos más seguros. Me alegró verlos marchar. Teniendo en cuenta lo leales que eran, seguramente el negocio funcionaría mejor sin ellos. Pero contar con menos personal hizo que aumentara la carga de trabajo y que perdiéramos tiempo realizando procesos de selección. Me satisface poder decir que ahora contamos con una tripulación completa y armónica de cuidadores dedicados y con unas plantillas de mantenimiento y restauración que parecen llevarse bien sin problemas. Aunque, en mi nuevo papel de «Alguien que Despide a la Gente», quizá fuera el último en enterarme si eso no fuera así en realidad.

Pronto, el suave otoño y la campaña de marketing del nuevo encargado de educación dieron como resultado convoyes regulares de escolares charlatanes y sonrientes que caminaban agarrados de la mano en serpenteantes filas de a dos, como si fueran un arroyo rumoroso. Y todo ello bajo la atenta mirada de unos jovencísimos profesores (¡realmente jóvenes!). Aquello aumentó nuestros ingresos, elevó nuestro perfil a nivel local y nos permitió proporcionar el servicio educativo para el que estamos aquí.

Habíamos pasado un verano de éxitos fulgurantes en cuanto al número de visitantes en los días soleados, de gasto por persona, de satisfacción del cliente y de *feedback*. Pero yo era consciente de que el banco no lo vería de la misma forma. Y, en efecto, no lo vio así. Por lo que a ellos respectaba, julio no había generado tanto dinero como les habíamos dicho, así que se negaron a ampliarnos el crédito («Chicos, llovía mucho, pero el resto de los días vino mucha gente.» «Eso no computa...») durante el invierno en caso de que lo necesitáramos, pese a que se habían comprometido a hacerlo si el modelo básico de negocio funcionaba. Y estaba claro que funcionaba. Pero, una vez más, nos habían dejado solos. Y, una vez más, aquello tenía mala pinta. Haber abierto con la temporada tan avanzada nos estaba pasando factura, al igual que la lluvia, y las reservas que necesitábamos para pagar los salarios y los costes de mantenimiento durante el invierno no eran tan cuantiosas como esperábamos. Incluso aunque cerráramos durante unos cuantos meses, como hacen muchas atracciones de este tipo, no notaríamos mucho la diferencia, ya que se necesitaba una plantilla mínima para seguir adelante y, además, las facturas continuarían llegando. Intuíamos que los abogados estaban buscando entre sus archivos y que, tranquilamente, se habían puesto a examinar con detenimiento las cláusulas de recuperación.

Y entonces comenzó la serie de televisión.

La serie «El Zoo de Ben» se emitió en la BBC2 entre finales de noviembre y principios de diciembre, entre las ocho y las nueve de la noche. La vieron una media de dos millones y medio de personas a la semana. Las cosas comenzaron a cambiar. Adam monitorizó la página web durante el primer programa y contabilizó mil contactos a lo largo de la retransmisión, muchos de ellos relacionados con consultas sobre adopciones de animales realmente necesarias. Durante el fin de semana siguiente, que por suerte fue templado, comenzó el goteo, que se convirtió en un torrente a lo largo de las sucesivas semanas. Para cuando empezaron las vacaciones de Navidad, estábamos inundados. Y todo el mundo nos decía cosas agradables, sobre todo nos felicitaba por las mejoras la gente de la zona que había visitado el parque con anterioridad y que se había alejado de él durante el declive. Era una sensación fantástica, como si fuera verano otra vez. Los cuidadores recibían el reconocimiento de un público que los adoraba y les regalaba bombones y flores, y a mí me resultaba imposible caminar por el parque sin que cada pocos metros me diera la enhorabuena un grupo de admiradores. Aunque aquello implicaba mantener la misma conversación unas cincuenta veces al día, no me importaba lo más mínimo y me sentía enorme, tremendamente agradecido hacia todas y cada una de las personas que visitaban el zoológico. Sin embargo, los fuertes apretones de manos sí se convirtieron en un problema, porque da la sensación de que todos los hombres de esta zona tienen unas manos grandes y fuertes, nada que ver con mis «manos de chica», cuya delicadeza había cultivado a lo largo de quince años de escribir en un teclado para ganarme la vida. Hubo un hombre en concreto, un viejecito con muletas, que me provocó un esguince. Le pregunté, mientras me masajeaba la mano, que a qué se había dedicado; esperaba que me contestara que a partir rocas con las manos en un circo. «Al diseño gráfico», me contestó. Aquello no fue muy bueno para mi ego.

Era inevitable que después de aquella publicidad hubiera gente que quisiera expresarme sus condolencias por la muerte de Katherine. Y, una vez más, eran los hombres los que solían hacer que me emocionara más. A las mujeres, por lo general, se les da mejor expresar sentimientos, así que sueles esperar que te dediquen palabras de simpatía y apoyo. Pero para los hombres es algo mucho más duro (podría aburriros durante páginas tratando de explicaros por qué es así, de modo que escribidme por vuestra cuenta y riesgo). Una mujer me gritó desde lejos para decirme: «Ben, sé por lo que estás pasando. Perdí a mi marido hace nueve años y aún no he conseguido superarlo», cosa que me pareció un tanto insensible. Pero hay un hombre que destaca por encima de todos los demás. Ya destacaba en el momento, puesto que medía al menos 1,85 metros y tenía la constitución de un jugador de rugby. Con el inevitable apretón de manos despiadado, me miró a los ojos con los suyos llenos de lágrimas y se limitó a decirme: «Bien hecho.» No tenía nada más que decir, mensaje entregado, así que se dio la vuelta y se alejó dando zancadas. Eso es comunicación masculina.

Hablando de comunicación masculina, mi padre también era un hombre de relativamente pocas palabras. No era una persona taciturna, sólo era que no creía en inundar el ambiente con palabrería innecesaria; además, tenía el don de la síntesis, incluso cuando hablaba, así que sus frases eran precisas y mesuradas, y normalmente iban unidas a una seca mordacidad que tardaba un rato en captarse. Nada de esto habría sido posible sin mi padre, cuya vida de laboriosidad, trabajo duro y devoción a su familia consiguió ofrecernos después de su muerte esta magnífica oportunidad de salvar un zoo destartalado. Por supuesto, él nunca lo habría aprobado y lo más probable es que se quedara sin palabras si pudiera vernos ahora mismo. Pero el resto de nosotros pudimos permitirnos, gracias a él, mostrarnos un poco más incautos. Mi madre, mi hermana

Melissa y mis hermanos Duncan y Vincent, sin dudarlo en ningún momento, aportaron todo lo que estuvo en su mano para hacer que este alocado plan funcionara. Y lo hemos conseguido. El 26 de diciembre fue nuestro día de mayor afluencia hasta la fecha, y el invierno ha tenido unos niveles de ocupación casi tan altos como los del verano, así que, a pesar de habernos perdido un tercio de la temporada, nos las hemos apañado −por los pelos− para superar el invierno sin contar con más apoyo del banco.

A mi padre también lo llamaban Ben, pero sólo Ben, mientras que mi familia se refiere a mí como Benjamin. Me fastidió un poco que la serie de televisión se llamara «El Zoo de Ben», sobre todo porque aquello no era, de ninguna manera, el resultado del esfuerzo de una sola persona. Pero en cierto modo es acertado. Es el zoo de Ben, pero un Ben distinto del engreído que os habla. Es el zoo de Ben Harry Mee (1928-2005).

Decir que nos ha cambiado la vida es quedarse corto. Pero ver los ríos de gente que entran por las puertas del zoo todos los días −y que salen del parque llenos de energía y entusiasmo tras haber aprendido algo del mundo natural− y tener la posibilidad de ampliar estas increíbles instalaciones reclutando cada vez más animales de la Lista Roja de la IUCN para protegerlos de cara al futuro, es, en verdad, un extraño privilegio. Ha supuesto mucho trabajo duro, pero no da la sensación de ser un trabajo. Da la sensación de ser una vocación. Gracias, papá.

Índice

Prólogo.   5

1. Al principio...   9
2. Comienza la aventura   29
3. Los primeros días.   71
4. Las vacas flacas   99
5. Katherine   145
6. La nueva plantilla.   187
7. Los animales se apoderan del zoo   235
8. Gastar el dinero   277
9. El día de la inauguración.   327

Epílogo.   341